吴姐姐讲历史故事

吴涵碧◎著

北宋　南宋

960年～1276年

新世界出版社
NEW WORLD PRESS

宋江，佚名绘。生卒年不详，中国古典名著《水浒传》中梁山首领，江湖人称“及时雨”，率梁山义士，替天行道，贪官豪强，闻名胆丧；归朝廷后，外征辽国，内平方腊，义士消尽，自己也命丧朝廷之手；是中国人心目中有名的草莽豪杰。而这一切，都只是小说家的杜撰。信史当中，宋江是宣和年间一江湖盗首，领盗伙三十六人，横行河朔，官军莫敢撄其锋锐；海州知府张叔夜为此募死士千人，待群盗驾巨舟临海滨，以轻兵诱战，大兵伏舟侧，焚烧盛满宝货的巨舟，盗伙大惊，伏兵乘机杀出，尽获宋江手下，宋江被迫投降。

——见《正史中的宋江》，第 1 页。

* 图注内容皆出自《吴姐姐讲历史故事》——编者注

宋徽宗（1082 年～ 1135 年），选自《乾隆年制历代帝王像真迹》。即赵佶，身为北宋皇帝，兴趣爱好却在丹青书法，一次召集国内画手为孔雀写生，画家们尽其所学，徽宗却无一中意，最后指出谬误，“孔雀登高，必先抬左足，你们所画，全是先抬右足。”可见其观察入微，其手创瘦金体书法更是独步古今。徽宗才艺俱佳，却治国乏术，所任多为奸人，自己也因贪爱花石，任贪官污吏上下其手，为祸东南，金兵南下，应对无方，虽传位给太子，终为金人所掳，死于穷北苦寒之地。

——见《吴敏不当蔡京女婿》，第 27 页。

宗泽（1060 年 ~ 1128 年），选自《历代名臣像解》。字汝霖，浙江义乌人，宋哲宗时进士，多任地方官职，在任地兴教育、平贼匪，极有政声。靖康之变后，出任开封府尹，以铁腕惩治盗贼，打击囤积、平抑物价；重用岳飞，击败来犯金兵；联络敌占区义军，只身入流寇营中，晓以国家大义，责其归附；积极组织力量，以图恢复河北；数月之间，残破的开封迅速恢复，平民安居，金人远遁，城池安若磐石。但高宗无意恢复，宗泽计划未能实现，忧愤难安，背疮发作而死，死时连呼“过河，过河”，未有一言及于家事。

——见《宗泽拒交牛黄》，第 68 页。

岳飞（1103年～1142年），选自《历代名臣像解》。字鹏举，河南汤阴人。12岁学技击，一县无敌，靖康元年（1126年）应募抗金，临阵之际，长发披散，挥四刃铁简，直犯敌阵，勇猛无前，为宗泽所喜，教以阵法，岳飞却以为：阵仗之法，不可墨守成规，运用之妙，存乎一心。岳飞忠君爱国，深明兵法之神妙，待下以赤子之心，深得士卒死力，一生征战，外抗金人，内平盗匪，皆能以少胜众，罕有失利。岳飞一生所愿在尽逐金人，直捣黄龙，但南宋政府只支持有限度抗金，终致恢复大业功败垂成，岳飞也死于权臣之手，但其奋斗精神和节操，是历代中国人抗御外辱的精神力量，是中国人心目中几尽完美的民族英雄。

——见《王彦带领八字军》，第90页。

岳母刺字，清代年画。宣和四年（1122年），岳飞应募入伍，平定盗匪，之后奔父丧回乡，靖康元年（1126年），徽钦二帝被掳，岳飞悲愤莫名，决意再次入伍抗击金兵，岳母深表同意，对他说："我知你甘守清贫，不贪浊富，但人一生之中，终难保不受诱惑，不做一点糊涂事。"在岳飞背上刺"尽忠报国"四字，勉励他为国家民族，不惜牺牲。岳飞此去，内征外伐，拼斗至死，岳母此举，亦为中国人心目之中，最为悲壮温情的一幕。因高宗赵构曾颁授御书"精忠岳飞"旗帜给岳飞，故后世小说及史作有误以为岳母所刺为"精忠报国"者。

——见《岳母刺背》，第106页。

梁红玉（1102 年 ~ 1135 年），宋代名将韩世忠之妻，江苏淮安人，出身京口军妓，忠勇有谋略，深明国家大义。建炎三年（1129 年），苗傅、刘正彦在杭州发动政变，迫高宗退位，并扣留梁红玉，后来梁红玉得到机会离开杭州，半途机智地摆脱叛军纠缠，一日一夜驰数百里，入韩世忠驻地，助韩世忠回军杭州，平定叛乱。次年，金大将兀术南侵，饱掠后北返，韩世忠在镇江展开阻击，大战之时，梁红玉亲临战阵，在楼橹上击鼓助战，士卒感奋，一举击败金人，是南宋抗金史上值得大书的一战。梁红玉击鼓助战的形象，因此流传千古。图中为梁红玉在戏剧中的造型，出自清内府彩绘本《庆赏昇平》之《玉玲珑》。

——见《韩世忠巧遇梁红玉》，第 135 页。

目录

正史中的宋江

方腊造反在中国历史上名气不小，除了因为这场乱事暴露了宋徽宗一朝的腐败，加速北宋的衰亡之外，更重要的是，宋江是否曾经参与讨伐方腊，是历史上争论不已，大家都有兴趣的事。

提起宋江，以及他那一批被逼上梁山的英雄好汉，凡是中国人都为之精神一振。不论是武松、李逵、燕青、鲁智深，大家都熟悉得不能再熟悉，简直像人们身边的老朋友。不但民间把《水浒传》当成史实，一般高级知识分子也深受其影响，它的流传程度，甚至超过《三国演义》。

那么，宋朝到底有没有宋江这号英雄人物呢？答案是有的。《宋史》中的《徽宗本纪》、《侯蒙传》、《张叔夜传》、《东都事略》都有提及宋江。另外《林泉野记》、《中兴姓氏奸邪录》、《续资治通鉴》等书，也很简略提到宋江投降以后，曾经跟随童贯出征方腊，不过都只有寥寥数字。

宋江这个大名鼎鼎的草莽英雄，竟然在《宋史》之中没有单独的传记。记载他生平最为详尽的资料，只有在《宋史纪事本末》之中，附在方腊造反后面的一篇特写，前前后后加起来只有一百七十六个字，全文如下：

“宣和三年二月，淮南盗宋江寇京东州郡，至海州，张叔夜败之，江乃降。宋江起为盗，以三十六人横行河朔，转掠十郡，官军莫敢撄（yīng）其锋。知亳（bó）州侯蒙上书，言江才必有过人者，不若赦之，使讨方腊自赎。帝命蒙知东平府，未赴而卒。又命张叔夜知海州，江将至海州，叔夜使间者觇（chān）所向。江径趋海滨，劫巨舟十余，载卤获，叔夜募死士得千人，设伏近城，而出轻兵距海，诱之战。先匿壮卒海旁，伺兵合，举火焚其舟。贼闻之，皆无斗志，伏兵乘之，擒其副贼，江乃降。”

这么短短几行字的大意是这样的：在宣和三年（1121 年）二月，淮南大盗宋江骚扰京师开封东方的州郡，到了海州，海州的知州张叔夜打败宋江。

宋江初起为强盗，率领了三十六个人，横行河朔（山东河北之间），辗转劫掠十个州郡。宋朝的官兵都吓坏了，不敢与他交锋。

这时，亳州的知州侯蒙上书给宋徽宗，认为宋江必有过人之处，不如赦免宋江，派他去讨伐方腊，将功赎罪。宋徽宗认为这个建议不坏，便命侯蒙去做东平府的知府，招安宋江。（招安指的是招盗贼，加以编组，使他们得以安顿，不再作乱。）侯蒙尚未到达任所就死了，宋徽宗另派张叔夜做海州的知州，继续负责招安宋江。

宋江到了海州，张叔夜先派出间谍，偷偷观察宋江一行人的动向。发现宋江前往海边，抢了十多艘大船，船上载满了虏获的金银财宝。

张叔夜先招募了一千多名敢死队，埋伏在城旁险要之地。再派出少许装备轻捷的士兵到海边，诱宋江开战。另派身强力壮的士兵埋伏在海边，一见双方打起来了，埋伏在海边的士兵立刻放火烧掉宋江的十余艘巨舟。宋江的部下听说船烧了，心一凉，皆无斗志。这时，埋伏的敢死队一拥而上，活捉了副首领，宋江只得束手就擒了。

这短短一百七十六个字描写的宋江，太不精彩，也太让人失望了。而且梁山泊上一百零八条剽（piāo）悍勇猛的绿林好汉，一个字也没有提到，与人们心目中的距离未免相差太远了。

虽然，宋江在正史中的资料太过于简略，毕竟我们可以确定，的的确确有这个人。而且，远在宋江等人还活着的时候，这段故事已经成为民间脍炙（kuài zhì）人口的传说。

到了南宋时代，中原沦陷在异族手中（这段故事我们马上会提到），当时人向往英雄，希望有济弱锄强、劫富济贫的草泽英雄出来拯救人民，便逐渐演变出《水浒传》的故事。把宋江和他的弟兄们描绘得出神入化，比正史上记载的真人真事有趣得多。

也许宋江旗下这批英雄真的是性格突出，面目奇特，不同于凡人，所以南宋画家高如、李嵩等可以很容易地为他们作画。龚圣与在画完三十六位好汉之后，并且附加一笔：“我小的时候就崇拜这些人，所以为他们作画。”

到了元朝，出现了许多《水浒传》故事的杂剧，以写黑旋风的故事最多。剧中人物性格与小说不同，但是梁山泊好汉已由三十六个人增加到一百零八个人了。

《水浒传》之宋江、李逵，清人绘。

到了元末明初，施耐庵根据南宋以来，在民间大量流传的有声有色的小说、话本、戏剧，加以组织和渲染而成为一部一百二十回的长篇小说《水浒传》。

在《水浒传》一书中，不但把宋江这个人写得活灵活现，而且雕塑出武松、鲁智深等具有鲜明不同性格的人物。这些人物的遭遇个个不同，故事曲折动人，而且施耐庵对人物的性格和动作描写得十分生动，使那些人物就像活在读者的身旁，让读者不自觉和《水浒传》人物产生共鸣。所以《水浒传》可以说是中国历史上最成功、最深入人心的小说。

我们前面讲了许多宋徽宗、童贯、蔡京的故事，这些人都是《水浒传》中的要角，知道史实，再读《水浒》，更能体会深刻。不过，《水浒传》的时代背景，固然是宋朝，其实放在中国历史上任何一个时代，尤其是昏庸君王当政的时代，都是差不多的。《水浒传》中被逼上梁山的英雄所遭遇的苦难与无奈，正是民众自身常常感受得到的，因此读来倍感亲切。不论蔡京之类的贪官，蒋门神之类的恶棍，甚至谋害亲夫的潘金莲，都有如邻家发生的事般的熟悉。这正是为什么《水浒传》会长期而广泛地受中国人欢迎的原因。

《水浒传》中的宋江

《正史中的宋江》刊出之后，许多读者表示非常喜欢这一类题材，因为这与《正史中的杨家将》、《〈宋史〉中的包拯》一般，能够满足读者的好奇心与求知欲。让大家了解，人们心目中的有名历史人物，到底在正史中的记载如何。

还他历史人物的本来面目，原是吴姐姐讲历史故事的宗旨。虽然这方面的材料不好找，正史上的记载也不可能写得与民间流传故事一般神龙活现、有声有色，但是我还是愿意全力以赴，以不负读者们长期的厚爱与支持。

介绍了《宋史纪事本末》之中，只有短短一百七十六个字的宋江，让我们再回过头来，看一看《水浒传》中的宋江，虽然对许多读者而言，宋江是熟悉到不能再熟悉的人物。

在施耐庵笔下的宋江是这样的：姓宋，名江，字公明，郓（yùn）城县宋家村人氏，因为他面黑身矮，人人都唤他黑宋江。又因为他平日孝顺，且爱仗义疏财，人皆称他做“孝义黑三郎”。宋江上有父亲在堂，母亲早丧，下有一个弟弟，唤做“铁扇子宋清”。

这宋江在郓城县做押司（官名，宋时地方官的属吏，掌理文书、官司等事务），他刀笔精通（刀笔犹指现代的律师或法官，其笔如利刀，能够杀伤人），吏道纯熟，再加上喜爱学习枪棒，学得多般武艺。平日爱好结识江湖好汉，只要有人来投奔他的，无不加以接纳，不但住宿膳食一概供给（gōng jǐ），而且整天陪伴左右，毫无厌倦之意。

宋江这人端的是挥金似土，人家向他借钱，从不推托。每每排难解纷，周全他人性命。时常送人棺材药饵，济人贫苦，赒（chóu）人之急，扶人之困。因此在山东、河北一带闻名，都称他为“及时雨”，把他比为天上降下的及时雨一般，能救天地万物。

话说有一天，郓（yùn）城县来了一件紧急公文，来人何涛对宋江说：“敝府管下黄泥冈上，以晁盖为首一伙贼人，一共是八个，用蒙汗药麻翻了北京大名府梁中书差遣送蔡太师蔡京的生辰纲军健十五人，劫走十一担金珠宝贝。”

宋江听了，大吃一惊，肚里寻思道：“晁盖是我的心腹兄弟，他如今犯了弥天大罪，我若不救，他的命就丢了。”

于是，宋江赶紧通风报信，吓得晁盖、公孙胜、刘唐、吴用等七人立刻决定“三十六计，走为上策”，前往梁山泊。

不久，宋江认识了阎婆惜。在县西巷内借了一所楼房乌龙院，安顿了阎婆惜与她的母亲阎婆，把阎婆惜打扮得满头珠翠，遍体绫罗。但是，过了没多久，宋江与阎婆惜逐渐疏远，原来宋江是个学武好汉，爱使枪棒，不愿意多近女色。另外一方面，阎婆惜也看上了宋江的徒弟张文远。

张文远有个外号叫小张三，他生得是眉清目秀，唇红齿白。平日爱去风月场所，学得一身风流俊俏，品竹调丝，无一不会，刚好对上酒色娼妓阎婆惜。两人眉来眼去，一会儿工夫就闹得街坊上无人不知。

宋江也听到了风声，他心想：“反正又不是我父母匹配、明媒正娶的妻子，我没来由惹什么气，不上门便是了。”

话分两头说，有天晚上，宋江从县里出来，遇到一个身着黑绿罗袄，下着八搭麻鞋，腰里挎着一口腰刀，背着一个大包，走得汗雨通流，气急喘促的汉子，拦住了宋江。原来他是晁盖手下，上了梁山泊的赤发鬼刘唐。

刘唐特来拜见宋江大恩人，并且禀报他：“晁头领哥哥如今做了梁山泊之都头领，吴学究当了军师……只想兄长大恩，无可报答，特使刘唐带来一封信及黄金一百两谢押司。”

宋江只取了书信及一条金子放在招文袋（即手提公文包），就打发刘唐上路：“贤弟保重，再不可来，此处危险。”

送别了刘唐，宋江乘着满街月色，信步走回。半途碰到阎婆，死扯活拉，不断地说：“只看老身薄面，同走一遭乌龙院。”

到了乌龙院，阎婆惜原以为张文远来了，等到发现是宋江，翻身又转上楼去，倒在床上，爱理不理。然后两人吃完了饭，睡到五更，宋江气愤地走出去，口里骂道：“你这个贱人好生无礼！”阎婆惜也扭过身回骂：“你这不羞脸！”

走了一半，宋江忽然想起招文袋遗忘在乌龙院，吓得慌慌急急奔回阎婆家里。

阎婆惜在家，早已发现了招文袋，看到晁盖写给宋江的信，冷冷笑道：“原来你和梁山泊贼相来往，看老娘慢慢消遣你。”

宋江怒杀阎婆惜，明代木版画。

宋江回到乌龙院，与阎婆惜大起争执。最后，宋江发现了招文袋，一不做二不休，两手便来夺，婆惜哪儿肯放，宋江在床边舍命地夺，婆惜死不肯放。那婆惜见宋江抢刀在手，大叫："黑三郎杀人也！"话没说完，宋江右手刀落，婆惜鲜血飞出。最后，宋江也只有被逼上梁山，落草为寇。

宋江的故事在中国流传如此之广，可能有一个原因，中国社会之中，多半是"各人自扫门前雪"，很少有挺身而出、行侠仗义的人。我们太缺乏有正义感的及时雨，所以对《水浒传》中的好汉向往不已。

无论如何，《水浒传》是一部了不起的小说，值得每一个中国人细细品味，《水浒传》的人物也成为中国人思想行为的一部分。

宋与金之间的秘密外交

讲完了《〈水浒传〉中的宋江》，我们知道，宋江的故事，大半来自民间传说。但是《水浒传》中所描述的形形色色，却颇能反映宋徽宗一朝的腐败。

宋徽宗即位时，正是辽朝最后一位君主天祚（zuò）帝在位。天祚帝爱好游乐又昏庸无能，所以在他的治理下，辽朝的情况恶劣。辽的军队由于贪图享受，也逐渐失去当年勇猛的战斗力。因此，金太祖以很少的兵力起来抗辽，辽军竟然被打得落花流水。（请参考前面《金太祖设国宴》篇）

宋朝听说金打败了辽，不由一阵狂喜。这话怎么说呢？

原来，宋朝从宋太祖开始，就想收复被辽占领的燕云十六州，可是宋朝重文轻武，国势积弱，这个愿望始终未能实现。澶（chán）渊之盟以后，宋朝每年又要向辽送“岁币”，不但增加了宋朝的财政负担，而且宋朝君臣心中总是满怀委屈与羞耻感。

因此，当宋朝听说辽朝势衰，立刻在政和元年（1111 年），派遣端明殿大学士郑允中充当“贺生辰使”，以宦官童贯为副使，带了一大批的珍珠宝贝出使辽国，打探虚实。辽朝人见宋朝派了一个太监来，忍不住掩嘴暗笑。童贯看到辽朝果然腐败，完全没有当年萧太后打败杨家将的英勇，也不由得眉开眼笑。

童贯留在辽的时候，有一天晚上，值夜的侍吏跑来告诉童贯，说是有一个叫马植的人，有重要的事，要私下里秘密与童贯商谈。

诡计多端的童贯眉毛一挑，马上回答："快请。"

于是，马植到了童贯的密室，他告诉童贯天祚帝是如何的荒淫无道，女真是如何憎恨辽人，辽国是非亡不可，宋朝不如与金国联合，一举灭辽。

童贯一听之下，大为心动，两个人兴高采烈谈了一夜。最后，童贯决定把马植当做一件宝贝，带回宋朝，并且把马植改个新名字，称为李良嗣（sì）。

这马植者，世世代代为辽国大族，官位高到光禄卿，由于行为卑鄙，在辽国被人所不齿，所以逮住机会，用出卖国家达成报复的目的。

马植，不，现在该改口为李良嗣，跟着童贯回到京师。童贯立即献宝似的向满朝文武大臣推荐，并且叩见宋徽宗。

他对宋徽宗说："女真恨辽入骨，而天祚帝荒淫无道。宋朝如果自登州、莱州入海，与女真结好，与女真相约攻辽，则辽国可图也。"

宋徽宗听了，频频点头。李良嗣见徽宗听得聚精会神，又接着说："辽国必亡，陛下顾念旧时宋朝人民在辽魔掌之下，生灵涂炭，兴兵伐辽，恢复中国过去的疆土，代天谴责，以治伐乱。宋军一出，所有人民必然箪（dān）食壶浆以迎王师。"

"箪食壶浆以迎王师"，这句话出自《孟子》，意思是说商纣无道，周文王的军队一出，所有百姓高兴得用竹篮子盛饭，用水壶装着羹汤，欢天喜地迎接文王的军队。

周文王乃古代有名的贤君，宋徽宗见李良嗣把他比喻为周文王，大为兴奋，立刻把李良嗣改名为赵良嗣，让他姓宋朝君王的姓，官拜秘书丞。

联金灭辽的计划，宋徽宗虽然兴趣很大，朝廷中稳健派的大臣却期期不以为然。尤其大家都心知肚明，在宋徽宗无止境的挥霍之

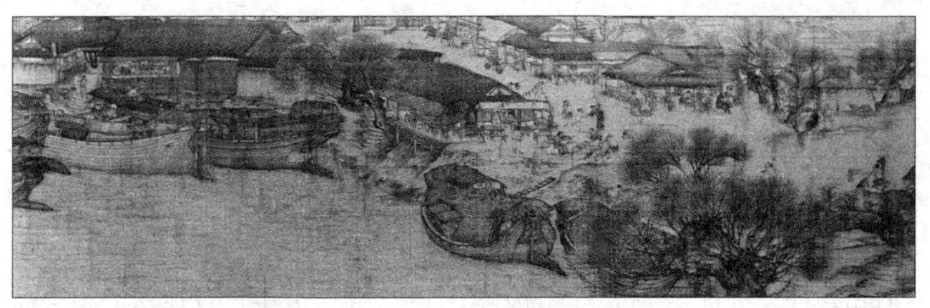

北宋大货船，出自《清明上河图》，宋张择端绘。

下，宋军积弱，根本不堪一击。

事有凑巧，当时金人与辽人展开大战，辽东地方大乱，住在当地的一批汉人，由高药师等人率领，乘着一条大船逃难。

这大船漂啊漂的，最后，漂到山东半岛附近，被扣留住了。登州知州王师中把高药师等两百人抓来问案，一问之下，才晓得金人果然厉害。

登州知州王师中就把这件事来龙去脉，原原本本上了一个奏章给宋徽宗。宋徽宗一看，高兴地说："此与赵良嗣所言，一模一样。"又勾起了联金灭辽的计划。

于是，宋徽宗与蔡京、童贯商议之后，在重和元年（1118 年），派武义大夫马政率领高药师等人，以买马为名义，去拜见金太祖完颜阿骨打。当然这一趟，又少不得携带大量名贵的礼物。

金太祖同意了宋朝的计划，不久，也派出使者，前往宋朝答聘。于是，双方之间，展开了非正式的秘密外交，这是宋金之间海上之盟的开始。以后又陆陆续续展开谈判，因为宋金的密使都偷偷取道渤海，所以称为海上之盟。

原则上是宋取辽的南京，金取辽的中京，双方夹攻。

宣和元年（1119 年），马屁精王黼（fǔ）为了讨好宋徽宗，特推荐擅长绘画的陈尧臣出使辽朝，要他画一张天祚帝的像回来，看看他气色如何，是否有亡国之相。

陈尧臣回国之后，带着画去见宋徽宗道："辽主望之不似人君，若以相法言之，危在旦夕之间。"

宋徽宗听了大乐。结果，陈尧臣的相术没错，天祚帝果然有亡国之相。但是宋、金夹攻的结果，金兵勇敢善战，一路势如破竹，可是宋朝的军队，却很丢脸地被辽兵打败。金兵最后灭亡辽国。辽自耶律阿保机称帝到天祚帝被俘，共二百一十年。辽国灭亡之后，辽的土地都被金占领，宋朝不但收复燕云十六州的愿望破灭，而且被金人看穿是个纸老虎。

浪子宰相李邦彦

金朝能够势如破竹，宋朝却连连吃败仗，与宋朝的内政极有关系。我们就来看看这段时期内宋徽宗的朝政。

宋徽宗自命风流，有浪子皇帝的雅号。既然有了浪子皇帝，少不得有个浪子宰相陪衬。这位浪子宰相就是历史上著名的李邦彦。

李邦彦，字士美，父亲名李浦，是个身怀绝艺的银匠，非常宠爱这个从小慧黠的宝贝儿子。他见李邦彦十分热中名利，也帮他收买人心，凡是举人光顾，总是半买半送价钱昂贵的上好银器。

人都有贪小便宜的毛病，久而久之，名声传开。凡是河东地带上京城去参加考试的举人，都要绕道怀州，光顾李家的店铺。有些个落魄书生，李浦不但不收他们的钱，反而周济一些盘缠。当时人称此为“结秀才缘”。

在这种“后花园赠金”式的人际关系之下，李邦彦三个字，逐渐在京师传开。他后来补了太学生，大观二年（1108 年），授秘书省校书郎。

宋朝汴京城内的大相国寺，号称为天下第一名刹。在相国寺南边有条著名的录事巷，就是妓女户。李邦彦终日留恋此处，他人长得风流俊俏，举止爽朗，又会说笑话，可称为标准油嘴滑舌的公子哥儿。再加上家里有钱，出手大方，不多时，成为录事巷中最受欢迎的恩客。

此外，李邦彦颇有几分歪才，他能够把大街小巷流行的俚语连缀编为词曲，人人争传。李邦彦对此相当得意，自称为浪子，旁人也以浪子称呼而不名。同时，李邦彦生长在民间，出身不高，对于办琐琐碎碎、一般读书人懒得打理的杂务最有一手。他为人又热心，经常受同僚委托帮忙总务，所以人缘甚佳。

李邦彦有一个好友是宋朝有名的词人——周邦彦。两人有同名之缘，周邦彦也是个人品不高，生活浪漫的词人，臭味相投，走得很近。

在前面《周邦彦与李师师》篇中，我们曾经说过，周邦彦与一代名妓李师师两人感情很好。词人秦观秦少游曾以“远山眉黛长，细柳腰肢袅，妆罢立春风，一笑千金少。归去凤城时，说与青楼道，看遍颍川花，不似师师好”形容李师师。

当宋徽宗还在端王的时代，听说李师师的美，十分好奇，曾经打扮成平民，亲往录事巷，一看究竟。

这一看之下，发现李师师果然名不虚传，不是普通的美。尤其那一双会说话的眼睛，惊心动魄，耐人寻味。会弹琴，会唱词，才貌双全，宋徽宗大为倾倒。

后来，宋徽宗当了天子，还是对李师师念念不忘。天下岂有皇帝逛窑子的？据说，从中安排的，不是别人，正是浪子李邦彦。

当宋徽宗圣驾光临录事巷时，周邦彦凑巧也在李师师处，情急之下，只得躲到床底下。

于是，周邦彦亲眼目睹宋徽宗如何亲自焚香，李师师如何用薄刃小刀切开蜜橙，两人如何亲热温存。后来，周邦彦把这段经过，写成《少年游》。不一会儿，整个京师传遍《少年游》，人人都知道浪子皇帝如何荒唐。

宋徽宗气坏了，将周邦彦予以撤职，押贬出京。等到宋徽宗听到李师师唱周邦彦临走之前，百感交集写的新词《兰陵王》，又起了爱才之心，把周邦彦留下。这一段经过，本书在前面说得很清楚。

山居图，宋钱选绘。

据说，宋徽宗去李师师家那一夜，已有两个“邦彦”先在，一个是躲在床下的周邦彦，另外一个就是浪子李邦彦了，此说不知是真是假。不过，从此之后，李邦彦备受宋徽宗宠爱，也许与他二人同是逛妓院的狎客有关系。

宋徽宗自命风雅，对花花草草特别有兴趣。有一回，他在一片竹林之中，造了一栋小楼，颇为不俗，宋徽宗愈看愈满意，却不知此楼该取什么名字才好。他朝思暮想，总想不出合适的名字，十分烦恼。

也许是朝有所思，夜有所梦。有一天夜晚，宋徽宗昏昏睡去，忽然之间，有位全身金紫色的人跑到床前，对宋徽宗说：“不如命名为倚翠，取杜甫诗意也。”

“倚翠，不错，你是何人？”

“臣乃太平宰相也。”说着，金紫人忽然消失了。

宋徽宗自梦中惊醒，不断咀嚼这两个字，倚翠，不错，正是倚翠。

第二天早上，宋徽宗还沉醉在“倚翠”二字中，正好李邦彦前来晋见。徽宗一向喜爱这位浪子，只要有浪子在的地方，必然是笑声朗朗。

他见到浪子，随口问道："朕苑中小楼，下有修竹，当以何为名？"

李邦彦不假思索，立刻答以"倚翠"，正好与梦中金紫人所说的一模一样。

宋徽宗好生诧异，心想："莫非这是天意，李邦彦就是最适合辅助朕的太平宰相？"

不多时，李邦彦就被任命为次相，这位以"赏尽天下花，踢尽天下球，做尽天下官"为人生理想的浪子，果然如愿以偿登上相位。

真假张觉

在上篇《浪子宰相李邦彦》之中，我们说到自夸“赏尽天下花，踢尽天下球，做尽天下官”的浪荡子，竟然如愿以偿，当上了宰相。

这个消息传开以后，本已瞧不起宋朝的金人更暗暗好笑。他们传诵着浪子皇帝与浪子宰相的风流韵事，摇头叹息道：“宋朝果然无人。”

李邦彦究竟有何能耐当上宰相？当然不可能是宋徽宗做梦梦到的（见上篇），最主要的是他擅长于巴结宦官，宦官之中也需要推一个士人出来为相。譬如说自称为苏东坡私生子的梁师成，李邦彦就拍足了马屁。与徽宗关系很好的高俅，也是李邦彦倾心交往的玩伴。

高俅这个在《水浒传》中的混球，到底是如何被宋徽宗看上的？我们这儿可以补述一段小故事。

原来高俅是驸马都尉王晋卿府中的小吏，他曾经跟过苏东坡做事，笔下还有些文采，也是一个巧言令色的坏家伙。

有一回，王晋卿入王府，刚好宋徽宗（那时还是端王）要上朝，需要篦（bì）刀掠鬓（篦是梳理毛发用的齿密的小梳子，鬓指的是脸上靠近耳边两颊上的头发），端王忘了带篦刀子，就向王晋卿借来用。拿来一看，不禁赞道：“这个模样甚为新式，而且细巧可爱。”

王晋卿一听，知道端王一向喜爱脱俗的小玩意，马上接口道："刚巧，我最近新造了两副新的篦刀子，过一会儿，我派人给你送过去。"

这趟差事就落到高俅身上。他先到店里去赶着订做了一副用上好木料做的，镶工极细的篦刀子，然后，马不停蹄赶到端王府。

内侍告诉高俅："端王正在踢球。"

于是，内侍带着高俅，穿过重重门户，来到端王后园中的球场。高俅躲在一旁，偷偷观看端王的身手。只见那球在端王的拨弄之下，脚踢肩打，像牢牢粘在身上似的，高俅一时忘形，拍手叫："好！"

高俅端王府送篦刀，明代木版画。

端王回头一看，看到有人参观，不但未发怒，而且对高俅的喝彩很是得意，顺口问道："你也会踢球？""略知一二。""那么你来。"端王用脚尖把球一挑，高俅正好接住，而且玩的花样比端王还多。直看得端王眼花缭乱，流露出羡慕的眼光。高俅表演了好一阵，才拿出王晋卿交代的篦刀子。端王称赞："篦刀子好，送刀子来的人更好。"于是，两样都留下来了。

高俅一脚踢出了这么好的运气，这也是古今少见。后来，端王一跃飞天，当了皇帝，高俅也成为徽宗身边的红人。

总而言之，宋徽宗这位浪子皇帝，对于书画音乐、奇花异草、盆景怪石、行猎打球，一切被中国读书人视之为玩物丧志的玩意，他都有兴趣，而且门槛极精。他身旁用的人，也全是同样的调调儿。李邦彦对市井坊曲种种技艺，不止投其所好，而且口齿灵巧，善解人意。所以王黼下台之后，李邦彦就当上了宰相。

这浪子怎能为相？所以在宣和五年（1123 年）十一月，他任相位不过一个月，抨击的浪潮一波一波涌来，尤其是蔡京一党更以此大作文章。

宋徽宗是个怕麻烦的皇帝，他看看情势不对，心想，既然你们以“宰相望轻”来反对李邦彦，那不如再找来声望最够的人，他竟然又找了蔡京回来当宰相。

这一回是蔡京第四回当宰相，他年纪已过八十，眼睛看不见了，也不能写字，走起路来巍巍颤颤，蹲下去就站不起来了，当然，下跪之礼也就非免了不可。他所有的政事都交给最小的一个儿子——蔡絛（tāo）主持。

蔡絛颇有乃父之风，搜括的本领一流，不但币帛、服饰、玉石他有兴趣，而且上自金银玉器，下至蔬菜瓜果全部都要沾手。李邦彦也只能掌管文书，一边凉快去了。蔡絛不但本人玩法，他更提拔大舅子韩耜（sì）担任户部侍郎，朝廷中凡是与韩耜相合者，无不高升，否则被逐出势力圈外，史书中称之为“中外缙绅，无不侧目”。

蔡絛专权用事，他的长兄蔡攸愈加嫉恨。蔡攸也是一个无耻小人，向来与父亲蔡京不合。于是蔡攸与李邦彦联手向宋徽宗告密，把蔡絛整垮，逼老父蔡京退休（请参看《蔡京与蔡攸》篇）。

当宋朝蔡家父子彼此倾轧，争权夺利的同时，金人正蠢蠢欲动，准备找机会向宋朝下手，偏偏又发生了张觉事件。

张觉是辽朝平州节度副使（亦作张壳）。当辽天祚帝西奔，辽朝将亡之时，他率领了五万壮丁、战马千匹投降了金朝。

后来，辽朝灭亡了，辽朝的遗臣看到张觉有地有兵，鼓励张觉据地独立。张觉深以为然，改称保大三年（1123 年），开始发号施令，并且向宋朝投降。宋徽宗大喜，立刻命令张觉为节度使。

宋徽宗乐了，刚即位的金太宗却火大了，向宋朝索取张觉。宋朝情急之下，不敢开罪金人，找了一个酷似张觉的倒楣鬼，把他的脑袋砍下，送给金人，可惜却引起了无法弥补的后遗症。

郭药师阅兵

宋徽宗接纳了辽朝降金的将领张觉，金人大为愤怒。宋人情急之下，找了一个像张觉的替死鬼，把他的脑袋送去给金人。

不料，金人精明得很，一眼看到头颅，马上大声嚷嚷："这是假的！"并且认为，宋朝有心欺诈，扬言立刻进攻燕山，处罚宋朝。

宋朝这下子吓慌了，不知如何面对金朝的兴师问罪。迫不得已，命令张觉自杀，并且多送了两个张觉的儿子一并向金谢罪。

张觉事件表面上是解决了，事实上却留下很大的后遗症。

其实，宋朝早知自己不是金朝的对手，就不该收容张觉。既然收下了张觉，更不该金人一吼，又赶紧拱手送上，这件事对金人是既失信又示弱。从此，更为金人所轻视。

同时，宋朝为求息事宁人，每次对金朝的交涉，总是用粉饰太平的方法，动不动就搬出一大堆金银财宝，悄悄塞到金朝使者手中，希望金朝能看在贿赂的面上，放过宋朝一马。

殊不知这套笨方法，看在金人眼中，一方面拆穿了宋朝的纸老虎，知道宋朝外强中干，另一方面，发现宋朝的奢侈浮滥，更助长了金朝的贪心，恨不得把宋朝一口吞下去。

恰好此时，金太祖完颜阿骨打去世，太宗吴乞买即位，斗志昂扬。在宋徽宗宣和七年（1125 年）大举南侵，兵分两路，一路以斡离不进攻燕山，一路以粘没喝进攻太原。

宋朝方面浑然不觉，还派遣宦官童贯驻兵太原，向金人交涉早先答应交还的云州一带。

童贯派了使者马扩前往交涉。

粘没喝见了马扩，大吼一声，怒气冲天对他说："你们是不是想要回土地？你要知道这山前山后都是我家领土，你们宋朝如果想赎罪，还得多送我们几座城池哩！"

马扩哪敢与粘没喝多理论，吓得狼狈而归，一五一十报告童贯。

童贯不以为然地道："金人刚刚立国，能有多少兵马？竟敢如此骄傲狂妄？"

"不不不，金兵凶悍，绝对不容轻视！"马扩喘着气向童贯再三表示，金兵相当勇猛，宋朝必须早做准备。

过了几天，粘没喝果然派了使者来，带来一封措辞相当强硬的信，并且在信中说，金朝兴师问罪的大军已经开拔了。

童贯看到这儿，脸色一变，讷讷地问金使："如此大事，为何不早来交涉？"

"大兵已发，用不着先通知。"金使倨傲地说，"宋朝应该赶快割让河东河北之地，两国以大河（黄河）为界，可以保持和平。"

说完，金使一抬头，神气地离开了。留下童贯一个人，长吁短叹，忧愁沮丧，不知怎么办才好。最后决定，脚底抹油，早点开溜。

于是，童贯借口要入京请示，慌慌忙忙离开太原。

临走之前，太原知府张纯孝挽留童贯道："金人背叛盟约，大兵入寇，大王应当会同将士，努力抵抗。现在大王一去，必然人心动摇，则河东一带，非宋朝所有。"

张纯孝的话合情合理，童贯心中所想的只是如何保住老命，哪儿顾得了太原安危？他对张纯孝说："童贯受命是宣抚百姓，非守国土也。你非要童贯留下，那还要元帅作什么？"

童贯走远了，张纯孝叹息："平常这个童太师，生得虎背熊腰，不似一个宦官，倒还有几许威望。事到临头，只知缩着脑袋，像老鼠一般，夹着尾巴逃之夭夭，不晓得他用什么面目去见天子！”

童贯一去，粘没喝马上引兵攻下了朔州、代州，围困太原。多亏张纯孝尽力固守，金兵久攻不下。

如今，宋朝只有倚靠辽朝的降将郭药师为盾牌了。郭药师能征善战，而且是个马屁精。当他投降之初，宋徽宗相遇甚厚，赐以甲第姬妾，又在延春殿召见，郭药师哭泣着对宋徽宗说：“臣在虏，听到赵皇如在天上，不知今日得见龙颜。”

宋徽宗心花怒放，予以重用。后来，有人打小报告，说郭药师有三十万之众，竟然不换下契丹服饰，改着汉装，恐怕有二心，宋徽宗特派童贯去调查。

童贯到了营地，郭药师恭恭敬敬在帐下行礼。童贯赶紧避开，摇摇手半带讥讽地说：“你今日为太尉，与我官位相等，如此多礼是为何？”

郭药师回答道：“童太师，父也，药师只知拜我父，不知其他。”

这句话说得漂亮，把宦官童贯拍得乐陶陶。接着，郭药师带童贯去阅兵。两人相伴骑马到荒野，四下无人，郭药师缓缓下马，大旗一挥。

顷刻之间，四面山头站满了铁骑，他们手上拿的金晃晃的武器与太阳一般耀眼。童贯放眼望去，简直数不清有多少人马，佩服极了。

童贯回去之后，对宋徽宗说，郭药师必能抗金，蔡攸也在一旁附和。

如今，金人果真南下，郭药师能抗金吗？

白时中会晤金朝使者

金朝兵分两路，大举入寇，宋朝大为恐慌。如今，能够被宋朝当做盾牌挡一挡的，只有辽朝降将郭药师。宦官童贯曾经前往参观郭药师阅兵，但见他大旗一挥，四周山头，铁骑耀目，不计其数，的确是名不虚传的大将军。

但是，上一回宋朝杀张觉的事，却伤透了郭药师的心。张觉原来也是辽朝降将，宋朝接纳了张觉的投降。后来，金朝向宋朝要人，宋朝慌慌张张找了一个长得像张觉的倒楣鬼，把他的脑袋割了下来，送给金人交差。

金朝一眼认出这是个冒牌货，火冒三丈，以为宋朝欺诈，声称要兴师问罪。宋朝这下子怕了，不但立刻杀了张觉，而且把张觉两个宝贝儿子一块送给金人赔罪。（这段经过，请参考前面《真假张觉》篇。）

当张觉两个儿子捧着张觉的脑袋，满面哀容，哭哭啼啼被送往金营之时，凡是辽朝的降将无不泪如雨下。郭药师就当场发脾气：“今天金人要杀张觉就杀张觉，明天金人要郭药师的脑袋，那还不也马上杀了郭药师？”

宋朝出尔反尔的举动，实在太不够意思了。郭药师心寒之余，为保脑袋，干脆投降了金朝。宣和七年（1125 年）十二月，金朝斡（wò）离不的大军尚未开到，郭药师先举了白旗迎上去，为金朝当向导，引着金兵长驱深入。

由于郭药师对宋朝的弱点实在了若指掌，他对斡离不和盘托出宋朝的腐败，使得金人更加轻视宋朝，决心兵指宋朝京师汴梁（河南开封）。

郭药师为金兵充当开路先锋的消息传来，宋朝举国震动。

其实，早在童贯自太原归来（请参考上篇）之后，宋朝就发现大势不妙了。

金朝派了两个使者，神气活现前来，请求晋见宋徽宗。由于童贯在太原吃过亏，知道使者来势汹汹，言语无状，恐怕对皇帝有所不敬，因此不敢代为引见，宋朝只派了几个大臣在尚书省厅接见。

金朝使者刚刚坐定，即刻大声嚷嚷："我国皇帝已命国相与太子郎君吊民伐罪，大军两路俱入！"此话一出，吓得白时中、李邦彦与蔡攸都愣住了，脸色发白，不知如何是好。

李邦彦是浪子宰相，蔡攸是蔡京的儿子，前面都曾介绍过，这位白时中又是何许人呢？

白时中，字蒙亨，出身进士，政和六年（1116 年），拜尚书右丞，中书门下侍郎。宣和六年（1124 年），任太宰兼门下，官运亨通，因为他也是个善于揣摩皇上心意的马屁精。

当初，白时中在礼部任官，宋徽宗下了一道诏令，编辑天下所奏种种祥瑞。凡是文字不能描写的，可以用图画表现。

白时中知道宋徽宗这个艺术家皇帝对于图画的造诣很高，仔仔细细、加工加料完成了《政和瑞应记》，图文并茂。里面又是翔鹤，又是霞光，都是传说之中太平盛世中才会出现的吉祥预兆。白时中又装着看不见民不聊生，用"祥瑞之多，前所未有"，来歌功颂德，乐得宋徽宗心花怒放朵朵开。所以白时中才能做到朝中宰相的高位。

这会儿，短兵相接，金朝使者咄（duō）咄逼人，白时中就不管用了。他低声下气地试探："可不可以告诉我们，如何才能使金朝缓兵？”

“要缓兵吗？”金使狂妄地大笑：“很简单，不过是割地称臣罢了！”

这等于是未战先降，众大臣又傻了眼，呆呆站在厅上，谁也不敢开口。

等到把两位使者恭恭敬敬请去休息，大家才七嘴八舌地讨论，众人想不出好办法，只好重施故伎，有意准备一份上好的厚礼让使者带回去。殊不知，每次都用贿赂的笨方法，如果国家强盛，那还没有话说，偏偏国势积弱，金人只会觉得你一次一次送，多麻烦啊！干脆统统归我所有，比较省事。

蔡攸的弟弟蔡翛（xiāo）自以为聪明地说：“这两个使者是派来打探虚实的间谍，我们应把这两个使者杀掉。如此，金人就不知我国情况。”

这个主意实在蠢得可以，众人望着蔡翛，不说一句话，蔡翛又改口道：“不然的话，我们至少也要把使者囚禁起来。”

蔡攸摇摇头，不理会蔡翛的胡言乱语。他知道，万一对使者有所不利，把金朝搞毛了，后果不堪设想。

此时此刻，金人大兵压境，宋朝境内又盗贼蜂起，民怨载道。参议官宇文虚中建议宋徽宗，若要收拾人心必须下罪己之诏，方有回天之力。

所谓罪己诏就是皇帝下诏书，责备自己，争取同情，于是宇文虚中代替宋徽宗起草诏书，大意是说“言路壅（yōng）蔽，政事废弛，多作无益，侈靡成风；灾异处处可见而朕不知，众人处处埋怨而朕不闻，如今想来，不胜后悔之至”。同时又下令中外直言极谏，减少宫廷开销，停止大晟府、教乐所、行幸局、采石所，原来侵占百姓的土地，也一一发还……宋徽宗并且诚恳地表示：“一一施行，今日起不吝改过。”做出一副改邪归正，洗心革面的样子。

吴敏不当蔡京女婿

金兵入寇，派遣使者前来，宰相白时中、李邦彦、蔡攸等穷于应付。宋徽宗在内外交迫之下，颁布罪己诏，希望能够挽回局面。

奈何回天乏术，罪己诏也无法扳回颓势。何况在方腊之乱以后，宋徽宗也曾装模作样下罪己诏，过了没有多久，就像童贯所说的“东南人家饭锅子尚未稳住”，他又急急忙忙恢复了造作局，重新任用梁师成、朱勔等小人为他采办花石，闹得天怒人怨。《水浒传》一书之中，把“官逼民反”描写得入木三分。

宋徽宗接到郭药师兵变的消息，也是忧愁焦急，惶惶不可终日。他一向以艺术家风流皇帝自许，几时碰到如此艰难棘手之事。有意南下避难，而令太子留守。于是，徽宗派遣李棁（zhuō）出守金陵预先布置，同时，发表太子为开封府牧的诏令。

宋徽宗的心意，很容易被臣下看出。其中，有一位给事中吴敏忠心耿耿，他曾经在庙堂之上，请问宋徽宗：“金人违背盟约，陛下何以解决？”

“奈何？”宋徽宗眉头皱紧，长长叹了一口气。

吴敏揣知宋徽宗有南幸的意图之后，对朝中大臣道：“朝廷如何要放弃京师，这个计策太差了，果真如此，我等虽死也不奉诏。”

这吴敏系有骨气的读书人，文章作得极佳。蔡京发现这个年轻英俊的小伙子，只有二十七岁，下笔掷地有声，愈看愈有趣，有意把女儿许配给他。

不料，吴敏竟然一口回绝了这门亲事，不屑于当蔡京的乘龙快婿，真是好大的胆子。蔡京在诧异之余，反而更欣赏他的个性，因此，并未加以排挤。所以吴敏才能爬到给事中，权直学士院兼侍讲的高位。

吴敏发现宋徽宗胆小如鼠，去意坚决，迫不及待想要逃离京师，遂上了一个劄（zhá）子（劄子是古代一种公文，用于向皇帝或长官进言议事），向皇上推荐李纲。

吴敏在劄子中称赞李纲“明隽刚正，忠义许国，自言有奇计长策，愿得陛下召见”。

既然李纲有奇计长策，正在一筹莫展的宋徽宗，当然是非见不可了。

吴敏为什么大力推荐李纲？让我们先大略介绍一下李纲这一个人。

李纲，字伯纪，邵武人，政和二年（1112 年）进士及第，后来做到监察御史兼权殿中侍御史。由于为人耿直方正，有话就说，得罪了朝中权贵之士，降官为比部员外郎。比部是刑部内的一个司，掌管稽核、督察的工作。

宣和元年（1119 年），京师闹水灾，中国人一向相信“天人感应”之说，既然有了天灾，一定是皇帝做了不对的事，所以上天才要惩罚。

于是，李纲借题发挥，上了一个奏章，表示阴气太重，朝廷应以盗贼外患为忧。

宋徽宗与历史上所有昏君一般，只爱听歌功颂德之言。白时中因为上言“祥瑞之多，前所未有”，马屁一拍，扶摇直上，当上了宰相。李纲忠言逆耳，宋徽宗龙颜大怒，一气之下，贬谪南监州沙县税务。

吴敏与李纲两人不善逢迎，都是真正爱国之士。有一回，李纲在吴敏家，谈到金人入寇，国事日非，李纲慷慨激昂地说："皇上宜传位如天宝故事，否则不足以招徕天下豪杰，何况东宫太子恭俭之德闻于天下。"

所谓天宝故事，指的是安史之乱以后，唐玄宗仓皇逃往四川成都，太子肃宗在灵武即位的事。

吴敏的看法与李纲一样，认为宋徽宗如果要逃离京师，应该要让位给太子，才能号召天下人心。所以他要把李纲推荐给宋徽宗。

宋徽宗接见了李纲，李纲先提出抵抗金人的五种对策，然后，李纲极有勇气，单刀直入对宋徽宗说："皇上的意思，显然是要以太子为留守。依臣之见，敌势猖獗，非正正式式传位给太子，否则不足以号召天下。"

吴敏在旁，故意问一句："让太子为监国不可以吗？"

"不行，看唐肃宗灵武之事，可知不建号不足以复邦，建号不是唐明皇的主意，而是最后情势所逼，不能不答应，后世为此，深深以唐明皇做得不够漂亮而惋惜。皇上聪明仁恕，如能给皇太子以位号，使太子为陛下守宗庙，收将士之心，以死捍敌，则天下可得！"

宋徽宗，选自《乾隆年制历代帝王像真迹》。

第二天，李纲又刺破手指，写了一封血书给宋徽宗，重提此事。

宋徽宗怎会舍得放弃皇位，但是又急急于

想卸下责任，实在伤脑筋。最后，还是依从李纲之意，令吴敏为门下侍郎，令草传位之诏。

当然，宋徽宗还是不甘心的，当他看到草诏，握着蔡攸的手，自欺欺人地讲大话："想我平日性情刚烈，没想到金人竟敢如此！"说着，忽然一口气上不来，扑通一声，跌倒床下。众人大惊，赶快扶起皇上，一再进汤药。

过了半天，宋徽宗稍微苏醒，勉强举起手臂，用他那著名的瘦金体写道："皇太子可即皇帝位，予以教主道君退处龙德宫，可呼吴敏来作诏。"

于是，吴敏捧来为宋徽宗代拟的草诏，徽宗在诏书后面批示："依此，甚慰怀。"意思是就依照所拟的诏书，甚为安慰，宋徽宗成了教主道君太上皇帝。太子赵恒即位，是为宋钦宗。

太学生陈东上书

金兵入寇（kòu），宋徽宗惶惶不可终日，有意南下避难，而令太子留守。李纲、吴敏对宋徽宗说："非传位太子，不足以号召人心。"宋徽宗为了甩脱责任，只好答应当太上皇，把天子大权交出。

太子赵恒即位，是为宋钦宗。第二年，改年号为靖康元年（1126年）。宋徽宗被尊为教主道君太上皇帝，皇后为道君太上皇后，改居龙德宫。

当宋徽宗迁往龙德宫的那天，真是凄惨万分，宰相率领文武百官送别，个个都哭得窸（xī）窸窣（sū）窣，宋徽宗本人更是哭得眼睛都睁不开了。他对群臣道："内侍都说让位这个办法不好，浮议可畏。"

吴敏担心宋徽宗出尔反尔，横生枝节，那样一来，麻烦更大了。他赶快一步向前问道："是谁乱发的议论，愿斩一人，其他人就不敢随随便便开口了。"

宋徽宗不肯说出是谁，只是支支吾吾："好多人一起说的，记不清楚是谁了。"接着，又加了一句，"他们都说，皇帝之上，岂容更有其他尊称，太子还是当嗣君比较妥当。"

无论如何，宋徽宗总是下了台，把这个烂摊子丢给了钦宗。

宋钦宗一即位，忧国忧民的李纲立即上书陈辞，大意是："如今中国势弱，君子道消，法度纪纲，荡然无存。陛下当上应天心，下顺民意，使中国之势尊，诛锄内奸，使君子之道长，以符道君皇帝

（即徽宗）付托之意。”

宋钦宗少年天子，多少有点朝气。当他在东宫为太子之时，就每每不满佞臣专恣横暴，因此，他看到李纲的上书以后，马上在延和殿接见他，并且对李纲说：“朕以前在东宫，见卿《论水灾疏》，写得真好，朕今天还能全文背诵。”

想李纲当年因为京师大水，上了一篇奏章，因此丢官，被宋徽宗谪为南监州沙县税务，内心不免郁抑。现在听到钦宗这番赏识的话，大为兴奋，精神益发抖擞，更大生报效国家、尽忠皇上的豪情壮志。

于是，李纲接着上奏：“祖宗疆土，当以死守，不可以尺寸与人。”宋钦宗也很嘉勉李纲的忠心耿耿，任命李纲担任兵部侍郎。

北宋官员，出自《大驾卤簿图书》。

文武百官见钦宗嘉纳李纲，一些个正直言官，也开始纷纷攻击当时执政大臣，揭发他们腐败昏庸，贪污渎职的丑事。连尚在太学就读的太学生，也深深有感于国家兴亡，匹夫有责，上书痛陈国事。

于是，太学生以陈东为首，伏阙上书。（阙，宫门之意。伏阙上书就是跪在皇宫门口，向皇帝进呈意见书。）

陈东这位太学生是镇江丹阳人，极有才华，虽然家里贫苦，却与颜回一般，人穷志不穷。当蔡京、王黼（fǔ）一批小人当道之时，陈东早就看不过去，经常放言批评。中国人一向明哲保身，尤其是在古代帝王封建时代，因此尽管有内心赞成陈东评论的，表面上却敬鬼神而远之，不敢与他多接近，免得上了黑名单，为自己惹祸上身。

有时在宴饮之中，陈东又忍不住放言高论，大骂蔡京等小人无耻，祸国殃民，他愈说愈激动，声音也不断提高。在座的客人不敢答腔，低着头猛吃。可是愈吃愈慌，万一有什么人把陈东的话记录下来，去打小报告，那么，假如被误会为陈东一伙的，那可是掉到黄河里也洗不清了。

如此想来，胃口倒尽，于是有人放下碗筷，默默离开。一个走了，另一个也跟着走。到了最后，只剩下陈东一人，面对满桌山珍海味，有一种既孤独又寂寞的苍凉之感爬上心头。

久而久之，陈东被列为最不受欢迎的人物。只要有陈东在，大家都不愿赴宴，也没有哪一个主人有兴趣再把他列入请客名单之中。

当陈东入太学之后，情势为之改观，他开始有了志同道合的好朋友。

宋仁宗庆历年间，范仲淹力倡兴学，仁宗许可，就在庆历四年（1044年），建立太学，聘请当时著名教授主讲。后来范仲淹罢相，连带他所倡导的兴学主张也遭致攻击。王安石变法之时，大力提倡学校教育，太学又开始蓬勃发展。

太学生的入学资格是须由州学的上舍生中，挑选优秀的学生入学。如果发现选送来的太学生成绩不佳得勒令退学，连带推举这位学生的学官都要受处罚。在这样的情形之下，太学乃集天下英才中的英才。

宋代由于受理学的影响，太学生特别重视操行与品德，规定一律住校。宿舍称之为斋，学生分斋而居，门禁森严，无故不许出校，政府免费供给伙食。

陈东在太学中，结交到不少品学兼优，而且与他一般爱国若狂，具有历史责任感的青年学子。他们常聚在一块讨论国事，通宵不眠。说到金人入侵，政府无力，往往热血沸腾，泪如雨下。

宣和七年（1125年）冬天，太学生看到钦宗即位，李纲被重用，朝廷似乎有一番新的气象。在陈东为首之下，伏阙上书说："今日之事，蔡京坏乱于前，梁师成阴贼于内，李彦结怨于西北，朱勔（miǎn）聚怨于东南，王黼、童贯又从而构衅于二虏，创开边隙，使天下势危如丝发。此六贼者，异名同罪，愿陛下肆诸市朝，传首四方，以谢天下。"

乖乖，这个上书够厉害，把蔡京等人挨个儿指名骂，而且要求把他们的脑袋割下来示众，朝廷对此事有何反应？

李纲挺身而出

宋徽宗面临金人入侵，一筹莫展，最后只有宣布退位，传位给太子宋钦宗，钦宗任命李纲为兵部侍郎。少年天子，毕竟有些朝气，热情的太学生也以陈东为首，跪在皇宫门前，向皇帝进呈意见书……

太学生们以为“今日之事，蔡京坏乱于前，梁师成阴贼于内，李彦结怨于西北，朱勔聚怨于东南，王黼、童贯又从而构衅于二虏，创开边隙，使天下势危如丝发”。因此愤慨地主张将此六贼斩首示众，以谢天下。

除了在西北用兵的李彦之外，其他五个奸臣是如何狼狈为奸，弄权取势，颠倒是非，我们在前面曾经一再详细描述过，《水浒传》之中形容的“官逼民反，逼上梁山”也是指的这批混球。因此，陈东的上书，轰动一时，人人传诵，个个都说“痛快，过瘾，骂得好，骂得对”。

这是宣和七年（1125 年）冬天发生的事，第二年是靖康元年（1126 年），在正月里，宋钦宗又下诏征求直言。于是，埋藏在人们心中的火山爆发了，中外群起而攻击诸奸，人人皆曰诸奸可杀。

为了振奋人心，宋钦宗采取了下列措施：

——小白脸王黼闻金兵已渡河，他首先把妻子儿女，以及细软金珠，捆载南逃。钦宗下诏贬王黼为崇信军节度副使，流放到永州，然后，派遣武士跟踪到雍丘地方，将王黼杀死，又赐李彦死。

——放朱勔归田里。朱勔主持花石纲，前后二十多年，财产亿万。他在苏州的府邸（dǐ）园囿（yòu）比皇宫还豪华壮观，东南刺史郡守多半出自其门下，当时人称之为“东南小朝廷”，朱勔的故事前面已说过。朱勔回故里不久，再流放到循州，最后，在循州被杀。

——贬梁师成，赐死于途中。

——贬童贯为左卫上将军，安置于柳州，再流放到吉阳军，最后加以诛杀。

——至于恶贯满盈，祸国殃民，天字第一号大奸臣蔡京，先是被贬为秘书监，再流放到海南岛，在半途之中死于潭州（湖南省长沙市）。

蔡京虽然被贬而死，却不是斩首示众，天下人都为此愤恨难消。他的儿子蔡攸、蔡翛（xiāo），以及赵良嗣也先后被杀。

总而言之，宋钦宗即位半年以来，把宋徽宗身边左右的幸臣几乎杀个精光。将《吴姐姐讲历史故事》一路读下来的读者，看到这里，一定会拍手叫好，一吐胸中乌气的畅快。“善有善报，恶有恶报，不是不报，时候未到。”可惜，虽然政令一新，人心大快，但是国家的积弊太深，终于难以挽救。

宋钦宗下令诛杀的五个奸臣，都是宋徽宗最宠爱、最信任、最喜欢的“忠臣”，他怎会眼睁睁看着儿子“胡作非为”？原来，已当了太上皇的宋徽宗听说金兵渡河，留着钦宗与群臣防守，自己已仓皇逃往镇江，所以宋钦宗才能放手一干，从从容容诛除群奸。

话说，靖康元年（1126 年）正月，当金兵迫近黎阳，黄河两岸的守军竟然全无抵抗，望风而溃。金兵乘着小船，如游山玩水一般不慌不忙，从从容容渡河。连金人自己都不敢相信，竟然会如此顺利，也忍不住互相嘲笑道：“南朝怎么一个人也没有？”

如今是大敌当前，虽然已下诏勤王（勤王的意思是地方上以兵力救援王室），征集天下兵马，援救朝廷。但是，朝中执政大臣如浪子宰相李邦彦、白时中等人，无不胆小如鼠、畏敌如虎，他们都主张早日避难，只有李纲等人坚持抗敌。

有一天，李纲正在延和殿当班；刚好，听说宰相们奏事，正在商议迁都避难之事。李纲十分着急，赶着去见东上阁门事朱孝庄说："我有急切公事，要与宰相辩论。"

"不行，"朱孝庄回答，"根据旧例，从来没有宰相未退，而从官求见的。"

"现在是什么时候了，还管什么旧例？"李纲不自觉声音提高，朱孝庄知道拦他不住，也就代为通报。

李纲入殿之后，迫不及待上奏钦宗："道路传言，宰相欲奉陛下迁都避难，果然如此，则宗社危矣。且道君皇帝以宗社之位，传予陛下，陛下岂可一走了之？"

宋钦宗自知理亏，沉默不语。

白时中瞄了李纲一眼，轻蔑地说："都城能守得住吗？"

"天下城池，还有比都城更坚固的吗？而且宗庙、社稷、百

李纲，选自《历代名臣像解》。

官、万民全在京师，离开这儿又要到哪里去？陛下若能激励将士，慰安民心，岂有不可守之理。今日之计，莫如整厉士马，声言而战，团结民心，以待勤王之师。”李纲在廷上侃侃而论，声若洪钟。

“那么，”宋钦宗迟疑地问道，“谁可为将？”

李纲早有准备，应声答道：“朝廷平日以高爵厚禄富养大臣，为的是什么，不就是用于有用之时。今日白时中、李邦彦等，虽然是一介书生，未必知兵事；然而借重其高位，抚驭将士，以抗敌锋，这也是他们的责任！”

此话一出，李邦彦、白时中你看我，我看你，吓得脸色发白，身体也微微地颤抖着。白时中气坏了，决定以其人之道，还治其人之身。他不怀好意地高声问道：“李纲不知能否出战？”他倒要看看，李纲如何接这一招。

岂料，不怕死的李纲朗声回答：“陛下若不以臣为懦弱，臣愿意以死报国。”

宋钦宗举棋不定

金兵南下，朝中宰相李邦彦、白时中等都主张早日迁都避难，只有李纲坚持抵抗。宋钦宗问“谁可为将”，众人面面相觑（qù），默默不语。李纲挺身而出，慷慨回答：“愿以死报国！”

宋钦宗遂以李纲为尚书右丞、东京留守，兼亲征行营使，即日宣布京师戒严。虽然如此，钦宗内心依然举棋不定，还是想要早日开溜。

李纲一再说服宋钦宗：“以前，唐明皇听说潼关失守，立刻逃到四川，宗社朝廷，碎于贼手，过了许多年才恢复。后人论此，都以为唐明皇应该坚守京师，以待勤王之师。今日，陛下初即大位，中外欣戴，四方之兵，不日云集，敌人必然不能久留。假如陛下舍此而去，虽然臣等留守，何补于事？宗庙朝廷，将成废墟，愿陛下三思。”

宋钦宗心中害怕，不知该如何才好，这个时候，内侍王孝竭又在旁催促道：“中宫、国公已行，陛下岂可单独留在此处？”

中宫原是古代皇后住处，后来常用为皇后的代称。国公是爵名，代表有封爵的皇亲国戚。

内侍如此一催，宋钦宗心里更慌乱，他脸色如土，颓然跌落在榻上，对李纲说：“卿等不要再固执了，朕将前往陕西，起兵恢复都城，绝不可以留在此地。”也就是说，宋钦宗准备放弃京城。

李纲“扑通”一声跪倒在地，先是低低哽咽，继而放声痛哭，苦苦哀求，不惜以死请求钦宗千万别走。

这时，燕王、越王来了，他们分析情势，也认为不可以一走了之。宋钦宗没可奈何，拿起毛笔，写了“可回”两个字，盖了御印，命令宦官把中宫、国公追回来。然后，转过头来，对李纲说：“朕今日是为卿留下来的，治兵御寇的事，都委托卿了。”

李纲叩了几个响头，退出皇宫。当天夜晚，宋钦宗一个人左思右想，愈想愈害怕，汗毛直立。他又把宦官找来，吩咐下去，明日一早即行。

第二天一大早，李纲入朝，只见禁卫擐甲，乘舆服饰，都已准备妥当，即将升车。李纲火大了，厉声问禁卫：“你们是愿意死守宗社呢？还是愿意跟从皇上巡幸？”

禁卫们的家小都留在京师，当然不愿意独自逃难，所以皆高呼：“愿以死守！”

李纲听了这话，比较有了把握。又赶紧入宫，面奏皇上：“陛下已答应臣留下来，为何又要离开？”李纲思前想后，一夜未眠。他知道宋钦宗胆子小，也没有与国家共存亡的壮志，绝对听不进什么大道理，只有分析利害，吓他一吓。

李纲换了一种说法劝钦宗：“六军的父母妻子，都留在京师，岂肯舍去？万一走到一半，中途撤回，谁能保护皇上？而且，敌人已经迫近，他们听说皇上乘舆离开京师不远，用健马疾追，在路上交锋，岂不比留在京师更危险？”

宋钦宗转念一想，对啊，若是半途被劫，情况更不堪设想。两者比较之下，还是躲在皇宫里安全一些，终于决定不再开溜。

李纲见此，马上传知左右：“主上心意已定，敢复有言去者斩！”禁卫军接到圣旨，一块儿跪在地上喊万岁。

不久，金人果然大举进攻京师的宣泽门，数十艘火船一路开来，从来没有打过仗的李纲亲自督战。他率领了二千名敢死队，埋伏在拐子城下，金人火船开来，敢死队便以长钩，投下巨石，砸碎了不少火船，斩金人酋长十余人，杀其众数千人。

另外，李纲更发动了保甲、居民、厢军，修建楼橹、安置炮座、搬运砖石、施放火炬、准备火油。并且团结马步军四万人分为前后左右军，中军八千人，有统制、统领、将领、将队等，日夜演习。更在延丰仓中，贮存了四十余万石豆粟，准备给勤王之师食用。

金人知道宋朝是有准备的，又听说宋徽宗已传位给钦宗，金将斡（wò）离不衡量情势，觉得金朝大军，孤军深入，终必失败，还不如提出和谈条件，可以不战而取得便宜。当然，金人愿意和谈，也是由于金兵几度迫城，勇敢的李纲击退了金人。

繁华的汴京城，《清明上河图》（局部），宋张择端绘。

金朝方面，派遣吴孝民前来，吴孝民骑着马，举起鞭子，遥遥地与古城墙上的宋朝驾部员外郎郑望之互相作揖，双方约定在城西相见。

当天晚上，郑望之自城上沿绳而下，到了金人帐篷中，两人谈了一整晚，吴孝民要求两国以黄河为界，宋朝再拿出犒军金帛，郑望之不能答应，没有结论。第二天，郑望之入奏宋钦宗，并且引见金使吴孝民。吴孝民表示，希望宋朝方面能够派遣亲王、宰相到军前议和。

宋朝为防宰相揽权，宰相不止一人，但宋钦宗看看身边左右的宰相，竟没有一人愿意担任这种吃力不讨好的危险任务，李纲再度挺身而出，请求前往，眼中流露出强烈的为国牺牲的意愿。

宋钦宗看了一眼李纲，好像没听到他说话一样，命令李棁（zhuō）担任谈判使者，郑望之等为副使。李纲悻（xìng）悻然，心中难过极了，他是多么想要担任这次任务啊！他这种为国为民，不敢爱身的使命感，正是中国传统知识分子伟大的历史责任感。

种师道救援京师

钦宗虽然指派李纲为留守统帅，并且下诏亲征，其实心中畏惧，犹疑不定。几次想要开溜，都被李纲苦苦留住。金兵攻到汴京城下，数度迫城，幸亏李纲力战击退。可是城中人心惶惶，金人要求派遣宰相、亲王到军前议和，李纲自请前往，宋钦宗不许。

宰相们退朝以后，李纲一个人留下来，忍不住请问钦宗，为何不肯派他为谈判代表？

宋钦宗摇摇头道："卿性情刚烈，不可以前往。"钦宗的考虑，当然也有道理。李纲自己又何尝不知自己太过刚硬，奈何时势所逼啊。

李纲委婉启奏皇上："敌人气势尖锐，我朝大兵未集，自然不可以不和。若是朝廷措置合宜，中国之势遂安；若朝廷震惧，一切依金朝，他们以为中国无人，更加觊觎（jì yú），后果不堪设想。"

说到这儿，李纲想起李棁那种平日小心谨慎，生怕得罪人的紧张样子，忍不住又加了一句："李棁（zhuō）柔懦，恐怕再误了国家大事喔。"

李纲所担心的，果然一点也不错。李棁到了金营，一句话也不敢多言。金朝使者昂头道："都城破在顷刻旦夕之间，所以停兵不动，为的是赵氏宗社也。"

这话说得动听，金人哪有如此好心肠？若非李纲力守，汴京城还不早破了？

接着，金人提出许多条件，李棁既不敢拒绝，又无法答应。情急之下，只有文不对题地说："这是皇帝赐的黄金万两及美酒佳果。"

李棁把金朝开出来的条件带回宋朝，还真不少：

一、宋朝一次送给金人黄金三百万两，白银五千万两，牛马万头，衣缎百万匹。

二、宋主尊金主为伯父。

三、宋朝割让中山（河北定县）、太原、河间三镇之地。

四、以亲王、宰相为人质。

李纲一见条款，坚决反对，他义正辞严道："犒（kào）师金帛，数目太大，虽竭天下之财，尚且不足，何况现在只有京师一地，哪里凑得出钱？至于河北三镇，是国家屏藩，更不可轻易割让。"

浪子宰相李邦彦，可想而知，一定是主和的，他讪（shàn）笑李纲迂腐："国且不保，何必舍不得河北三镇，真是！"

在双方争论不休之时，宋钦宗表面上依从李纲，做皇帝的，总不好意思马上赞成丧权辱国的条约，私底下，却完全依李邦彦的，尽量搜括城中金银以筹备赔款。一面派遣康王赵构（钦宗之弟、徽宗第九子）与少宰张邦昌去金营求和。

这时，四方勤王之师渐渐来到京师，种师道、姚平仲等率军二十万到达京师。此二人都是河北骁将，尤其是种师道可是大大有名，能征善战，极有风骨。在童贯作威作福，手掌军权的日子里，一般将领见到童贯，莫不赶快趴地请安，种师道只是长揖而已，连童贯也得敬他三分。

此时种师道春秋已高，年纪大了，天下称之为"老种"。钦宗听说老种前来，大为开心，命李纲把老种请入安上门，问老种道："今日之事，卿意如何？"

"女真不知兵，岂有孤军深入之理？"

一听老种这话，钦宗又有意思开战了。

由于姚氏、种氏均为山西望族，两家子弟不相上下。姚平仲的父亲姚古也是响叮当的名将，姚平仲惟恐功劳被老种抢光了，自告奋勇要夜晚摸斡离不的军营。谁知，金人早有准备，姚平仲扑了个空，反为所败。

老种是老经验，他对李邦彦说："劫寨已失误，没关系，兵家有出其不意致胜者，今晚再遣兵偷袭。若不胜，以后每晚以数千人扰之，不出十天，敌人必然远逃。"

李邦彦向来是主和的，他根本不赞成与金兵开战。现在姚平仲偷袭失败，正如同他意料之中。他为了平息金人的怒火，立刻遣使向金朝谢罪，并且再三表示："此乃李纲、姚平仲之谋，擅作主张，实在并非朝廷的意思，希望金国不要怪罪。"

宋钦宗本以为姚平仲胸有成竹，应该可以高奏凯旋歌，谁知兵败如山倒。立刻下诏，不得再进兵，同时采纳李邦彦的意见，下旨将李纲免职，用以缓和敌人。

谁知，朝廷这种儒弱怕事，有损国格的窝囊行动，却惹怒了全国爱国军民同胞，尤其是关心国事的年轻太学生。

在宣和七年钦宗初即位时，太学生即以陈东为首，跪在宫门前面上书，要求朝廷将蔡京等人问罪，结果钦宗接受了太学生的请求，陈东等人也着实轰动一时。

陈东等人见李纲被换下，李邦彦等小人把持朝廷，决定再次上书，为李纲伸冤。于是，靖康元年（1126 年）二月里，以陈东为首的数百名太学生，一起跪在宫门外宣德门下，上书皇帝："李纲奋不顾身，以身任天下之重，所谓社稷之臣也。李邦彦、白时中、张邦昌之徒，忌嫉贤能，所谓社稷之贼也。陛下拔擢李纲，而李邦彦等，不为国家长久计，希望阻止李纲以达成私愤，兵民骚动，至于流涕。乞求陛下复用李纲，罢斥李邦彦，重用种师道，国家存亡，在此一举。"

陈东等人的上书有用吗？

太学生打破鼓

在上篇《种师道救援京师》之中，我们讲到，姚平仲自告奋勇，偷袭金营。结果出师不利，被金人杀得大败，亡命而逃。金人勃然大怒，责备宋朝背盟失信。浪子宰相李邦彦被逼急了，派出使者向金人谢罪，并且称："此乃李纲、姚平仲之谋，非朝廷意也。"由宋钦宗下旨，将李纲免职，以缓和敌人。不料，此事激起汴京城中人民的怒火，太学生陈东等数百人，跪在皇宫宣德门外，为李纲上书喊冤……

陈东等人这一跪，真可说是惊天地而泣鬼神。宣德门附近，顷刻之间，聚集了数万军民，再加上跑来看热闹的，放眼望去，竟然是万头攒（cuán）动，水泄不通。

众人正在叫骂李邦彦祸国殃民之时，李邦彦恰好退朝而出，被一个眼尖的太学生看到，指着李邦彦道："看啊，这不是李浪子吗？"

满腔怒火的群众，一拥而上，边跑边骂。李邦彦素来机警，眼见大势不妙，跨上快马，疾驰而去。慌乱之中，丢了一只鞋子。此时也顾不了这许多，捡回一条小命要紧。

宫中的钦宗，也听到了宣德门外的大呼小叫，惊天动地。他派了一个宦官出来，告诉民众，朝廷已准了陈东等人的请求，也就是"复用李纲，斥退李邦彦，重用种师道"，大伙可以散了。

既然钦宗应允了太学生的请求，也没有什么好戏可唱了，众人纷纷准备离开。

忽然间，有位太学生登高一呼："不对，不对，谁知道是真，是假？今天不见到李右丞（纲）、种宣抚（师道），我们不能退！"

到底是太学生，多读了几天的书，设想比较周密。经他这样一提醒，已经要离开的群众，又不约而同回到宣德门旁边。

此时，钦宗派出吴敏传旨："李纲用兵失利，不得不免去相职，等到金人稍稍退却，朝廷马上传令复职。"

吴敏这一传旨，立刻引起骚动。由此可见，钦宗方才的应允，根本就是敷衍，缺乏诚意。众人议论纷纷，都表现出强烈的反感与极度的不满。

陈东等热血沸腾的太学生更是一肚子的火，把手上的一面皮鼓"咚咚咚"敲得喧天呼地，鼓声又密又急。到了最后，竟然把强韧的皮鼓都敲碎了，人心激动到了极点。

开封府尹王时雍是负责掌管京师治安的，他看着实在闹得不像话了，迈着官步，缓缓走到太学生面前，指着正在怒吼的太学生，板着脸训斥道："你们的书读到哪里去了？可以这样的威胁天子吗？还不赶快退下！"

太学生一心为国；加上有群众的支持，心一横，胆子也大了。他们挺着胸膛，不甘示弱地回王时雍一句话："我们以忠义威胁天子，至少比以奸佞胁迫天子好吧！"说着，就有那年少气盛的学生，卷起衣袖，口里念着："看我们收拾这个狗官。"

王时雍一见苗头不对，决定不与这些老百姓一般见识，匆匆忙忙，抱头鼠窜。

有位叫王宗滋的官员看在眼里，惟恐激起民变，赶紧入宫，启奏钦宗：不如勉强答应太学生的要求，以免酿成更大的事端。

宋钦宗没有想到一波未平，一波又起，真是伤透脑筋。于是派遣耿仲南向群众宣布："已得旨宣李纲矣。"同时内侍朱拱传旨，李纲即将复职。

老百姓根本不再相信，他们非要马上见到李纲复相不可。十来个倒楣的宦官，被愤怒的民众逮住，一块一块地，割去身上的肉。

宋钦宗在宫中得到消息，急得满头大汗，立刻宣召李纲入宫。

李纲惴（zhuì）惴不安地上殿，他一片忠心耿耿，被撤去相职，不免有所委屈。看到太学生陈东等仗义执言，愿意与他站在同一阵线，心中固然有些欣慰；可是抗议行动如此猛烈，闹得京师惶惶不安，惊动天子，也是他所不忍见到的情况。

李纲入殿，流着眼泪哭泣道："臣惶恐，臣罪该万死！"宋钦宗心想，现在要是赐你死了，外头更不知闹成什么样子。立刻叫人写旨，复李纲右丞职，并且担任京城四壁守御使。

李纲一再跪在地上磕头，不肯在如此情况之下任新职。宋钦宗听到宫外，一阵一阵传来喊杀之声，吓得心胆俱裂，此事哪能由得李纲？李纲恢复相职消息传出，群众一片狂欢，又叫又跳。真是打了一场大胜仗。

太学生陈东当初上书除了罢李邦彦，用李纲之外，还有一件，即重用种师道。李纲到底是个书生，对抗金兵总得要有会打仗的将领，于是，大伙又齐集鼓噪，嚷着要求见老种。

正好宋钦宗见京师混乱，已下诏种师道入城弹压。当种师道的马车驶入京城，迫不及待的民众，一步向前，抢着去掀车上的帘子。一掀之下，发现里面坐着一位神闲气定，精神抖擞，白胡飘飘的老将军，兴奋地呼喊："果然是我公也！"众人遂欢天喜地的散去了。

陈东敲坏的鼓，李邦彦遗失的鞋，都是历史上有名的小故事。这代表民心向背，舆论永远支持正义。

郭京的六甲神兵

在上篇《太学生打破鼓》中，我们说到，太学生以陈东为首，跪在皇宫门前，为李纲呼冤，声动天地，连鼓面都给敲破了。宋钦宗惟恐激起民变，只得下诏，复用李纲为尚书右丞、京城防御使，并令种师道严加守御……

当初，宋钦宗把李纲换下，改用蔡懋（mào）之时，蔡懋胆小怕事，为了担心金人不悦，竟然下令，若是金人攻城，宋人不许在城上投掷矢石，以免伤害金兵。这算哪一门子的打仗方式？将士们无不愤恨在心，暗地里咒骂。

等到李纲复用，他立刻下令，凡能杀敌者厚赏，众人无不雀跃，加上太学生在京师如此一闹事，李纲声望如日中天。金人也有奸细，亲眼目睹太学生上书的壮举，看来宋朝毕竟“民气可用”，稍稍有了畏惧之心。既然已得到河北三镇的诏书，又扣留了宋朝肃王为人质，于是，不等宋人凑足赔款的金币，仅获得宋朝搜括都城中的金二十万两和银四十万两，便引兵北去。

金人既去，宋钦宗与文武百官都长吁了一口气，浑身无力，虚软疲惫。

老将种师道叩见宋钦宗道：“不如我军趁金人退兵一半，中途拦截。”

刚刚才松一口气的钦宗，哪里敢再开战火，连忙呵斥：“不可！”

种师道长叹一口气："金人此番北去，异日必为中国之患。"御史中丞吕好问也在旁附和："金人得志，益发轻视中国，待秋凉马肥，必将倾国复来，御敌之备，当速讲求。"这番话，宋钦宗根本听不入耳。

种师道曾对中丞王翰分析道："我众敌寡，我只要分兵经营控守要地，使金朝粮道不通，坐以持久，可破金人。"

王翰深深佩服老种的锦囊妙计，但是宋钦宗不以为然，他认为种师道是个好战分子，容易惹祸。便以年纪太老为理由，解除了种师道的兵权，改派他为中太一宫使。

王翰为种师道辩护："师道名将，沉毅有谋，智力未衰，虽老，仍可用也。"

宋钦宗置之不理。李纲等也曾一再上书，认为金人不可测，必须严防卷土重来。可是钦宗的顾虑是，万一宋朝储备国力，怕金国再以此为借口入侵，所以不敢武装。此时，先一步溜到江南的太上皇宋徽宗也回到京城，以为一切从此太平，安然无事。

当然，宋朝表面不敢声张，内心仍然舍不得把河北三镇，拱手让给金人。于是，暗地里命令三镇守将，固守防地，同时用密书联络辽国降金的大将余睹，又与在西夏的辽国梁王雅里通书。很不幸，这一连串来往的蜡丸书，都被金人半途截获了。

什么是蜡丸书呢？我国古代，用蜡制成圆形外壳，内放机密文件，以防泄漏又可避免潮湿，也称之为蜡弹，是个相当聪明的办法。

金朝见到蜡丸书，大为生气，认为宋朝太不老实，非要好好教训不可。

金兵二度兴兵入寇，仍沿上次路线，由粘罕与斡离不领兵南下。一路势如破竹，直下黄河，宋钦宗一听金人又来了，几乎昏倒。不多时，金兵再度把汴京包围起来。这一次，金人的胃口可大了，不再是区区河北三镇可以打发的了。

宋朝君臣吓得手忙脚乱，一会儿言和，一会儿言战。若是战嘛，没有通盘的作战计划，若是和嘛，又没有谋和的决心，步骤凌乱，处处予敌人可乘之机。当然，最主要的原因是宋朝积弱不振，腐败无能，与金朝的军事力量相差过于悬殊。

金朝的大兵自靖康元年（1126年）十一月三日围困了京师，昼夜攻打。在这个千钧一发之际，宋朝不知抵抗，反而误信一个名叫郭京的骗子，说是精通法术，有通灵本事，具有六甲之法。

好事之徒纷纷传言，郭京本事极大，只要用七千七百七十七人就可以生擒金朝两大元帅，把金兵扫荡无遗。朝廷大喜过望，深信不疑，尤其是新上任的宰相何㮚（lì），兴奋得什么似的，到处宣传这个不得了的好消息。

繁华的汴京城，《清明上河图》（局部），宋张择端绘。

何㮚等人把郭京捧得像个神，朝廷赐郭京为成忠郎，低声下气请问郭京，该用什么方法可以破敌。

郭京也大模大样地回

答："我要挑选七千七百七十七个士兵，不问他会不会打仗，是什么出身，但是有一点，必须命合六甲，才能施展六甲之法。"所谓六甲指的是甲子、甲寅、甲辰、甲午、甲申与甲戌年出生的。

不到十天，郭京已招募到了合于六甲的六甲神兵，都是一些市井无赖之徒。此时，金兵的攻势凌厉，郭京谈笑自若，大言不惭道："只要选好黄道吉日，出兵三百，可致太平。"

何桌等人深信不疑。有人对何桌说："自古以来，未闻以法术成功者，今相信法师太过分，恐怕会成为国家之羞。"

"去去去，郭京正为此时刻而生，敌人的事，他无有不知。这些话幸亏你没有到处胡说，否则诬告郭京，该当何罪？"

访客只好作揖告罪而出。过了不久，"神兵"出击，被杀得大败。郭京一看情况不妙，自请下城作法，乘机逃之夭夭。

我们今天看宋人迷信郭京，认为宋人头脑简单。今天国人迷风水，信符咒，算紫微斗数，又该怎么说？

宋钦宗二度入金营

靖康元年（1126 年），金朝的两路大军围困京师，昼夜攻打，在这个千钧一发之际，宋朝竟然相信一个名叫郭京的神棍。郭京称能使六甲之法，活捉金将。结果，“神兵”一出，被金兵杀得横尸遍野，郭京一看法术失灵，自请下城作法，乘机开溜了。

汴京城破，兵败如山倒。宋钦宗痛哭流涕，捶胸顿足，懊丧不已，连连怪自己：“唉，朕为何不用种师道言，以至于此。”种师道老早警告钦宗，秋凉马肥，金兵必将卷土重来，宋钦宗不予采纳，没有事先防范。

金兵攻陷了汴京，金将粘没喝与斡离不倒没有进城，并且宣称，金朝无意灭亡宋朝，只要宋朝割地赔款，便可以马上撤兵。但是，金朝开出一个条件：必须要太上皇宋徽宗亲自前往金营，当面谈判。

这个条件一开，逼得宋钦宗非出马不可了。他总不好意思要已经退位的老父亲去担心受罪，人情上说不过去，也违反中国传统皇帝以孝治天下的美德。虽然，宋朝衰弱至此，宋徽宗的昏庸要负最大的责任。

于是，宋钦宗对金朝使者说：“太上皇已惊忧成疾，朕当亲自前往。”准备携同宰相何桌、陈过庭一块前去。

何桌十分害怕，躲躲闪闪，希望能逃过这一关。宋钦宗生气了，厉声呵斥：“你非去不可！”何桌面色如灰，低头不语。

太学博士李若水想起何㮚就是保举郭京的罪人，忍不住无名火起，指着何㮚大骂：“国是到这种地步，不就是你们这批奸臣误事！”

李若水是个敢做敢当的忠耿之臣，他曾经上书，痛陈朝廷弊端十数条，害得浪子宰相李邦彦颇为不悦。李若水原名李若冰，当初，宋钦宗召见他，见到“若冰”两个字，眉头就扭紧在一块儿了，他对李若冰说：“若犹弱也，冰犹兵也，兵不可弱，不如改名为若水。”于是若冰成为若水。

何㮚哀哀戚戚，哭哭啼啼地出发了。他举起巍巍颤颤的腿，突然觉得两腿发软，不听使唤。两旁侍卫左右一挟，半拖半拉，勉勉强强上了马鞍。刚出朱雀门，手上的马鞭已摔下了三次，可见他已神志恍惚。

宋钦宗，选自《乾隆年制历代帝王像真迹》。

宋钦宗等一行人到达了金营，此时宋朝手上根本没有讨价还价的本钱，还不是金人怎么说，宋朝只得乖乖地听。金朝狮子大开口，要求割地之外，还要宋朝送上金一千万锭，银两千两百万锭，帛一千万匹。

宋钦宗被金人扣押了两天，在这漫长的两天里，他坐立不安，一身冷汗，对未来命运一无所知。最后，金人竟然答应放他回去了，宋钦宗简直喜出望外。

正在为圣上忧心的宋朝臣民，听到这个消息，也是惊喜如狂。夜晚，宋钦宗的车驾驶入南薰门，京城父老夹道欢呼，匍匐在路旁跪拜。十一月的北方，已是大雪纷飞，民众为了表示对钦宗的爱戴，纷纷挑了土来填盖泥泞的雪地。一会儿工夫，一条笔直干净的大道，出现在皑皑白雪之中。

当车驾经过，民众拦住马首，仰望天颜，感慨万千，宋钦宗更是呜咽得不能出声。不久，宋钦宗的一块手帕早已湿透，远远瞧见太学生们也来迎接。钦宗再次掩面大哭："宰相误我父子！"君臣之间引起共鸣，于是，一片凄厉的哭声，入耳令人心悸。

一直到了宣德门，宋钦宗深深吸了一口气，方才缓缓地止住了哭声。面对那些忠心耿耿，冒着风雪在路旁恭迎自己的百姓们，不禁感动万分。对百姓说："各位子民们，朕几乎再也不能和你们相见了……"又是哀戚，又是悲愤，想想自己贵为天子，旦夕之间，凄凉若此，忍不住又眼眶发热，视线模糊，话也说不下去了。其实，钦宗也不用再说什么，皇帝被敌人扣留，又被迫向敌人纳贡，那份耻辱与悲伤，是在场的每个人都能感受得到的。

车驾终于驶入宫中，郑建雄、张叔夜等大臣早已守候多时，个个老泪纵横，噙着泪水，直直跪下。宋钦宗一手按着马车，俯首回礼，不断用另一只手背，悄悄拭去眼角两粒黄豆大的泪珠。无论如何，总算捡回一命。

可叹的是，宋钦宗等人高兴得太早，恶运还在后头。钦宗派人在京城搜括金银，东翻西找，把整个京城都几乎翻了过来。距离金朝要求的数目却还远着哩。而钦宗派人去河东河北等地，交涉割让土地一事，当地的居民又纷纷抗命，不愿意投降金朝。

同时，金朝看准宋朝好欺负，三天两头要求宝器、马车、良驹，又要大内的图籍，大成殿的乐器，太常寺的礼器、浑天仪、古玩、字画，甚且内宫的簪环首饰，不分昼夜地往外搬，依然不能满足金人的胃口。后来，金人又要求一千五百名年轻貌美的女子，许多贞洁的妇女不肯出城，愤而投水。

打从靖康元年（1126 年）十二月到第二年的正月里，宋朝疲于奔命，从早到晚忙着应付金人的索求。可是，金银仍然没法凑足数目，金人不耐烦地再三催促。最后，金人要求，宋钦宗再度前往金营谈判。

宋钦宗一听之下，脸色惨淡，手颤目呆，却也别无选择，万般无奈再度出发。当车驾驶出之时，数万百姓奔跑过来，跪倒在车旁，再三哀求："陛下不可去！"在旁的范琼安慰大家："皇帝一早去，晚上就回来。"老百姓信不过，死死拦住车马，范琼狠心地砍去那些拉住车子的百姓的手腕，这才丢下了嚎啕痛哭的民众。

车过郊外，张叔夜跪在地上，恳求钦宗回宫，钦宗长叹一口气道："朕为生灵之故，不得不亲自前往。"

靖康之难

在上篇《宋钦宗二度入金营》之中，我们说到，金兵攻陷了汴京，宣称并不要灭亡宋朝，只要宋朝割地赔款，但必须太上皇宋徽宗亲自去谈判。宋钦宗在这种情况之下，只有被迫含羞忍辱赴金营谈判，被金人扣留了两天。钦宗回宫之时，百姓与太学生夹道欢迎，哭成一团。钦宗掩面道："宰相误我父子。"后来，钦宗所搜括城中金银与金人要求相差甚多，河北河东割让之地的人民又抗命，金人大怒，邀钦宗再度前往……

钦宗这次前去金营，却被金兵当成人质，金银不足，不肯放还。对钦宗的招待也很差，饮食不周，群臣相顾失色。钦宗也只有低着头，默默地流着泪。

汴京城里的宋朝人民，左等右等，还是看不到宋钦宗，心知不祥。爱国如狂的太学生徐揆（kuí）上书金营，请求金人以恻隐之心，早日放钦宗回宫。

金兵将领看到书信，派人把徐揆带到营地，要看看这个不知死活的小子是何人。徐揆年少气盛，与金人展开激烈的辩论，最后，被金人一刀砍死。

到了靖康二年（1127 年）二月，金太宗吴乞买，竟然下诏废徽宗、钦宗为庶人（庶人即平民、百姓），并且强邀太上皇出城。

张叔夜跪在徽宗身前，恳切地说："皇帝一出不复归，陛下千万不可再出。臣当率励精兵，护驾突围，也许可以侥幸而出。"

宋徽宗惊慌得没有主意，不知如何是好，曾经一度意图仰药自杀，被范琼所阻。范琼受到金人指使，逼迫上皇与皇后乘坐牛车出宫。

不但上皇要去，太后也要去。金将粘罕命令开封府尹，把皇宫的诸王、诸妃、皇子、皇孙、公主、驸马的名单，详详细细开列了一张表，照单全收，一个也不准少。有些躲藏在民家的，开封府下令，谁敢留皇族一人，满门抄斩。

如此劳师动众，大规模地搜索了十天，共得赵氏宗室贵族三千多人。金人命令他们彼此把衣袖连在一块，衣袂相连，哭哭啼啼押到了金营。

宋钦宗、宋徽宗二帝先后被押到金营去谈判，其实，此时已无判可谈。金将粘罕根本没把他父子二人当成谈判的对象，他俩被剥下了御袍，换上了青衣小帽。忠心耿耿的李若水见此光景，抱帝痛哭，大骂金人是狗不是人，气得青筋暴露，牙齿咬得格格有声。

金人把李若水拖了出来，狠狠毒打了一顿，李若水昏倒在地。粘罕希望李若水投降，派出十多个人照顾他，并且命令道："必使李侍郎无恙。"

繁华的汴京城，《清明上河图》（局部），宋张择端绘。

可是，李若水悠悠醒过来之后，开始绝食，无论怎样劝说，就是不动碗筷。有人对他说："公今日顺从，明日富贵都有了。"

李若水仰天

长叹:“天无二日，若水岂能有二主。”若水的仆人也劝他:“你父母年岁大了，你早些屈服，还可回家探望二老。”

“呸!”李若水喷出一口口水，落在仆人的脸上，他坚决表示，“你们不必再多费口舌，反正，我是不会投降的。”

金人查点宋朝的王公贵族，忽然发现少了皇后与太子，这还了得!

原来，宋钦宗二度入金营之前，他心中有数，此番前去，凶多吉少。因此，临行之前，特别交代枢密使孙傅，偷偷把太子与皇后藏匿在民间。

孙傅寻找了一个长得与太子相像的，以及两个宦官，一并杀了，把首级交给金人，谎称:“有两个宦官想要偷带太子出宫，不幸被乱民争斗杀伤，误中太子。”金人当然不肯相信，又有急于谄媚金人的宋朝大臣范琼、莫俦(chóu)等，千方百计，展开地毯式的拘捕行动，终于把皇后、太子都找到了。

查出太子、皇后下落之后，一连过了五天，没有人出面承认做了这件事。金人似乎也无意去探究此事，孙傅倒是不打自招，自己出面了。

他正色地说:“我是太子师傅，当同生死。金人虽然不逮捕我，我也要与太子一块去，当面见一见金朝将领，或许还能挽回大局。”自然，孙傅心知肚明，到了金营，哪还有生还的希望?

孙傅主意打定之后，直奔皇城司，孙傅的儿子急急忙忙跑去探望。

孙傅一见到儿子，脸一板就训他:“告诉你，叫你不要来，你为什么又来了，我已经决定的事，你们再来说也没用!”说着，把面别过去，不肯再正眼见儿子。

孙傅的儿子，一面擦眼泪，一面哽咽地说道:“大人以身殉国，儿尚何言?”

当众卫士将皇后与太子拖拉登车出城，孙傅也跑来了，非要跟着去不可。他说："我宋之大臣，且为太子傅，当死从！"太子在车上吓得放声大哭，不断呼叫："百姓救我！"城里许多官吏，尾随在车后，一路追，一路哭，踉踉跄跄，扑倒在地，场面凄凉万分。

钦宗、徽宗、太子先后被掳，金人一面在城中搜括金银，一面立张邦昌为楚帝。这幕人间惨剧，史称靖康之难。岳飞《满江红》中的"靖康耻，犹未雪"，指的就是这段史实。我们详详细细，不厌其烦地述说这段经过，讲了许多一般不常见的小故事，希望能给读者一个深刻的印象：国破家亡，何等可悲，我们每个人都该爱国家啊！

宋徽宗吃桑椹

在上一篇《靖康之难》之中，我们讲到，在靖康二年（1127年），金兵猛攻汴京，汴京陷落。金兵把汴京的财物抢劫一空，又把宋徽宗、钦宗与后妃皇族三千人押解而去……

想当初，在靖康元年（1126年）之时，宋徽宗以为金兵撤退，警报解除，欢天喜地自江南返回汴京。他还在暗自庆幸自己早日退位，把烂摊子丢给了钦宗，以后可以安享太上皇悠哉游哉饮酒作画的乐趣。

因此，当徽宗回京师后，住在龙德宫之中，十分逍遥。每次有事情交代钦宗，总是自称“老拙”，称钦宗为“陛下”，表示从此谢绝一切政事，安心地过退隐的生活。

宋徽宗做梦也没有料到，居然被金人压迫着来到了金营，而且被视为囚犯一般看待。

徽宗、钦宗父子二人分别被关在简陋破烂的小屋里，没有床，没有被褥，只有两条光秃秃的木板凳。身上威风无比的皇服，也被金人给剥了下来，换穿青衣小帽，看来像个破落户。

宋徽宗自幼锦衣玉食，养尊处优，从来就是最会享福的皇帝。在万岁山延福宫度过多少奢华的岁月，几时遇到这种凄凉的景象。徽宗身旁，一向仆从云集，现在不但一个使唤的宦官都没有，门外还有层层的警卫，一个个杀气腾腾，看着好叫人害怕。

宋徽宗长叹一口气，无可奈何坐在木凳上。不久，金兵派人送食物来，他也正好饿了，可是端来的饭菜，乌漆抹黑，且有恶臭。

宋徽宗看了一眼，胃口倒尽，实在无法下咽。

中国人一向讲究美食，何况是生长在帝王之家，更何况是以艺术家自许的徽宗皇帝，素来对烹饪的艺术颇有研究。不要说是宋徽宗，即使是他手下的蔡京，也是出了名的美食家。曾有一位读书人，买了蔡京厨房中的厨娘为妾，迫不及待要妾蒸一笼包子，好享受包子咬破，汤汁外溢，芳香扑鼻的滋味。岂料这厨娘竟然回他一句："我在蔡太师府里，只负责剁包子里的葱花，其他，我全都不会。"（请参考《蔡京与蔡攸》篇）由此可推想徽宗御膳房的规模。

面对着粗粝（lì）的食物，宋徽宗真的是无法入口。但是不吃会饿死，只好勉勉强强，含着眼泪，哭哭啼啼塞进一些猪食不如的难吃的东西。如今身不由己，只好任人摆布。一心盼望，和解早日完成，他能够尽快回到富丽堂皇的宫殿里，赶快忘掉这阵子所受的窝囊气。

谁知道，霉运还在后头哩。过了没有多久，金人决定把徽钦二帝及亲王妃嫔一块送到更远的燕京，以免横生事端。

于是，徽钦二帝不由自主地被架上了平常使用的牛车，满面哀容地往东北行驶。一共有八百六十辆牛车，载运诸王、妃嫔等人。

当牛车过河，来到浚（xùn）州城外，许多老百姓闻风而至挤着向前，想要抢回皇帝，都被金人一一阻挡，场面哀戚而悲惨。

过了浚州城，再往下走，就是一片荒野，经常是十天半个月，见不到半片屋瓦。到了夜晚，只有随随便便在荆榛茅草之中打地铺。第二天一大早继续赶路，哪怕是刮大风下大雨，也不准半刻逗留。

到了河北，豪雨泛滥，地上的黄泥都已盖过脚胫。简陋的牛车，不堪长途跋涉，一辆一辆都破损报销了。金人规定，损坏的牛车，一律不准再补。因此到了后来，几乎多半得徒步而行了。

牛车坏了，牛也受不了如此的折磨，一只一只鞠躬尽瘁，倒地死亡。这些可怜的牛只，就正好作为果腹的食物。

徽钦二帝以前从没走过几步路，如今，被当做罪犯押着长途跋涉，简直是要了老命。郑太后年岁大了，拐着脚走不动，金兵拿着棍子在脚后抽。金国押解官对钦宗的朱皇后产生兴趣，一路之上百般调戏。钦宗低着头，一句话也不敢多说。

桃鸠图，宋徽宗赵佶绘，（日）东京国立博物馆藏。

走着走着，宋徽宗口干舌燥，浑身无力。忽然看到路边有一棵桑树，赶紧摘下桑椹（shèn），忙不迭往口中塞，一连吃了好几枚。他眼中的泪水汩汩而出，转过身来对曹勖（xù）说：

“我在藩邸时，记得有一回，看到乳娘在吃桑椹，我偷偷地吃了几枚，发现酸酸的、甜甜的、涩涩的，蛮好吃的。谁知乳娘一把夺了去，说这是低贱的果实，不是帝王之家子弟该吃的。谁知今天再食桑椹，竟会落到这步田地，难道说桑椹与我相终始？”说着，徽宗又泪如雨下。

从春天到夏天，徽钦二帝终于到达了燕京，拜见金太宗吴乞买。此时帝后皆蓬头垢面，满身虮虱，三分像人，七分像鬼。金主封宋徽宗为昏德公，钦宗为重昏侯。然后，又再度迁往韩州（辽北昌图县）。

帝子王孙与士族，共计九百余人，给田十五顷，各自舂米为食，织麻为衣，生活得与奴隶一般。后来，宋徽宗死在五国城的一间破屋土炕上。宋钦宗更可怜，受尽折磨，求生不得，求死不能，足足度过了三十年的囚犯生涯，才离开人间。

宋徽宗以风流皇帝自许，最羡慕南唐李后主，刚好也与李后主一般，成为亡国君主，而且下场更惨。

张邦昌不敢登御座

在上篇《宋徽宗吃桑椹》之中，我们说到，徽钦二帝，先后被金人掳掠而去。

金兵一面在城中大肆搜括，一面命令百官商议，别立异姓为帝；也就是说，另外立一个不是姓赵的当中原的皇帝。众人你看我，我看你，一个个低着头不敢开口。刚好此时，尚书员外郎宋齐愈自金营归来，大伙七嘴八舌地问道："金人的意思到底如何？"

宋齐愈没吭声，拿起笔来写了三个字："张邦昌。"于是，张邦昌当上了金人拥立的傀儡皇帝，改国号为楚。

想当初，金人犯京师，朝廷准备割让河北三镇，张邦昌被任命为和谈代表。后来，姚平仲偷袭金营，李邦彦等为了怕得罪金人，赶紧要张邦昌代为表示"此非朝廷之意"（请参考《种师道救援京师》篇）。张邦昌有此功劳，被升为太宰兼门下侍郎。由于在金人眼中，张邦昌是个乖乖牌，易于控制，所以，金人愿让张邦昌当皇帝。

消息传出后，不肯屈节的阁门宣赞舍人吴革，率领亲事官数百人，杀了妻小，焚烧住宅，以视死如归的无畏精神，起兵抗命。可惜在咸丰门附近，一举被金兵歼灭。

另外一方面，在人心惶惶之际，也有奸臣范琼等人，大声疾呼："大家莫惊慌，如今只是少了一个主人，东也是吃饭，西也是吃饭。譬如营里长行健儿，姓张的来管着是张司空，姓李的来管着是李司空，换来换去都差不多。”这些媚事金人的厚颜无耻之辈，他们都以楚国的佐命大臣自居，尤其是王时雍最为无耻，人们称为是“卖国牙郎”。

张邦昌本人，当然不是个忠节之士，但要说他一心一意出卖国家、为虎作伥倒也未必。当金人起初胁迫张邦昌做皇帝时，他也曾想自杀。金人威胁道：“假如你不肯，我们即将屠城，把百姓杀个精光。”所以从这方面来说，张邦昌也是为保全百姓，勉强答应。

靖康二年（1127 年）三月，金人册立张邦昌为大楚皇帝。张邦昌哭哭啼啼上了马，到了西府门，假装头昏倒下来了。过了一会儿，苏醒过来，又痛哭一场。步行到宣德门外，换上了御衣，望着金国拜舞，跪下来接受金人册封为儿皇帝，册书上写着：“咨尔张邦昌，宜即皇帝位，国号大楚，都金陵。”

张邦昌即位的这天，一阵阵的怪风猛烈袭来，天空阴沉沉的，见不到一丝阳光。文武百官都哭丧着脸，一副大祸临头的悲惨模样。张邦昌整张脸白得像死人一般，只有王时雍、范琼等笑口常开，快乐极了。他们往来奔走于金营与京师之间，马不停蹄，传达金人意旨。这批狗腿子，京师人称为“捷疾鬼”。

行过大礼之后，张邦昌自宣德门步入，由大庆殿走到文德殿前。他在御床（皇帝宝座）的旁边，另外放置一张椅子，他坐在这张椅子上，接受百官祝贺，表示并非他想登御座。

接着，张邦昌站了起来，传令道：“本为生灵，非敢窃位。”意思是说，他本来是为了挽救百姓，免被金兵屠杀，原本并没有意思要篡位当皇帝。因而传令下去，百官免跪拜之礼。

为了表明心迹，张邦昌接见百官，自称为“予”而不是“朕”，不敢称手诏，改称为手书。所有任命的官吏的职衔前面，都加上一个“权”字，表示是临时代理之意，甚且不改元，仍沿称靖康二年。

只有王时雍一人，每次入朝奏事，总是自称为“臣启陛下”，

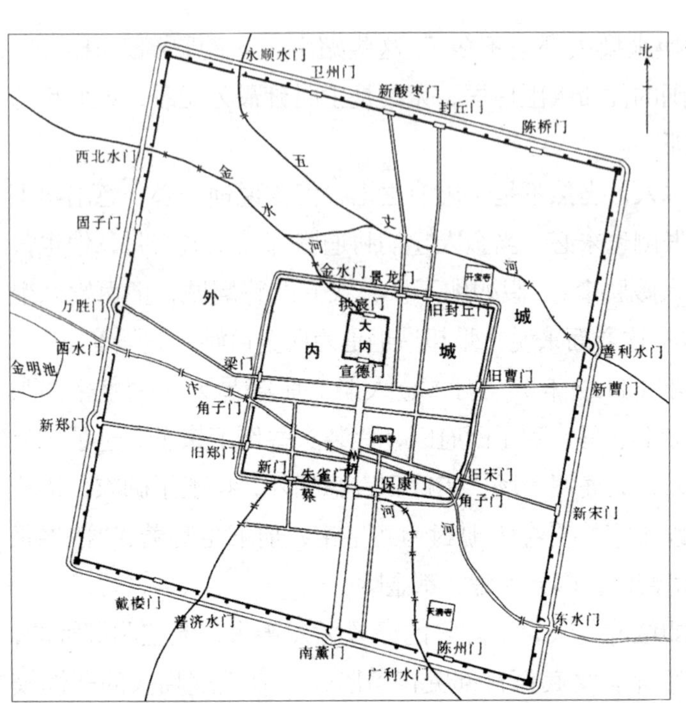

北宋都城东京图。

又屡次怂恿张邦昌，应该正正式式坐在垂拱殿，接见来使。王时雍总认为，虽然是个傀儡儿皇帝，演戏也该演得逼真一些，既是新皇登基，理应大赦天下，普天同庆。吕好问忍不住没好气地顶了他一句：“这四壁之外，开封城外头，你都管不着，还赦什么天下？”说得王时雍的耳根子都红了一片。结果，只好把城中的犯人给放了，略微表示大赦的意思。

金人册立张邦昌为楚帝，这是因为中国幅员广大，金兵人数少，不够分配在中国国土之中。所以，采用以华制华的办法，找一个乖乖牌来代为掌理。现在，既然张邦昌已正式登基，他们便准备离开了。

于是，金兵在粘罕与斡离不的带领之下，搜括干净汴京太清楼、秘阁三馆的书籍，天下府、州、郡、县的图表，大乐教坊的乐器、祭品、冠服、礼器，甚且民间的金、银、衣、缎，内府的技艺工匠、倡优内侍，一股脑儿全部打包带走。一路高奏凯旋歌，兴高采烈回燕京去了。

张邦昌率领着文武官员，服赭（赤红色）袍，张红盖，沿途摆设香案，恭恭敬敬为金人饯行。

这时，留在张邦昌朝中的宋朝官吏，大约可分为两派。一派如王时雍、范琼等甘心当金人爪牙者，一派如吕好问、马伸等，表面上委曲求全，内心却仍然忠于宋朝。

当金兵撤离之前，原本计划派兵监视张邦昌，吕好问故意好心好意对金人说："南北风俗习惯不同，水土不服，必不相安。"

金人想了一想说："如此说来，留一个贝勒统制可也。"

吕好问摇摇头说："贝勒爷是贵人，如果触发生病，那么，罪过可就大了。"

金人颇以为然，于是，把大兵全数撤去。

金人走了以后，张邦昌骤失所依，忽然害怕起来，不知如何是好。只有请教吕好问，吕好问会给张邦昌什么建议？

宗泽拒交牛黄

靖康二年（1127 年）四月，金人掳走徽宗、钦宗二帝后北去，留下了傀儡楚帝张邦昌……

张邦昌小心翼翼把金人送走以后，见汴京中满目疮痍，内心惶惶无主，他不知如何是好。于是，请教吕好问。

吕好问没有马上回答，反而回问张邦昌一句："相公是为了敷衍金人呢？还是打算真的当皇帝？"

张邦昌狐疑地望着吕好问："这话是什么意思？"

"相公当知中国人心的向背，以前，人们是畏惧女真（金人）的兵威，今女真已去，相公如果再恋栈皇位，必然成为众矢之的。如今，大元帅（指康王）在外，元祐皇后在内，此乃天意。为今之计，当迎奉元祐皇后，请康王早正大位，方能转祸为福。"

张邦昌倒也知趣，便依从了吕好问的主张。

想当初金人掳掠二帝北去之时，不是一网打尽王公贵族，彼此用衣袖互相捆绑而走吗？怎么冒出了大元帅与元祐皇后呢？

这个元祐皇后乃宋哲宗的皇后，徽宗皇帝的嫂子，称为孟后。孟后早年因故被哲宗废为庶人（平民）。宋徽宗即位以后，下诏复废后孟氏为元祐皇后，搬回宫中居住；后来因为蔡京进谗言，再废元祐皇后为庶人。这是徽宗崇宁元年（1102 年）的事，到了靖康二年（1127 年），孟后被废居于民间已经长达二十九年了，既没人注意她，也很少人知道她过去竟然贵为皇后。所以，金人搜刮赵氏宗亲，她成为漏网之鱼。

至于康王，他是宋徽宗第九个儿子赵构，当金兵第一次南下之时，议割河北三镇，康王被任命为割地特使，偕同资政殿学士、割地副使王云离开汴京，前往河北。

到了河北，王云被民众团团围住，指着鼻子骂："这个人真是国贼！"当场活活被打死。

磁州守将宗泽对康王说："今天敌人用诡辞蒙骗大王，再去何用？不如留在此处。"

康王心想，此番前去，凶多吉少。恰好此时相州（河南安阳县）知州汪伯彦，原是康王藩邸中的旧属，听说康王大驾光临河北，立刻迎往相州，钦宗遂任命康王为天下兵马大元帅。后来，金兵陷汴京，徽钦二帝被掳，康王赵构就由于不在汴京而成为漏网之鱼。

论起宗泽，也是北宋末年赫赫有名的英雄人物。他本是婺（wù）州义乌人，母亲刘氏，有天夜晚，梦见天上有大雷电，火照其身，第二天宗泽诞生。凡是古代有名的人物，总有一些离奇的传说。

宗泽自幼豪爽，少有大志。元祐六年（1091 年）进士及第，在赴皇宫廷对之时，慷慨激昂，痛陈朝廷积弊。主考官对宗泽的正直，感到无比的厌恶，把他降为最后一名。

后来，宗泽做到馆陶尉，他颁下一个规定，凡是捉到逃兵而为盗贼者，立刻就地正法，没有二话。如此一来，馆陶县境内，一个强盗也没有，吕惠卿听说宗泽的治绩，邀请宗泽担任开御河的任务。宗泽当时正死了长子，哀痛莫名，他把眼泪一擦，立刻就任新职。吕惠卿知道了，感慨地说："公可谓为国而忘家也。"

不久，宗泽又被调往衢（qú）州担任龙游县县令。衢州地方，民智未开，风俗浇薄，宗泽又办学校、设师儒、讲论经术，当地风气为之一变，甚且许多人赴京赶考也榜上有名了。

宗泽担任地方官吏之时，最有名的一桩事，该算是处理牛黄事件了。

什么是牛黄？牛黄是一味中药，又称之为丑宝，是发现于反刍类消化道中的结石。特别是牛胆囊中的结石，可以用来治疗小儿惊风等病症。

政和初年，宗泽担任莱州掖县县令，户部下令赴掖县购买牛黄，用来供应京师中的惠民和济药局，作为合药之用。由于上头催促得急如星火，老百姓纷纷宰杀牛只，提取牛黄。

宗泽，选自《历代名臣像解》。

可是，并非每一头牛都有牛黄，何况在中国古代农业社会，牛是非常有用的资产，把牛都杀了，靠什么来耕田？同时，因为牛黄不敷所需，人民只好多多贿赂官员，免得大祸临头。

宗泽对此，大大不以为然。他牛脾气一发，上了一个报告：“牛遇到灾年，得了病，方才有牛黄。今天，太平已久，和气充塞，境内牛皆肥壮，无黄可取。”

使者看了十分生气，又提不出反驳的话。于是，掖县免去一场灾难。

靖康元年（1126 年），中丞陈过庭等推荐宗泽担任和议使者，与金人展开谈判。宗泽接受任命之后，长长地吁了一口气道：“此行一去，不获生还矣。”

别人听了好奇怪，去都还没去，怎么就不准备要命？宗泽的解释是：“敌人若能悔过退师，固然可喜，否则我岂能屈节北庭，有辱君命。”宗泽这种抱定牺牲为国的烈士情怀，与李纲相去不远，都不是宋朝朝廷喜欢的人选。所以，宋钦宗担心宗泽有害和议，改派他前往磁州。

就这样，宗泽在磁州留下了康王。张邦昌也依了吕好问的主张，迎接元祐皇后孟氏入居延福宫，并遣使劝康王继任皇位。于是，康王即位于应天府（河南商丘），改靖康二年（1127 年）为建炎元年，是为宋高宗。

李纲拜相

金人北去以后，张邦昌依从吕好问的建议，奉迎元祐皇后孟氏，并且，遣使劝康王继任皇位。于是，康王正式即帝位于应天府，改靖康二年（1127年）为建炎元年，康王便成为南宋第一位君主宋高宗。

高宗即位之前，他先恸（tòng）哭流涕，遥拜徽钦二帝。然后，任命黄潜善为中书侍郎、汪伯彦为枢密院事，只是对如何处理曾任楚帝的张邦昌，感到十分为难。

宰相黄潜善对高宗说："邦昌虽然罪有应得，但为金人所迫，今已自动归来，希望陛下能够从轻发落。"

高宗是个城府很深的人，他考虑了许久，最后决定："朕准备封张邦昌为王爵，将来万一金人责问起来，邦昌可以告诉金人，天下不忘大宋，因而避位归宋。"遂以张邦昌为太保，封为同安郡王。

在"靖康之难"高宗续统之时，有两位不凡的志士支撑危局。一个是李纲，一个是上篇提到的宗泽，我们先讲李纲的故事。

李纲在北宋钦宗时代，官拜太常少卿，他坚决反对宰相李邦彦、白时中迁都避敌的建议，得到太学生的支持。可是，宋钦宗的软弱无能，加上奸佞小人的当权，使得李纲抗战的计划破灭。

后来，宋朝接受了金朝的条件，割地谋和，李纲被革了职。不久，金人又翻了脸，李纲重新获得任用，被召为开封尹。他人还没有回到京师，汴京已为金人所破，徽钦二帝被掳北去，张邦昌被立为楚帝。李纲就停留在湖南长沙，准备率军收复失土。

宋高宗初即位，为了号召天下人心，就打出了形象牌，诏拜李纲为尚书右仆射，兼中书侍郎，也就是当右相的意思。

李纲性情耿直，闻说他拜相，反对的声浪甚高。中丞颜岐（qí）即毫不客气地上奏："张邦昌为金人所喜，虽已封为三公郡王，应该再加一个同平章事，增重其礼。李纲为金人所恶，虽然已命为右相，趁他还没到，不如罢去。"

宋高宗自有打算，他白了颜岐一眼，冷冷地道："朕今日即帝位，恐怕也为金人所不乐意，依你之见，该怎么办呢？"

高宗这话说得相当重，颜岐不敢再开口。但是颜岐依然不死心，他派了人悄悄把奏章拿给李纲看，希望李纲火冒三丈，干脆不来了，以免讨人嫌。

另外，右谏议大夫范宗尹也上疏，批评李纲名浮于实，而且声望太高，有震主之威，不适合为相。

凡此种种，都没有动摇高宗用李纲的决心。其中最为失望的，该算是汪伯彦、黄潜善二人了，此二人自认为对拥立高宗颇有功绩，必然是左右二相。这一下子，半途杀出一个程咬金，而且是正直不阿，素来懒得与人敷衍周旋的李纲，心中之不快可想而知了。

喧嚷了大半天，最后，李纲终于来了，君臣相见，涕泗交流。李纲跪在地上，哽咽地上奏："金人不讲道德，专以诈谋取胜，我国不悟，一切落入诡计之中。幸而天命未改，陛下为臣民所拥戴，还二圣（指徽钦二帝），抚万邦，责任在陛下与宰相。颜岐曾将上疏给臣看，谓臣为金人所恶，不当为相。"

李纲坚持不肯为相，高宗劝了又劝，再三表示："朕早就知道卿之忠义，今日欲使敌国畏服，四方安宁，非仰赖卿不可，希望卿千万不要再推辞。"

高宗貌似诚恳，李纲不便再推辞，只好一面磕头一面答应，并且说："以前唐明皇要用姚崇为相，姚崇提出十件要事，皆中一时之病。今臣也提出十件大事，供陛下参考。"（姚崇所提的十事，请参考《开元之治》篇。）

李纲的十事主要的内容有：

"议国是"：中国御侮之道，能守而后能战，能战而后能和，今必须先谋自立，然后才能有所作为。

"议巡幸"：皇帝的车驾必须早日返回京师以慰人心，如果，京师真不可居，襄阳次之，建康又次之。

"议伪命"：张邦昌为国之大臣，临危不能一死殉国，而挟金人之势易姓更号，宜正典刑。

"议战"：军政废弛，士气低落，宜申纪律，以振人心。

这十件大事，宋高宗都答应了。只有一件，李纲主张要严办伪楚皇帝张邦昌，以及所有曾在张邦昌朝做事的伪官，此事比较棘手，因为一个不小心，得罪了金人怎么办？但是李纲认为张邦昌身为宰相，竟然借敌人卵翼，组织伪朝，非杀不可。

李纲，佚名绘。

到了后来，李纲愈来愈不能忍耐张邦昌，甚且不堪忍受与他同列朝班。他看到张邦昌，就不由自主拿起手中的笏（古代臣子上朝拿在手上的板子，用以书写君主的教命）往他头上敲。

汪伯彦吓得摇摇头道："李纲气直，臣等所不及。"高宗这才把张邦昌派到潭州。以后，张邦昌也就在潭州伏诛。

李纲以宰相兼御营使，集文武大权于一身。他积极地编练军队，订立军法，积极想要收复两河（河北省、山西省等地方），引起了一心苟安投降派的不满。

张所招抚河北

宋高宗即位以后，为了振奋人心，召拜李纲为相，受到奸臣汪伯彦、黄潜善等人的反对。李纲就任宰相以后，他立刻提出十件大事，积极想要有一番作为。

李纲以宰相兼御营使，集文武大权于一身，编练军队，订立军法。这个时候两河地带（即今河北、山西等地方）虽然早已割让给金人；但是，金人的力量不足以控制全局，大部分的府州仍然握在宋朝手中；同时，沦陷区的老百姓，纷纷组织游击队，号称为忠义民兵，少者万人，多者达数万之众。李纲见到这一点，认为民心不死，民气可用，建议由张所出任河北招抚使。

可惜，李纲尚未担任宰相之前，张所已先得罪了黄潜善。张所为青州人氏，进士及第，官至监察御史。宋高宗即位以后，张所曾奉命赴两河视察。回来以后，他上了一个报告给高宗："河东、河北，天下之根本，朝廷竟将两河割让给金人，当地人民恨入骨髓。如果朝廷善为运用，可以作为国家的屏障，否则，陛下的大势危矣。"他并且直言攻击黄潜善，批评他是奸邪小人，皇帝倘若加以重用，必将危害朝政。

黄潜善哪儿容得下张所这般"张狂"，于是，张所的御史被撤换下来，改任兵部郎中。

后来，李纲被高宗找来之后，他想推荐张所为河北招抚使，偏偏中间又有黄潜善作梗，实在是相当的为难。

李纲左思右想了半天，素来刚正不阿的他，为了国家大局着想，低声下气、和气温婉地找黄潜善商量：“今日河北无人，只有一个张所可用，张所又因为乱发狂言而获罪，不如派张所为河北招抚使，让他冒死立功，将功赎罪。”

黄潜善见李纲如此诚恳，不得已，只好表面答应。朝廷正式任命张所为河北招抚使，赐内府钱百万缗（mín）。张所接到命令，大规模地在京师招兵买马。同时，鼎鼎大名的岳飞也在这时带八百子弟兵投奔河北，与岳飞一般慷慨激昂的燕赵子弟，也都热血沸腾。顷刻之间，应募者竟达十七万之多，张所人还未到，已声振河北。

李纲、张所等人这样大规模地想恢复两河，引起了投降派的反感。黄潜善的党羽，河北转运副使张益谦就上了一个奏章，指责河北招抚使设置之后，徒然骚扰百姓，使得盗贼多如牛毛。

李纲看到奏章，又好气又好笑，他据理力争：“张所现在人还在京师，尚未到河北去，张益谦怎么就未卜先知，说他骚扰了百姓？”

这番话说得漂漂亮亮，轻轻松松就把张益谦的奏章反驳过去。问题是，宋高宗表面上把营救宋徽宗、宋钦宗高唱入云，事实上，他也是靠着这个理由当上皇帝的。可骨子里呢，一方面高宗怕金人，一方面万一真的把二帝救回，他这个捡到便宜的皇帝也得拱手让人了。所以，河北招抚使也就作罢了。张所先是被贬江州（江西南昌），继而被贬潭州（湖南长沙），最后被贼人害死。

黄潜善与汪伯彦内外勾结，以排挤李纲为当务之急，又找不出什么理由。于是，决定先排挤李纲所推荐的河东经置副使傅亮。命令傅亮即日渡河，与金人开战。傅亮回答，措置未完成之前，大军不宜轻进。黄潜善便以此为借口，诬赖傅亮故意逗留，要他立刻回到京师，接受处罚。

当然，明眼人都看得出来，黄潜善是故意没事找事，存心为对付李纲而来的。李纲一片耿耿忠心，落此下场，寒心之至。他曾经不畏强权恶势，努力的要挣扎出一条道路来。如今，血迹斑斑，大势已去。他不得已上书给宋高宗。李纲说："张所、傅亮为臣所荐用，今黄潜善、汪伯彦之所以阻挠张所、傅亮，其目的就是阻挠臣，希望陛下能够虚心观察此二人的目的。"

岂料，宋高宗把奏章搁置一旁，批也不批，理也不理。

李纲不得已被逼着再上一个奏章："圣上如果必定要处罚傅亮，臣请求退休告老还乡。"

宋高宗又满面堆着笑容，劝慰李纲："卿所争的不过都是细琐小事，何必要这样看不开？"

李纲不免流下了眼泪，无可奈何地说："愿陛下以宗社为心，以生灵为意，以二圣未还为念，臣虽然离开陛下左右，不敢一日忘却陛下。"

然而，即使李纲已准备求去，黄潜善等人还是不肯放过李纲。因为李纲的形象太好，不能让他有东山再起的机会。

所以，无巧不成书的，御史张浚就在此时，弹劾（hé）李纲擅杀宋齐愈（就是力捧张邦昌，告诉百姓，金人喜欢张邦昌的那号人物，请参考《张邦昌不敢登御座》篇），并且指责李纲有招兵买马的罪嫌。

宋高宗即以此为借口，罢李纲相职，改任为观文殿大学士。可是，张浚依然不肯善罢甘休，继续不断地弹劾李纲，就是连这个大学士的空头官衔，也不肯给李纲。最后，李纲竟然被派去当提举洞霄宫，管理洞霄宫。

朝廷这一连串不符人心，不合民意的措施，看在百姓心中，真是失望透顶。李纲的宰相，只当了短短七十七日。

邓肃与欧阳澈书生报国

李纲罢相，他这个宰相一共只当了七十七天。李纲一去，他所策划的新政一切罢休。无论朝野，一致感到寒心与失望，例如在朝的邓肃与在野的欧阳澈便可作为代表性人物。

邓肃是南剑沙县人，聪明、机智、能干，而且漂亮，是个走在路上人人为之侧目的美少年。魏晋南北朝时代，英俊的美男子讲究打扮。宋朝注重理学，青年才俊以关心国家大事为己任，不屑于搽（chá）粉修饰。

邓肃眉目轩昂，口才绝佳。李纲一见到邓肃，两人就谈得相当投缘，成为一老一少的忘年之交。后来，邓肃的父亲过世，他异常哀痛，在墓旁守了三年的孝。

接着，邓肃与陈东一般，入太学读书。当时的太学生都是品学兼优，志在报国，邓肃平时相往来的，更为天下名士。

当时，宋徽宗采办花石纲，闹得天怒人怨。邓肃看不过去，写了十一首诗讽刺这件事，把苛吏扰民大大批评一番（请参考《宋徽宗与花石纲》篇）。由于花石纲是人人痛恨的事，邓肃的笔下又了得，一会儿工夫，太学之中人人争相传阅，妙文共赏。主持太学的负责人大为不悦，于是，太学的老师把邓肃找去，把十一首诗甩在桌上道："这些，都是你写的吗？"

"没错。"邓肃昂然应道。

"你岂可如此批评朝政？"

“老师莫非赞成花石纲？”

邓肃这一反问，倒让老师哑口无言，只好让邓肃退下去。

根据当时太学的校规，轻者禁假若干天，罚禁闭，不准外出，或令迁斋（搬宿舍），重则“下自讼（sòng）斋”（即关入禁闭室命令学生悔过自省），最严重的为“夏楚屏斥”，就是体罚开除学籍。

邓肃虽非操行品德不佳，但是，他公开嘲讽宋徽宗，万一事情再闹下去，可要出乱子了。因此，只有快刀斩乱麻，把邓肃给赶了出去。

宋钦宗即位之后，为了表示尊重舆情，特别找来邓肃这一位“闹事”的学生领袖。一谈之下，更为他的才华风度所折服。当场补承务郎，授鸿胪（lú）寺簿。金人犯京时，邓肃曾被派往金营交涉，逗留了五十天。后来，张邦昌为楚帝，邓肃不屑于在伪朝之中任官，奔赴南京，投向宋高宗，高宗特升他为左正言。

邓肃不改其书生本色，他上奏高宗：“以臣在金营之经验，金人不足以畏惧，但是他们真正做到信赏必罚，不假文字，故人人乐于效命。朝廷则不然，轻重上下，全凭一时高兴。”宋高宗嘉许邓肃之见，却没有确切实施。

不久，邓肃又向宋高宗上奏说：“外夷之巧在文约书简，因为简约，自然迅速；中国之患，患在文书烦，繁琐则迟误。”邓肃的话真是一点儿也不错。但是，直到今天，我们公家机关仍然公文繁杂，缺乏效率。

李纲罢相之后，邓肃立刻向宋高宗提出他的疑惑：“记得陛下即位第五天，任用李纲为相之时，曾经回顾群臣，对大家说，李纲真是以身殉国的表率，值得向他学习。今日，又指责他是刚愎（bì）狂诞，搜括东南的民财，郡乡的私马，这些指摘不知有何依据？再说，河东、河北之地，无所适从，李纲招抚河北的措置实施一月以来，民心大为安定。今纲一去，又当如何？”

宋高宗看到邓肃条理分明的奏章，先是一凛，又不知如何批示，只好交给吏部处置，最后，邓肃被免官。

邓肃因为直言无隐而丢了官，但是，他一点儿也不后悔，因为读书人修身、齐家最后的目的就是为了治国、平天下。当时，与邓肃有相同想法的年轻人倒还不少。由此可见，宋朝的理学思想毕竟仍有值得称道之处，例如布衣欧阳澈便是。所谓布衣，指的是穿着平民的衣服（古代官员有官服，不可随意混淆），也就是没有任官的人。

欧阳澈字德明，抚州崇仁人，与邓肃一般也是个温文儒雅、气度不凡的美男子，《宋史》中形容他是“年少美须眉，善谈世事，尚气大言，慷慨不少屈”。而其忧国忧民的胸怀，似乎是出自天性。

靖康初年，他写了安定边疆御敌十策，上书皇帝。州县尚未呈上朝廷，他又写了十件保邦御敌以及批评政令的奏章。接着，欧阳澈意犹未尽，再写了十事。因为写得太多了，洋洋洒洒一共有三大巨轴（古人的字画都要装裱成轴，便于搬运展阅）。马房中的健卒根本抬不动，要特别挑选大力士才能勉勉强强扛着走。

在三巨轴的前言中，欧阳澈这么写着：“臣所进三书实为切要，然而其中触怒权臣者有之，忤逆天听者有之，结怨富贵之门有之，迕怒台谏之官有之，臣并非不知，而敢抗言者，愿以身而安天下也。”

好一个“以身而安天下”，这正是儒家思想中，士以天下为己任的表现，读书人以匡救天下为自己的责任。中国古代以士为四民（士农工商）之首，不是没有道理的。所谓士，不是会识字、会做官之意，真正的士是有理想有抱负有傻劲的君子，邓肃、欧阳澈为“书生报国”四个字写下了一个最好的注脚。

陈东一片忠肝

李纲的宰相只当了七十七天，就被奸臣黄潜善、汪伯彦设计摘下，朝野之中有正义感的，都表示不平。在朝的有邓肃，在野的有欧阳澈……

欧阳澈曾上书三巨轴，巨轴重得要大力士才能扛得动，当然，上书石沉大海，毫无回音。不过，这件事并没有动摇欧阳澈的壮志。

当金兵把徽钦二帝掳掠而去之时，欧阳澈气愤极了。他常常对人说："我能够口伐金人，强于百万雄师，我愿意杀身以安社稷（jì）。如果，皇上不信，请将我的子女扣押在朝廷当人质，我一个人前往金营，把亲王给带回来。"

每次欧阳澈说得慷慨激昂，口沫横飞，乡人总是指指点点嘲笑他："你们看，你们看，那个狂小子又在胡言乱语了。"

欧阳澈不理会乡亲的冷嘲热讽，他竟然安步当车，一步一个脚印走到了南京，跪在宫门之前上书，要求撤职查办当权大臣。

黄潜善等人看到欧阳澈的举动，不由暗吃一惊道："不好了，不好了，一个陈东已经够麻烦了，现在又来一个陈东。"

大家还记得陈东吗？那个不怕死的太学生，他曾经率领太学生伏阙上书，要求杀掉蔡京等六贼，声震全国。后来，李纲被宋钦宗撤去相职，作为讨好金人的牺牲品。他又领着一批太学生在宫门之前为李纲喊冤，声震屋瓦，把一面鼓都给敲碎了。吓得浪子宰相李邦彦落荒而逃，匆忙之中，连鞋子都遗失了。宋钦宗派出调解的宦官，被愤怒的太学生剁成肉泥。最后，钦宗投降，李纲复职。（请参考《太学生打破鼓》篇）

宋高宗即位之后，为了维系人心，上任第五天，就找了李纲为相，第十天即召陈东，结果未曾当面召见。如今，高宗罢李纲相职，可以预料得到的，必然又引起陈东为首的太学生的激烈反应，而欧阳澈的所作所为，显然是模仿陈东当年的英勇表现。

黄潜善心知肚明，在陈东、欧阳澈等人的心目之中，他是一个必去之而后快的大奸臣，与蔡京、李邦彦差不多。假如他们再度伏阙上书，那就不好看了。因此，黄潜善一再面禀高宗："此二人非杀不可。"

高宗尚在犹疑不决，黄潜善又在旁边不断煽火："莫非陛下要重睹鼓众伏阙之事。"

陈东当时敲锣打鼓，率众示威的一幕，高宗记忆深刻，他可不希望旧戏重演。因此，决定听黄潜善的建议——将陈东、欧阳澈问斩。

官府派了捕吏来押解陈东，陈东早知道这一天总会来的。他没有一丝不安与恐惧，和婉地对捕吏说："我想吃了饭再走。"

"当然，当然。"捕吏恭敬地说。于是，陈东慢条斯理地开始用餐。他端着碗，细嚼慢咽，把盘子里的菜肴，碗中的清汤，吃得干干净净，显然胃口甚佳，不像是即将问斩的犯人。

吃完了饭，陈东端坐在书桌之前，开始写遗言。他一笔蝇头小楷，端端正正，一笔一画，清清楚楚，可见心中甚为平静。

遗书写罢，交给仆人以后，陈东对捕吏说，他要进去如厕。

捕吏面有难色，讪讪地说不出话。心忖，万一陈东乘机溜走，或是上吊自杀，那他回去如何交代？

陈东是何等聪明绝顶之人，他一眼就看穿捕吏的心思，昂首

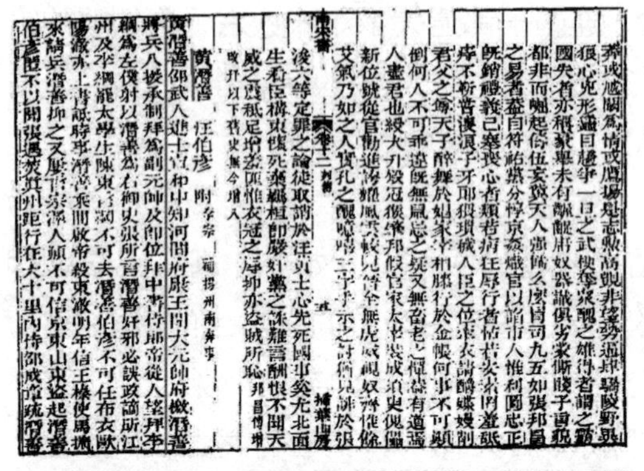

《南宋史》中关于黄潜善、汪伯彦事。

一笑道：“我陈东也，如果怕死，就不敢说话，既然有勇气开口，我还会怕死吗？”

这一表白，倒让捕吏不好意思，他一抱拳道：“陈公风骨，我也听说，怎敢相逼？”

捕吏等了一会儿，陈东穿衣戴帽，潇潇洒洒走了出来，从从容容赴狱。

高宗建炎元年（1127年）八月壬午，太学生陈东，抚州进士欧阳澈，同时问斩于东市。陈东不过四十二岁，欧阳澈更小，只有三十七岁。

陈东与欧阳澈的死可说是惊天地而泣鬼神，尤其陈东即将就戮（lù），毫无惨戚战栗之意。遗书之中墨行整整齐齐，交代家事，井井有条，人人都举起大拇指，直夸：“真东汉人物也。”这是夸奖陈东有东汉士大夫讲气节不畏死的风骨。

为了表扬陈东，在他的家乡丹阳，当地百姓建了一所陈丹阳先生祠，祠旁用铁铸了黄潜善、汪伯彦的像，此二铁像长跪阶前，表示对陈东的忏悔，与岳飞墓旁秦桧夫妇长跪一般。

到了明朝嘉靖年间，郑晋入祠瞻礼，题一联于壁：

一片忠肝，千古纲常可托，
两人屈膝，平生富贵何为？

据说，题完了字，两个铁像惭愧地应笔而倒，这当然是荒诞的传说。不过，我们中国人总认为，人死留名，虎死留皮，身后名是相当重要的，历史会还忠臣一个公道。

建炎四年（1130年），宋高宗感悟，追赠陈东、欧阳澈为承事郎，这不过是高宗做戏，争取人心，假惺惺罢了。我们读历史，不能不了解这一点。

宗泽治理开封

在靖康之难之后，宋高宗继任大宋皇帝，有两位支撑大局的志士。一个是李纲，一个就是我们在前面提到的宗泽。

宋高宗在南京（这南京是今河南商丘，不是今南京市）即位，宗泽入京，与李纲一块痛陈复兴大计，激动得涕泗横流。李纲与宗泽都有报国宏愿，两人相见恨晚。宋高宗想要留下宗泽，但是由于黄潜善等人的排挤，宗泽出任龙图阁学士，知襄阳府（湖北省襄阳市）。

当时，黄潜善等人有避敌迁都，提倡和议之说。宗泽立即上书："天下者，太祖、太宗之天下，陛下当兢（jīng）兢业业，传之万世。"并且自告奋勇，愿意带兵收复失地，"捐躯报国恩"。这一年，宗泽已有六十九岁高龄。

此刻正是李纲独任宰相之时，适逢开封尹出缺。高宗问李纲，谁可担负重任，李纲说："欲绥（suí）复旧都，非宗泽不可。"

于是，年近七十的宗泽来到了残破的开封。此刻，还有一部分金兵留在黄河边上，与开封距离很近。金鼓之声，日夜相闻。东京开封府曾经两度遭金人掳掠，城内房屋大多被毁，军营也十分残破。兵民杂居，盗贼横行，即使在光天化日也会发生抢案，家家关门闭户，市面萧条，远非当年繁华似锦的东京了。

非仅如此，开封府的物价腾贵，比以前高出十倍不止。宗泽大伤脑筋，认为非先解决经济问题不可。

开封昔日繁华,《清明上河图》(局部),宋张择端绘。

宗泽把家中的厨子唤来，对厨子说：“你去做一笼市面上出售的笼饼，看看需要多少成本。”又把酿酒的找来，对他说：“你去买一觚市上出售的酒，回来照样酿造，我要知道酒的成本到底要多少，贵到什么地步？”

不一会儿，饼蒸好了，酒也酿出来了。算一算价钱，一枚饼不过六个钱，一觚酒也只要七十个钱。可是，市面上一模一样的笼饼，竟卖到二十钱一枚，一觚酒喊价到了两百钱，简直就是暴利。

宗泽大为不悦，立刻把市面上制饼的师傅找来，询问道：“还记得当年我为举子来京师，一晃已三十年了。当年笼饼一枚只要七钱，今天怎么要卖到二十钱，太贵了吧，老百姓怎么吃得起？”

师傅一脸无奈道：“这也是没办法的事，都城屡次经历大乱，米麦都贵得不像话。成本既然涨了，饼当然卖得贵了，我总不能亏本贱卖啊！”说罢，两手一摊。

师傅万万没有想到，这位新来的府尹不好欺负。宗泽一言不发，把厨房中蒸好的饼给搬了出来，指着热气腾腾的笼饼说：“我算过了，一枚饼只要六钱。假如卖到八钱，还可以赚两钱，你居然卖到二十钱。我现在规定，一枚饼最多只能卖八钱，绝对不许随随便便哄抬物价。今天，对不起了，我要借你的头贯彻命令。”

说着，宗泽派人把做饼师傅的脑袋给割了下来。一会儿，整个京师传遍这个惊人的消息。到了第二天，果然每个卖饼的，都把价钱压了下来，一律八个钱一枚饼。消费大众大为开怀，纷纷上街购买。

第二天，宗泽又把酿酒的酒吏找来，在宋朝，酒是属于政府专卖的。酒吏看到笼饼师傅的脑袋，挂在墙上迎风招展，讷讷地说："都城自遭匪寇以来，宗室权贵私自酿酒甚多，生意不好做，价钱不得不提高。"

宗泽原是个明理之人，不会刁难人家，他明快地对酒吏说："现在，我为你禁止一切私酒。你呢，每一斤酒少赚一百钱，你的头颅暂且寄放在你的颈子上。"

第二天，酒价大跌，百姓欢腾。在宗泽的铁腕政策之下，商人不敢再囤积居奇，物价渐趋平稳，百姓也可以安居乐业了。

解决了汴京的物价问题，宗泽要拿盗贼开刀了。他眼看京师之中盗贼纵横，人情汹汹，实在闹得不像话了。先捉了几个小偷，然后下令："凡是为盗者，不论轻重，一律军法处分。"如此一来，盗贼也不敢再蠢动了。

有一天，金国忽然派了一个使节出使伪楚。张邦昌的楚国早已撤销，金人并非不知，竟然派出使节，分明是打探消息的奸细。宗泽把使节扣下，然后上了一个奏章给高宗："此名伪使，实在是派来窥伺（kuī sì）的间谍，臣请求斩金使，以杜祸患。"

不料，宋高宗接到奏章后，立刻传旨，要宗泽把金使安排住在华贵的宾馆之中，殷勤招待。宗泽大不以为然，又奏上一本说，优容敌人间谍，徒然表示我国国弱："臣愚昧，不敢奉诏。"宗泽还是坚持他原来的意思，想要斩杀金使，"以破其奸"。

宋高宗大为着急，亲笔写了一封信给宗泽，严令宗泽切切不可擅作主张，一定要把金使平平安安送出城。皇帝有令，宗泽不敢不听，只好把金使送走。

因为这件事，朝廷之中汪伯彦、黄潜善一党的人都在嘲笑宗泽癫狂。尚书右丞张懿忍不住仗义执言："朝中像宗泽这般癫狂的人再多几个，天下就安定了。"

此外，御史中丞许景衡也帮宗泽说话："臣听说议者多在指责宗泽过失，臣自渡淮河，闻说宗泽诛锄强暴，抚循善良，又修守备之御，历历可观。臣不知道，假如计较宗泽小疵，另外选一个留守，不知还有谁可以比得上宗泽？"

宋高宗接受了许景衡的建议，细细想来，也没有谁比宗泽更适合担任开封府尹，宗泽的职位总算暂时保存。

王彦带领八字军

宗泽担任开封府尹以后，他惩治奸商，平稳物价，逮捕巨盗，斩首示众，开封府逐渐恢复了平静。某天，金国派了一个使臣到开封，分明有间谍嫌疑，宗泽主张杀掉金使，以绝后患。可是宋高宗胆小怕事，坚持宗泽要把金使平安地送出京师。

金使虽然离去，宗泽已自金使口中套出，金兵在真定、怀州、卫州之间大规模地整修战具，准备南侵。

于是，宗泽悄悄地渡过黄河，与河东、河北一带忠义民兵取得联络，各地的红巾军与太行山麓（lù）的八字军都愿意投入宗泽麾（huī）下。

红巾军的名称是因为这批忠义军多以红巾包头，作为识别，如傅选、焦文通、赵邦杰等，他们没有宋朝朝廷的官号，但是使用宋高宗建炎年号，表示心向宋朝。例如，在大名府的忠义民兵王友部，他所领军队的旗帜就用“宋忠义将河北王九郎”九个大字。至于太行山的八字军，则由王彦所带领。

在这儿，我们说一段王彦的故事：

王彦，字子才，上党人，他性情豪迈放纵，不喜受约束，自小钻研兵书韬（tāo）略。王彦的父亲，认为自己的儿子是个军事上的小天才，把王彦带到了京师，隶属于弓马子弟所。

宋徽宗有次亲自挑选，凡是弓马子弟所的子弟都上场演练武艺。王彦身手矫健，使枪弄棒，样样精通，被任命为清河尉，曾经追随泾原经略使种师道两次出兵攻打西夏，颇有战功。

金人攻打汴京，王彦报国心切，离开家乡前往京师，自己请求上战场讨伐金人。当时，张所担任河北招抚使（请参考《张所招抚河北》篇），张所看中王彦是个人才，提拔他为统制，让他带领张翼、岳飞等十一大将，率七千人渡过黄河，与金人交战。

在新乡一战，杀死金兵无数，同时，占领了新乡，以此作为据点，向河北各州郡发布文告，号召军民起事，驱逐胡虏。一时之间，各州郡纷纷响应，浩大的声势把金人吓怕了。

金人以为宋朝大军开拔而来，动员了数万人马，一圈又一匝（zā）把王彦军队团团围住。王彦寡不敌众，突围而出，诸将散归。王彦独自守住共城西山，准备重新号召两河英雄豪杰，再度起事。

由于王彦在这场战争之中表现得太杰出了，金人重金悬赏王彦的脑袋。

王彦不能不小心，白天还好，到了晚上常常不断迁徙睡觉的营帐。

久而久之，王彦的部下都晓得主将一夜数迁，睡不安宁。他们都觉得于心不忍，又为了表示一己的忠心，绝不会做出卖主求荣的事。于是，有一天，大家约好，相率在脸上刺了八个大字“赤心报国，誓杀金贼”。

第二天早上，王彦起身，发现部下一个个脸上都刺了字，而且血痕未干。王彦又高兴又难过，感动得不知如何开口。从此以后，更加抚爱士卒，与士兵同甘共苦。由于王彦部下脸上都刺有八个字，所以称之为八字军，愿意归宗泽节制。

也在这时，岳飞离开了王彦，重新直接归宗泽指挥。远在靖康元年（1126 年），宗泽在磁州，康王（就是后来的高宗）奉诏任大元帅，宗泽为副元帅。宗泽在曹州之役中，就发现这个年轻的少年勇士，披散着长发，挥舞着四刃铁简，直犯敌阵，锐不可当。这段经过，我们留在讲岳飞故事时再详细述说。

这一会儿，宗泽重见岳飞，高兴得猛拍岳飞的肩膀道：“大将之才，大将之才。”

金兵在河北远远望见宗泽士气如虹，前次派出的间谍，回来也报告，宗泽可不是好欺负的。为了担心宗泽真的打过来，决定先发制人，派了数千精兵渡河攻击汜（sì）水。

宗泽接到情报，派岳飞前去抵抗，临行之前，宗泽交代：“鹏举，你是我寄予厚望的人，所以我把这个艰巨的任务交给你，你要把渡河的金兵杀完，才不负我对你的信任。”

岳飞，选自《历代名臣像解》。

岳飞一抱拳道：“元帅放心，岳飞此去必然上报国家，下报相公。”说完，大踏步而去。

果然，岳飞用兵如神，军士们都以一当百，把进攻汜水的金兵打得落花流水，死伤殆尽。金兵的血流入黄河，一夜之间，使黄河成为红河。这一役，宋军军威重振，开封城安若磐（pán）石。也就是这一役，岳飞的大名为众人所知，宗泽大乐，将岳飞升为统制。

开封的情势稳定之后，宗泽更立志要恢复河北的失地。他不断上疏给宋高宗，希望朝廷迁回开封，号召各路大军，渡过黄河北征。他一再上疏道："以前，景德（宋真宗的年号）年间，契丹攻打澶渊，寇准力主真宗亲征，后来果然成功。臣不敢把自己比喻为寇准，但不能不寄望陛下。"（寇准的故事请参考《寇准正气凛然》篇）

每次宗泽上奏，总是被黄潜善、汪伯彦所制止，而且拿着宗泽的上疏哈哈大笑，讥嘲宗泽年纪大了，脑筋不清楚。宋高宗始终没有意思要采纳宗泽的意见，只用一些不着边际的门面话，敷衍敷衍这个一心为国的忠心老臣。

宗爷爷壮志未酬

在上一篇《王彦带领八字军》之中，我们说到，宗泽固守开封，并且任用王彦、岳飞等大将，使金人始终到达不了开封府城外。

宗泽在金人强大的压力之下，能够守得住开封，还有一个主要原因，那就是他除了能够号召两河地带忠义民兵之外，更能够控制所谓流寇的游杂部队。

那个时候，有个绰号叫“没角牛”的杨进，拥兵三十万。王再兴、李贵、王大郎也有数万人马，在京西、淮河、河南以北侵略夺取民间财物，成为治安上的大患。

尤其是河东巨寇王善，拥有七十万大军，一万乘车辆。自从宋朝把两河地带割给金国之后，金人一下子没法消化这片广大的地区，于是河东成为王善的地盘。他不但占据河东，更想夺下开封京师，自己也做个皇帝玩一玩。

王彦的八字军和红巾军，本来就是对抗金人的游击队，自然容易为宗泽所吸收。王善这批流寇，大块吃肉，大碗喝酒，杀人放火，打家劫舍。一个言语不合，立刻把枪往人家心窝里搠（shuò）去，岂是容易说服的？

但是，宗泽有宗泽的办法，他一个人也不带，单枪匹马去见王善。见到王善之后，开始痛哭流涕：“朝廷当初危难之时，如果有公一二辈，岂会有敌患？幸好，现在还不太迟，今日乃公立下大功的好机会，千万不可以错过了。”

王善万万没有料到，宗泽竟会如此礼待自己。他本来准备，不待宗泽打官腔，先挺着枪把宗泽给轰了回去。这一会儿，看到宗泽七十老翁，本该在家含饴弄孙，如今竟哭得老泪纵横，心中大为不忍。尤其，宗泽清廉正直，赤心保国，王善这批土匪，平常亦有所闻。

再说，王善等之所以落草为寇，也是被北宋末年的贪官污吏逼上梁山，天良未泯。他们虽然干的是土匪，却也有他们的民族意识，绝不与金人往来。

于是，宗泽哭，王善也放声大哭，两人哭得窸窸窣窣，泣不成声。王善跪在地上说“我哪敢不尽力”，立刻全数归降于宗泽。

连王善这个顶尖儿的山大王都缴了械，其他小股土匪还不是一个个乖乖望风归顺。

宗泽眼看自己精心布置的阵容，有了对抗金人的能力，十分欣慰。赶紧上疏，把如何招抚王善、杨进的过程细说一遍，并愿高宗早日返回开封，中兴大业，必可完成。

哪知，这份奏章到了朝廷，竟被黄潜善、汪伯彦诬赖为“包庇（bì）盗匪”。气得宗泽脸色发白，胡子不断颤抖，不能说话。

更叫宗泽咽不下气的是，宋高宗非但不准备回开封，而且听说金人南犯，也不管是不是被岳飞打得落花流水，吓得连南京都不敢留下去。在建炎元年（1127 年）十一月驾幸扬州，不但宫室妃嫔全数南下，连祖宗灵牌也都搬到扬州。

当高宗逃向扬州的消息传到了开封，唉，那些响应宗泽、王彦的义民，闻说天子南迁，伤心失望到达了极点，纷纷散去。

王彦愈想愈不能服气，他快马加鞭、心焦如焚赶到了扬州。向黄潜善、汪伯彦说明开封的情形，宗泽的建树，以及两河人民个个伸长了脖子，期待皇帝回归开封，准备与金人大干一场的决心。

黄潜善、汪伯彦爱理不理，有一句没一句的应着。王彦火了，声音不自觉一再提高，言辞也大为愤慨激烈。黄、汪二人即以此为名，请旨不许王彦晋见高宗，当然，见了高宗也不能扭转情势。

另一方面，痴心的宗泽仍不死心，一封又一封上书高宗，大意是说："京师乃是天下腹心，不可放弃。"又说："愿陛下勿使奸臣阻扰，以误社稷大计。"当然这些上奏都石沉大海。宋高宗对黄潜善、汪伯彦满意之至，对人说："潜善做左相，伯彦做右相，朕何患国事不济？"

宗泽，选自《马骀画宝》。

国家败坏到这步田地，高宗还在三月烟花的扬州享乐。忧国忧民的宗泽连气带闷，背上生了疮，老人家禁不起折腾，这一病就病得不能起身了。

宗泽病了，许多将领都前来探视问候，宗泽看到将领，猛一下自床上坐起，正色地说："我是因为二帝蒙尘，积愤而病。你们如果能歼灭敌人，我死而无恨！"

众人都感动得一再起誓："我等一

定尽力。”

探病的客人走了，宗泽虚软地瘫在床上，长长吁了一口气道：“出师未捷身先死，长使英雄泪满襟。”

第二天，风大雨急，宗泽病情转恶，他在死前连呼三声：“过河，过河，过河。”溘然长逝，没有一句交代家事的遗言。

宗泽死了，有识者莫不哀恸，尤其宗泽慷慨好义，许多穷苦的亲朋都赖以为生。而他自己生活相当俭朴，他常说：“君父侧身尝胆，尚在敌人手中，我哪儿忍心独自享用美食？”

宗泽守在京师，金兵来犯，屡次被宗泽击退。宗泽人格操守亦为金人所尊敬，称之为宗爷爷。

宗爷爷在呼唤“过河”之中，壮志未酬，死不瞑目。

岳飞的幼年故事

岳飞是中国历史上鼎鼎大名的民族英雄，他与关羽一般，都是中华民族忠义气节的象征。关云长的故事，大半出自《三国演义》，人们对于岳飞的了解，则是出于《说岳全传》，以及根据《说岳》改编而成的戏剧。

《说岳》的故事，大部分根据史实的记载，当然夸大、渲染、虚构的部分仍然很多，更突出了戏剧效果，使读者更加入迷。譬如说，《说岳》一书之中，有关岳飞幼年时代，就是脍（kuài）炙人口，流传甚广，家喻户晓的故事。

根据《说岳》，岳飞的幼年，有一段不平凡的经历：

在我国北方黄河地带，时常会闹水灾，使得当地居民饱受威胁，岳飞的家乡，河南省汤阴县，正距离黄河河口不远。

有一天半夜里，忽然黄河决口，滚滚浊流，汹涌地侵入岳家庄，岳飞的父亲岳和忽然想起，前日有个道士前来对他说："三日之内，若令郎平安，不消说得，倘若遇到任何惊恐，可叫安人（即夫人）抱了令郎，坐在那只大水缸之中，方保得性命。"

于是，岳和赶紧要岳飞的母亲姚夫人坐入水缸，紧紧搂住出生未满月的小婴儿。姚夫人还没坐稳，只听得天崩地裂一声巨响，滔滔洪水暴涨，整个岳家庄汪洋一片，成为大海。

坐在水缸之中的姚夫人又怕又累，迷迷糊糊在洪水之中漂荡。她心忖，这下子是完了，可是，仍然把怀中的婴儿，好好地护卫着。

说也奇怪，在水缸上面，不知何时，飞来许多鹰鸟，搭着翎翅，好像凉棚一般盖在半空，使得岸上的人们很容易发现了这只水缸，以及水缸中的妇人。

“喂，喂，缸里的女眷，你是哪儿漂来的？”

姚夫人昏昏沉沉之中被人唤醒，她揉揉眼睛道：“这里莫不是阴司地府?”

周围的人忙说：“这儿是河北大名府内黄县麒麟村，不知安人打哪儿来?”

姚夫人悲泣哽咽地说：“我是相州汤阴人，因为黄河决口，漂流到了此地。可怜我这个小儿子……”说着，姚夫人把岳飞从怀中抱了出来，众人往前一看，只见这白胖小子，生得顶高额宽，鼻直口方，可爱得很，个个称赞不已。

其中有个王员外，特别同情岳飞母子的遭遇，就对姚夫人道：“老汉姓王名明，舍下就在前面，安人不妨权且住下，我再着人探听，再差人送安人回去，夫妻父子团聚。”

姚夫人再三道谢，拖着又酸又麻的两条腿，抱着岳飞，一步一步向王员外家走去。姚夫人谦和温婉，员外府中上上下下对她又是同情又是尊敬。

过了一个月，王员外派去打听消息的人回来了，原来汤阴县大水已平复，但是房子被冲走，田地遭毁坏，岳家的人全部葬身水底了。姚夫人哭得死去活来，如果不是因为要抚育岳飞，她也没有活下去的勇气。

幸亏王员外忠厚善良，岳飞母子暂且住下。到了岳飞七岁之时，姚夫人搬入王家多余的一间小小空房，开始独立生活，为人缝制针线换取蝇头小利。岳飞也很乖，每天到山里捡些枯枝，捡得多的时候，也能卖几文小钱，贴补家用。

有一天，岳飞挑了担柴回家，姚夫人见他今天捡得特别多，而

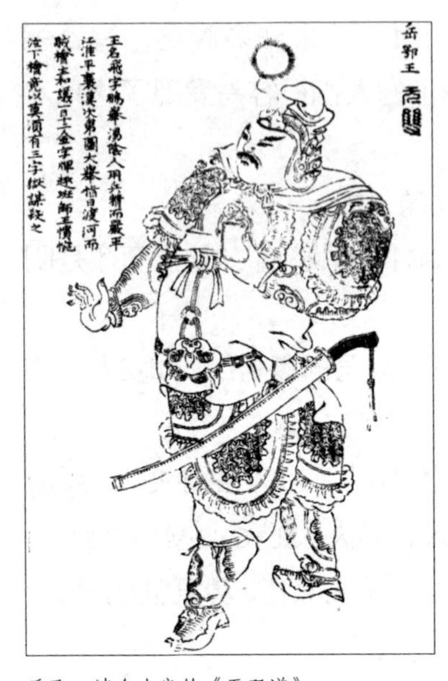

岳飞，清金古良绘《无双谱》。

且里面都是整整齐齐的树枝，不安地叮嘱岳飞：“我们只能捡人家不要的枯枝，不能上树攀折，何况，万一跌下树来，那怎么是好？”

岳飞连忙跪下道：“孩儿明白，只取枯枝便是了。”

第二天，姚夫人不要岳飞去捡木柴了，她叫岳飞到河边取了一畚箕（bò jī）的沙土，折了几条柳枝，把沙土铺在桌上用柳枝当笔，一笔一画地教导岳飞识字、作文。

此时，王员外为六岁的小儿子王贵请了一位老师周同，除了王贵，还顺便教张显、汤怀两个小朋友。这三个小朋友都很淘气，不肯好好写作业。一日，刚巧岳飞进来，他们就齐声道：“岳哥，替我们代做了吧！”为了怕岳飞跑了，顽皮的王贵竟把书房反锁起来，对岳飞说：“你要是肚子饿了，抽屉之中有点心，你尽管吃。”说罢，三个人飞也似的去玩耍了。

等到周同批改作业，发现三个小顽童写的作文，头头是道，一日千里，莫不是请人代写的？他问王贵道：“今日我下乡去，有何人到我书房来？”不多时，果然被周同问出了岳飞。他把岳飞唤来一看，小小年纪，却是相貌魁梧，举止大方，极有礼貌。周同对岳飞十分欣赏，不但决定免费教岳飞读书，而且愿意供应笔墨纸张。

从第二天起，岳飞开始欢天喜地上学堂，且与王贵、张显、汤怀结为兄弟，单日学文，双日学武，如此光阴似箭，夏去秋来，这四人俱是文武全才。岳飞也有十三岁了。

有一日，县里来了公文，举行今年本县武生小考，周同立刻为四个学生报了名。其他三个都兴奋非凡，只有岳飞发愁服装与旅费，周同拿出一件旧战袍对岳飞说：“你拿回去，要母亲改制一件小袍，再做一块包头巾。”另外，周同又取出一块大红绸子说：“这块新料子拿去请你母亲做一件坎肩儿，一副扎袖，一条大红鸾带，你可以去应试了……”

以后的故事，有兴趣的读者可买一本《说岳》来看，岳飞的幼年真的这般离奇？他是坐在水缸中捡回一命吗？他父亲岳和以后有没有消息？请看下篇。

岳飞的父亲——岳和

在正史中，岳飞的童年究竟是如何？相信是读者们深感兴趣的，过去我们将杨家将、包公、宋江等野史、正史中不同的记载前后对照，有许多读者来信鼓励，很赞成这种写法。

闲话少说，言归正传。关于岳飞的家世及小时候的故事，《宋史》中《岳飞传》只有短短六行文字，简直少得可怜，令人泄气。

根据岳飞第三世孙岳珂所纂（zuǎn）《金佗祠事录》（俗称《岳氏宗谱》）之中的记载，我们可以大略了解岳飞的家世：

岳飞是相州汤阴人；家中有田数百亩，但都是荒瘠的干田。中国古代不重视农田水利建设，一直到清末，到民国初年，北方这些旱田，仍然完全靠天吃饭，只有天下雨时，才能够耕耘播种。

河北地方，却又经常遇到旱灾，饥民很多，岳飞的父亲岳和是个心胸宽大，乐善好施的长者。他规定自己与家人在灾荒时，每天早晚两顿都只吃个半饱，然后把多余的一半拿去给道路两旁的饥民食用。

岳家之中有人吃不够，肚子饿得难受，自然不免私底下啧啧有怨言："自己都吃不够，为什么还要去周济别人？真是的。"

岳和了解家人这种想法，和颜悦色地解释："那些饥饿灾民，与你我一般也是人，饿着肚子同样难受，他们能够挨着一天两天不吃东西，我们少吃一些有什么不可以，为什么非要吃得饱饱的才满意呢？"

由于岳和是这种脾气，有些个坏心肠的，就故意耍无赖，侵占岳家的田地，岳和也不发怒，笑笑说："他想要，就给他吧。"一副无所谓的态度。

有人向岳家借了钱，看岳和好欺负，故意赖账不还钱，岳和也不在乎，还是笑呵呵，不与人争。

因此之故，岳家一天比一天贫穷，岳和从来不后悔，乡里之人对岳和都异常敬重，岳家情况原本是小富，现在称得上是小贫。但岳飞在文章书信之中总是自谦"出身寒微"，一般人也误以为岳飞家境清寒。

岳飞在宋徽宗崇宁二年（1103年）农历二月十五日诞生于相州汤阴县永和乡孝悌里程岗村，他生下来的那一天，天空中有一只大鸟朗声长鸣，岳和认为是好兆头，命名为岳飞，字鹏举。

在岳飞还没有满月之时，有一天，河水暴涨，岳飞的母亲情急之下，抱着小婴儿，坐在瓮中，随着洪水漂荡到彼岸，竟然母子两人均安，村人都以为是奇迹，说这个小孩大难不死，必有后福。

这一段瓮中奇遇经过小说家的渲染，加油添醋，就成了岳飞母子坐在水缸之中，漂流异乡，被王员外收留，孤儿寡母相依为命。事实上，岳飞在婴儿时代，虽然在水缸中躲过一场劫，他还是留在家乡汤阴县。最重要的是，岳飞的父亲岳和既没有葬身水底，也没有下落不明，戏剧小说之中要把岳和安排早逝，可能为的是衬托岳母的伟大。其实，岳和在世，照样无损于岳母的母教。至于小说中描写岳母用枯枝教导岳飞写字，这一部分的故事也许是模仿欧母画荻（dí）的故事。

从《宋史》短短的记载之中可知，岳飞自小聪明过人，领悟力强，个性沉默寡言，不喜欢多开口说话。他父亲为他聘请了一流的塾师教导他经史，并且勤练书法，我们看岳飞留下来的苍劲的书法以及文章，可以发现他自小的学校教育必定相当扎实。

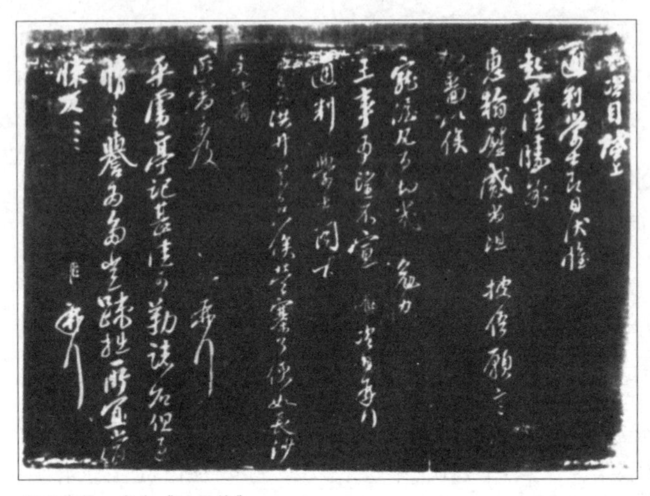

岳飞信札，出自《凤墅帖》。

由于岳飞生长的时代，国家多难，他特别喜爱研读兵法，不论是《左氏春秋》、孙吴兵法，他都是滚瓜烂熟。

最难能可贵的是，岳飞除了文章写得好，他还身体强健，有志于骑马杀敌，宋朝的皇帝为了防止武人专权，特别提倡重文轻武，岳飞的父亲岳和却具有进步的观念，他非但不阻止岳飞向武艺上发展，更专门为岳飞请来一流的老师，那个老师不是别人，正是大家熟悉的周同。

周同对岳飞的训练相当严格，岳飞也不负周同所望，他能左手右手同时开弓，未满二十岁时，已有力量拉开三百斤的弓，举起八石的重量。

周同教岳飞时，已是白发老翁，没多久就去世了。岳飞为了缅（miǎn）怀师恩，除了守墓以外，每月初一、十五日又特别祭祀，岳飞的父亲岳和对岳飞的温厚十分嘉许，也很鼓励岳飞为周老师守孝。

这个时候的宋朝已饱受外患侵略，辽国、金国相继骚扰边境，岳和摸着岳飞的头问道："如果有一天，国家需要你，你愿意做一个殉国的忠臣吗？"

"只要大人让孩儿报效国家，何事不敢为？"岳飞昂着头答道。

"有子如此，吾无忧矣！"岳和欣然地说。

由以上故事可知，岳飞之所以为岳飞，得之于他父亲岳和一手栽培之处甚多，与我们一般以为完全是受母教有些不一样，可见得，一个伟大人物的铸造，父母都是相当重要的，这段经过，恐怕一般少见到吧！

岳母刺背

话说，岳飞在恩师周同的指导之下，武艺大进，岳母也时时勉励岳飞要做一个忠臣。

宣和四年（1122年），真定宣抚刘韐（jiá）招募敢死战士，岳飞就在父亲的祝福声中，踏出报效国家的第一步。

刘韐字仲偃（yǎn），建州崇安（福建崇安）人，进士及第，曾经平定西夏，极有功绩，当他出长越州之时，方腊造反（方腊的故事本书前面说过），来势汹汹，各个州县都在做逃难的打算。刘韐刚正地说："我为郡守，应该与本城共存亡。"

因此，刘韐加强守备力量，积极武装，城中官兵见刘韐意气风发，准备大干一场，引发了同仇敌忾（kài）的心理，所以当方腊兵临城下，就被官兵打得落花流水，刘韐因此升为右殿直学士，召为河北、河东宣抚参谋官。

刘韐担任真定宣抚使，他手里拿着新兵名册，亲自主持点名编队工作，刘韐每喊一个名字，新兵就大踏步自队伍之中走出。

当刘韐喊到"岳飞"，他忽然眼前一亮，因为岳飞不但体格壮健，而且英气内敛，具有读书人的优雅气质。岳飞、岳飞，刘韐默默在心里念着，觉得这个名字似乎相当耳熟。

"你是不是那个能够挽三百斤弓，射出两百四十步箭垛的岳飞？"刘韐好奇地望着这个年轻英俊的小伙子。

"是的。"岳飞镇静地回答长官的问话，态度自然大方，彬彬有礼。

“好，那你担任本军的小队长。”刘韐兴奋地宣布。

于是，岳飞这位小队长开始了肃清盗贼的任务。

在相州，有两个巨盗，名叫陶俊、贾进和，他们有不少喽罗部下，干些打家劫舍的勾当，岳飞向刘韐（jiá）请求给予一百名骑兵，消灭这一股盗贼。

岳飞先派一些官兵伪装成商人，到盗贼出没的地方去，不久，这批假商人果然被强盗逮住，强盗将他们编入队伍中。

接着岳飞就对这群强盗发动攻势，岳飞首先派了一百名官兵埋伏在强盗山寨的山下，然后亲自率领几十个骑兵去攻打山寨。强盗们眼见岳飞兵少势单，觉得容易对付，不当一回事地出来迎战。

只打了两三回合，岳飞假装打败，招呼自己的骑兵撤退，强盗们不疑有诈，蜂拥向前追赶，到了山下，埋伏的官兵突然出现，杀得强盗手忙脚乱，仓皇而逃。

这时，那些被强盗们收编的假商人在山寨中也采取了行动，乘陶俊、贾进和没有防备，两个盗首一举被擒。于是，相州这一股强盗便被岳飞平定了。

过了没有多久，岳飞忽然接到噩耗，原来他的慈父岳和去世了，一向孝顺的岳飞立刻奔丧，返回故乡，一面守孝，一面陪伴母亲，同时温习诗书，努力学问。

岳飞虽然在乡里，过着平静的日子，对于国家大事，仍然寄予无比关怀。靖康元年（1126 年），金人攻陷汴京，徽钦二帝被俘而去（这一段经过，本书前面交代得十分清楚），岳飞听到这一桩宋朝的奇耻大辱，难过到了极点，心脏仿佛要炸开似的，他决心禀明母亲，上沙场报效国家。

岳老夫人是个明理的母亲，她虽然万分舍不得孩子，却具有强烈的爱国情操，何况“从戎报国”也正是岳飞父亲岳和生前的愿望。

岳母刺字，清代年画。

岳飞临走之前，岳母忽然心中忐忑不安，她和蔼地说：“我了解你甘守清贫，不贪浊富，可是，一个人一生之中，难保不受诱惑，不做一点糊涂事，我要在你背上刺几个字。”

岳飞一言不发，默默地跪在香案之前，脱去上衣，露出背脊。

岳母先拿起毛笔，在岳飞背上写了四个字，然后，取出绣花针顺着毛笔字迹刺上去。

绣花针刺入肌肤，岳飞本能地一抖，一颗颗豆大的血沫流满了背脊。“是不是很痛？”岳母亲切地问着。

“不痛，一点也不痛。”岳飞赶快接口。

“怎么可能不痛，你是担心娘手软刺不下去。”岳母心中其实一滴一滴在流血，她比岳飞本人还痛，但是，她就是要让岳飞有这一段刻骨铭心、痛彻心肺的回忆，永远不要忘记母亲的教诲。

岳老夫人终于咬紧牙根把“尽忠报国”这四个字刺好了，再将醋墨涂上，这四个字就永远留在岳飞的背脊上，也深深地烙印在岳飞的心坎之上。岳母在岳飞背上刺的字是“尽忠报国”，为什么有些书记载为“精忠报国”呢？这也许是因为宋高宗后来曾颁授御书“精忠岳飞”旗帜给岳飞，后人便将“尽忠报国”误为“精忠报国”了。

岳飞大战吉倩

假如把岳飞喻为一匹千里马，那么，前篇之中提到的刘韐（jiá），应该是第一个赏识千里马的伯乐了，刘韐后来怎么样了？在这儿，我们先补充一段刘韐的小故事：

金人占领汴京以后，刘韐被任命为赴金营谈判的代表，金人找了韩正去游说他投降，韩正见到刘韐，一抱拳道："金国将要重用你，可喜可贺。"

刘韐不领情，没好气地回道："忍辱偷生以事二姓，我刘韐不为也。"

韩正仍然满面笑容阿谀（ē yú）刘韐："军中正在拥立异姓为帝，与其白白送死，不如北去，共享富贵。"

刘韐仰天大呼："有这种事？"他回房之后，写了一张短短的纸片："金人不认为我有罪，而认为我可用。但是，贞女不事二夫，忠臣不事二君。主上烦忧是臣子的耻辱，臣还能活在这世上吗？"

写完遗言以后，刘韐沐浴更衣，饮毒酒而死。岳飞听说刘韐殉国的消息，十分哀伤。

岳飞守完了父丧，带着母亲的祝福及背上"尽忠报国"四个大字，回到相州，正好这时康王赵构（即为后来的宋高宗）也到了相州，岳飞拜见了康王，康王命令岳飞去讨伐附近的一股强盗，这股强盗的首领名叫吉倩。

吉倩是个自负武艺很高的人，岳飞决定单独向吉倩挑战，于是，写了一封挑战书给吉倩，约定时地，两人比武。

到了比武地点，吉倩一看，岳飞果然是单枪匹马而来，心中对岳飞的守信与勇气，已有了几分佩服。两人也不说话，就放马对杀起来。

岳飞使用长枪，吉倩手执铜锤，两人气势都不同凡响，显见是一对高手比划。几回合之后，岳飞摸清楚吉倩的锤法路数，乘吉倩一个破绽，长枪一刺，吉倩大吃一惊，赶紧低头躲过，吓得出了一身冷汗。

岳飞的武艺确实比吉倩高，好几次岳飞都可以轻取吉倩的性命，但是却不忍心下手。吉倩也渐渐领会到岳飞数度手下留情，钦佩加上感激，使吉倩终于弃锤认输，并且带领了三百八十个兄弟一块归顺岳飞，这三百八十个壮士遂成为岳家军的基本人马。

岳飞收服了吉倩，因功被任官为承信郎。这时，金兵在开封和黄河一带纵横骚扰，出没不定。有一次，岳飞带领一百个骑兵在黄河南岸演练，忽然一队金兵骑马奔来，岳飞对他的弟兄们说：“来的敌人不少，我们实在寡不敌众，但是，敌人不知道我们的虚实，我们要趁他们还没有稳定下来之前，主动先攻击！”

于是，岳飞单身一跃上马，飞驰迎敌，敌军阵中出来了一员骁将，手舞大刀，迎上了岳飞。岳飞艺高胆大，几个照面，就把那员骁（xiāo）将给杀了，金人大骇。岳家军随着岳飞的得手，也催马上前，挥舞武器，一阵砍杀，金兵便糊里糊涂地大败而逃。

这次战役以后，岳飞升为秉义郎，奉命调到宗爷爷宗泽的麾下。

岳飞参加过开德、曹州两次对金兵的战役，都建有功勋，使宗泽大感奇怪，要看一看岳飞究竟有什么才能。

宗泽首先要求岳飞表演枪法，岳飞也不客气，在演武场上，把熟悉的枪法尽量使了出来。只见岳飞如龙腾虎跃，枪法有如排山倒

精忠传，清代年画。

海，使站在他身旁的人都感受到强大的压迫感，气都喘不过来，宗泽看在眼里，不断点头称赞。

操演完毕，宗泽把岳飞唤到面前，详详细细询问岳飞的家世。宗泽见岳飞相貌堂堂，器宇轩昂，以为他必定是将门之后，不料却是来自农村的好汉，宗泽和蔼地对岳飞说：“你的勇猛、才艺，即或是古代的良将也不见得能够比得上你，但是，只会打野战非万全之计。”说着，宗泽拿出布兵阵图交给岳飞：“你回去仔仔细细研究一番。”

岳飞双手接过阵图，含笑对宗爷爷道：“我也读过一些兵书，但是打仗不能墨守成规，运用之妙，存乎一心。”

想岳飞小时候就对兵书有兴趣，以后向周老师学艺，更是对孙吴兵法极有心得，其中许多地方，他都可以毫不费力地倒背如流，而且提出自己独到的见解。宗泽对岳飞，可以说是愈看愈喜欢，心中不断地说，宋朝打金人有希望了，有希望了！

靖康二年（1127 年），康王在应天府即皇帝位，改元为建炎元年，是为南宋第一代君主——宋高宗。

宋高宗虽然用名重一时的李纲为宰相，但是却一意偏袒黄潜善、汪伯彦两个奸臣，岳飞志在收复失土，迎回徽钦二帝，看在眼中，着实发急，终于忍耐不住，放下长枪，拿起毛笔，洋洋洒洒写了一封数千言的奏章，呈宋高宗。

在奏章之中岳飞写道："陛下已登大宝，社稷有主，已足以对抗金人，金人正以为宋朝素来软弱，不免有所懈怠。我们应该趁这个机会迎头痛击。黄潜善、汪伯彦二人不能顺承皇上收复旧河山的意旨，反而日日夜夜计划南迁，恐怕不足以维系中原人心，臣希望陛下能够在敌人巢穴尚未巩固之前，亲自率领大军北渡黄河，将士们一鼓作气，中原必定可以光复。"

岳飞会写文章，也懂带兵打仗，正是中国人所尊崇的儒将，宋高宗对岳飞的奏章会有什么反应？

张所与岳飞论兵法

宋高宗看到岳飞的奏章，正好说中他的内心弱点，不免恼羞成怒，因为宋高宗其实并没有光复中原的理想，却又无法驳斥岳飞堂堂正正的议论，因此无名之火熊熊升起。

待宋高宗再看看是哪一个胆大包天的臣子想要教训皇帝，原来是个小小的秉义郎，宋高宗龙颜大怒，便以岳飞“小臣越职，妄言国事”的罪名，撤除岳飞的官职。

岳飞无可奈何地接受了处分，正不知何去何从，忽听说张所在河北招募军士，准备与金人大战一场，遂前往河北去也。

张所听说过岳飞的威名，大喜过望地迎接岳飞，并且用最为尊敬的态度来接待岳飞，任命他为修武郎，担任中军统领。

张所问岳飞：“你能够对抗多少敌人？”

岳飞回答：“只凭勇气是不能依靠的，用兵之道最重要的是设定计谋，像栾枝曳柴以败荆，莫敖采樵以致绞，都是设定计谋而获胜的例子。”

张所听了岳飞所说的话，惊讶地一下站了起来：“你大概不是行（háng）伍军队中人，你根本是个书生嘛！”

岳飞本来也是个饱读诗书的书生，他回答张所问话中的“栾枝曳柴以败荆，莫敖采樵以致绞”是《左传》一书中记载春秋时代的两个故事：

栾枝是晋文公手下的大将，晋与楚在城濮（pú）打了一仗，晋军悄悄地埋伏在道路两旁，栾枝命令几个士兵驾着马车拖着树枝，沿路向后奔跑，树枝在泥地上拖，刮起了满天灰尘，楚军看到了大片灰尘一路飞扬，以为是晋军大队人马败逃的迹象，兴奋地对着尘土飞扬的方向追赶过去。不料追赶不远，却遇到埋伏的晋军，左右夹击，楚军这才知道中了栾枝的诱敌之计，想要退兵已来不及了，结局自然是楚军大败，这里的“荆”指的是楚国。

“莫敖采樵以致绞”，是另外一个有趣的小故事：莫敖是春秋时代楚国的官名。原来，楚武王有个儿子，名叫屈瑕，官至莫敖。有一次，楚国要去攻打绞国，屈瑕建议楚国不要大张旗鼓，应该悄悄地前去。到了绞国附近，也不惊动采樵的樵夫，于是绞国的国君都不知道楚国的军队已经到了城外，楚军在绞国毫无防备的情形下，轻轻松松将绞国消灭。

张所对岳飞极为看重，派他担任中军统领。

在这段期间之内，岳飞渡过黄河，收复新乡，在太行山之役，生擒金朝大将拓跋（tuò bá）耶乌，又曾单枪匹马，手持丈八铁枪，刺杀黑风大王，由于功业彪炳，引起了王彦的嫉恨，岳飞又回到宗泽爷爷麾下。

宗泽这时候担任开封尹兼领东京（开封）留守，他素来看重岳飞，见他率部重归，大为开心，宗爷爷的头发早已花白，可是内心相当年轻，与岳飞可说是忘年之交。

宗泽这个沙场老将，他担任留守之后，首先平稳物价，休养生息，然后积极武装，规划战具，把残破萧条的开封建立成为一个崭新的堡垒，并且每日检阅军队，准备渡河反击。

金兵害怕宗泽真的打过来，决定先发制人，派了数千精兵杀向汜水。

宗泽把抵御金兵这个艰巨的任务交给岳飞：“鹏举，你是我最寄予厚望的人，你可要好好表现。”

岳飞，清吕焕成绘。

岳飞施礼道："元帅放心，岳飞必竭智尽忠，上报国家，下报相公。"

果然，岳家军兵出如神，把金人打得血流成渠，宋军军威重振，开封安如磐石，宗泽兴奋得不得了，一再对岳飞说："现在我们可以大大干一场了。"同时，把岳飞升为都统制。

当然，大军北上反击，不能只靠开封，宗泽前前后后上了二十四个奏章给宋高宗，请求朝廷早日重返开封。宋高宗爱理不理，随随便便敷衍老臣，听说岳飞打败金人，非但不高兴，而且担心战火再起，急得要逃往扬州。

从此，宗泽背上长疽（jū），忧愤成疾，在连呼三声"过河、过河、过河"之中昏迷而卒。

宗泽死了，开封城中老百姓听到这个噩耗，家家痛哭，人人臂戴白布。宗泽有一个儿子宗颖，也在军队之中，颇有乃父之风，很有人缘，大家都希望宗颖能够代替宗泽担任开封留守，可是，朝廷已有命令下来，用杜充接替宗泽的职位。君命不可违，开封人民盼望杜充能与宗泽一般，是个爱民如子的好官。

偏偏事情的发展，往往违背人们的意愿，杜充比起宗泽，实在是个太不可爱的新留守。

杜充，字公美，绍圣期间，登进士第，虽然是考场胜将，却不代表会是个好官吏，他对功名相当热中，性情残忍而且冷酷。

靖康初年，杜充接掌沧州，沧州境内有许多投降来归宋朝的燕人，他因为担心这些燕人会成为敌人的内应，竟然下令全部杀光，一个也不留。

建炎元年（1127 年），杜充担任北京留守，提刑郭永目睹杜充的所作所为，忍不住讥嘲杜充：“人有志向而没有才气，爱好声名而不扎实，骄傲自大却享有声誉，这种人担当大任，还想有什么好下场？”

杜充弃守开封

宋高宗建炎二年（1128 年），宗泽去世后，杜充代替宗泽担任东京留守兼开封尹。

杜充新官上任，立刻改变了宗泽任内的一切措施。当初，宗泽为了对抗金人，不但号召两河地带忠义民兵，并且用真情感动了草莽流寇，大家精诚团结，共赴国难。

杜充的作风与宗泽大不相同，他对河东巨寇王善、“没角牛”杨进等人缺乏好感，完全把他们当成红眉毛、绿眼睛的土匪看待，他们所需要的军需补给，一概不理，任其自生自灭，而且言语态度十分轻蔑。

王善、杨进这群山大王本来就是心粗气豪之人，因为被宗爷爷一片报国热忱所感动，才离开山寨，接受招安，哪儿受得了杜充的窝囊气，其中有些土匪就因为不满意杜充，干脆又回到山上，重新再做打家劫舍的勾当。

接着，杜充又命令岳飞征剿已降服宗爷爷的盗匪张用的部队，岳飞不以为然，却又不能违抗长官的命令。

结果，张用被打败了，王善、杨进、曹成、马友、丁进、李贵却全都军心动摇，他们发牢骚说：“今天杜充不高兴，可以解决张用，明天，不知该轮到谁？”

于是，宗泽辛辛苦苦一手建立起来的反金阵营，顷刻之间，完全瓦解了。

张用的余党窜往豫南，在确山、信阳一带，打着“张莽荡”的名目，以张用老婆“一丈青”为首，又成为绿（lù）林好汉。

金人知道开封府内有了分裂，建炎二年（1128 年）八月二日金兵大举进犯，在汜水关展开大战。岳飞跳上马鞍，两腿把马一夹，呼刺刺冲向前去，逢人就挑，遇马便刺，耀武扬威，枪挑剑砍，杀得敌军大溃。

可惜，岳军毕竟人少势单，金军又不断增兵，眼看着粮食快要吃完了，岳飞心生一计，他秘密挑选精兵三百，埋伏在山脚之下，每个人发给两束稻草，到了夜半时分，稻草四端同时点燃，远远望去，整个山脚一片点点火光，金人误以为宋军大批军援开到，慌忙后退。岳飞趁这个机会放马追击，金兵喧喧嚷嚷，自相践踏，人撞马，马撞人，乱哄哄地逃命而去。

建炎三年（1129 年），岳飞又力克来犯的王善、杜叔五、孙海等，虽然岳飞凭着一己力量，守住了开封，可是杜充愈来愈有恐惧感，最后，他决定离开汴京。

岳飞苦苦哀求道：“中原之地，一尺一寸都不可以抛弃，今天我们一脚离开这里，明天此地便非我所有，以后若要再收复，非要动员数十万众不可。”杜充根本不听，岳飞迫不得已，只好率领部众，随着杜充南行。

到了建康之后不久，杜充果然投降了金人，岳飞独自率领所部及其他不愿意投降的军士们离开，并且以宜兴为基地，逐渐扩大岳家军。

故事说到这儿，我们暂且先放下岳飞，回头再看看南宋朝廷：

从建炎元年（1127 年）十二月开始，金兵分三路大举南征。这个时候，惟一能够抵抗金兵的，只有一个宗爷爷宗泽，宗泽一死，杜充接手，全盘局势完全改观。虽然有一个岳飞奋勇抗敌，在汴洛之间，阻止金人进犯，可是，狡猾的金人，这条路走不通，另辟路线，一由淮阴进袭楚州（江苏省淮安县），一由徐州攻击泗州（安徽泗州），于是乎，像两把大钳子一般，轻轻松松夹住了扬州。

此刻，宋高宗正在扬州，听说金兵打来了，吓得穿上介胄，牵着马匹，慌慌张张就往行宫门外走，只有王渊、张俊及宦官康履（jù）等五六人随行，经过市区，有老百姓发现这个奇特景象，大声叫嚷："官家逃走啦！"

一会儿工夫，宫中的太监们发现皇上溜了，着急地自宫中一涌而出，满城大乱。宋高宗经过扬子桥之时，有一名卫士看到天子这般狼狈窝囊，出言不逊，随口讲了几句粗话，宋高宗正一肚子的火没处发泄，顺手就挥剑把这个卫士给杀了。

当时的军队与百姓对黄潜善、汪伯彦可说是恨之入骨，当司晨卿黄锷（è）来到江边，军士招呼："黄相公在此。"马上有人指着鼻子骂："你这个姓黄的，误国害民都是你的罪。"黄锷着急地不断摇手，还来不及分辩自己是黄锷，不是黄潜善，脑袋已经被搬了家。除了黄锷被黄潜善牵累，其他还有给事中兼侍讲黄哲正在散步，冷不防被个骑马的骑士射了四箭，当场倒地而卒。另外，鸿胪少卿黄唐俊渡江时被船夫溺死，都是因为姓错了而白白送死，真正的黄氏罪人黄潜善倒是安然无恙，活得好端端的。

早在金人攻掠陕西、京东、山东，群盗蜂起之时，成章即曾上奏，一条一条列举此二人之罪过。高宗非但不理会，反而下诏责备成章不守本职，动辄批评大臣，太不应该。

宋高宗对自己倒是颇为自信的，他曾在建炎二年（1128年）三月下了一道手谕中提到："朕每次退朝以后，若有臣子奏事，还是端正衣冠，再坐而听，丝毫没有不耐烦；而性格上又不喜欢与妇人长久相处，不会沉溺声色，殿旁小阁，除了笔砚之外，就没有其他东西，每天都是在为国操劳。"

高宗或许能称得上勤政，他也没有荒淫无道，不过宋高宗毕竟欠缺知人之明，又过于胆小怕事。

王渊搬运珠宝

宋高宗建炎三年（1129 年），金兵大举入侵，粘没喝的五百名先锋骑兵已经到达了扬州，正在扬州的宋高宗吓得手心出汗，两脚发软，匆匆忙忙带着御营统制王渊、宦官康履（jù）等少数亲信步行到达瓜州。经过扬子桥，有名卫士出言不逊，宋高宗一肚子无名火没处发，顺手抽剑把卫士给杀了。

到了瓜州不久，吏部尚书吕颐浩等气急败坏追赶上来，想办法弄了一艘小舟，得以顺流而下，到达镇江。宋高宗上了船，方才稍稍喘口气，取出佩剑想把剑上的污血去掉，却连一块干净的布都找不到，只得在靴子上随便抹一抹。

当天晚上，金朝大将玛图到达扬州。一进城就急着找宋高宗，民众们告以：“早就渡江了。”金人赶往瓜州，看到江水浩荡，叹了一口气，暂时停止追赶，在摘星楼之前屯兵。城中的仕女金帛，被金人抢夺一空，老百姓争相逃命，惨不忍睹，到后来，金人干脆一把大火，把扬州烧成了一片焦土。

宋高宗逃难之时，非常仓促，不但朝廷所有器物完全丢弃，连祖宗牌位也不要了。太常少卿季陵忠心耿耿，把九朝神主的牌位紧紧带在身边，拼了老命地守护，却还是不慎把宋太祖赵匡胤（yìn）的灵牌掉在地上，跌了一个粉碎。

宋高宗到达了镇江，心中一大块大石头总算落地。此时恰是正月里，天寒地冻，慌忙之间，竟找不到寝具，被单没有，棉被没有，枕头也没有。幸亏高宗随身带着一块貂皮，半披半卧御寒。

高宗折腾了一整天，筋疲力竭，闭上眼睛，却怎么也睡不着，心中频呼“好险，好险”，万一迟溜了一步，被金人逮住，那么，未来命运不问可知，他眼前似乎浮现出宋徽宗、宋钦宗舂米为食，织麻为衣的奴隶生涯。

金人为了侮辱宋朝这两个皇帝，竟然在建炎二年（1128年）八月命他二人青衣小帽庶人素服朝见金太祖庙，又在乾元殿跪见金主，接受册封。册封什么呢？简直是羞辱之至，封宋徽宗为昏德公，宋钦宗为重昏侯。

宋高宗赵构，佚名绘，台北故宫博物院藏。

宋高宗想到这里，了无睡意，第二天一大早，迫不及待召集群臣商议对策：“我们姑且留在此处？还是前往浙江？”

奉国军节度使、都巡检使刘光世一步向前，捶着胸呼天抢地地痛哭。

宋高宗问道：“何以如此？”

刘光世噙着眼泪回答：“都统制王渊专门负责江上海船，每次都说绝不误事，现在，他怎么自圆其说？”

高宗不耐烦地皱起眉

头："如今应当讨论的是去留的问题。"

听到高宗这么说，吏部尚书吕颐浩第一个"通"地一声跪倒在地，继而户部尚书叶梦得等三个人也拜趴在地上不肯起身。

吕颐浩以头叩地首先发言："臣等愿意留在此地，为江北声援，否则，金人乘势渡过长江，我朝处置愈加狼狈。"

叶梦得也跟着在地上磕了一个响头曰："善。"

既然臣子们都愿意赤心保国，宋高宗为一国之君，又怎能脚底抹油，他别无选择，只好裁决："宰相前往海上经略，号令江北诸军，令结阵防江。"

不料，到了第二天，事情又有了转变，原来王渊听说刘光世在朝廷之上，放了他一炮，攻击他不待金兵前来，望风而逃。事实上也的确如此，王渊为了摆脱责任，竟然把手下江北巡抚皇甫佐给杀了，然后上奏高宗："镇江只能御捍一面，倘若金人自通州（江苏省南通县）渡江，控制苏州，那怎么办？杭州前有扬子江，后有钱塘江二重天险，可以作为行都。"

高宗左盼右盼，就在盼这一句话，想他到了镇江，惊魂未定，不断接到军报，说是金人即将攻来，但又不好意思承认自己害怕，真难得王渊代为开口，于是，立刻起驾，直奔杭州。

王渊提出这个建议，一方面固然是摸透了高宗的心思，另一方面，他平日颇搜括了不少金银财宝，留在镇江，日夜难安。

为了搬运王渊的家产，一口气动用了十艘大船，什么国家的、公务、库藏、文件都排队在后。因为王渊官拜御营统制使，又兼运输专使，旁人哪有开口的份儿？

当一艘艘的巨舟驶入杭州，许多老百姓争先恐后跑到港口看热闹，七嘴八舌指指点点，当他们发现卸下的一口一口大箱子几乎全是王渊的家当，有人忍不住开口笑道："这岂不成了王宅府第的乔迁之喜？"

另外有颇知内情者道：“据说王渊平时杀夺富豪之家的财产甚多，如今算是开了眼界了。”

由于王渊饱入私囊的财货不少，他出手极为大方，做出轻财好义的模样，标榜的是家无宿粮，家里头不存明天的粮食，他曾经豪气干云，拍着胸脯夸耀：“朝廷给官给爵，用俸禄代替农耕，足以维持生活，如果我还要斤斤计较，贪爱爵禄，我不如做一个富商大贾。”

当时王渊不但负责运输政府财物，高宗渡江后，北岸遗留的数万兵马与十多万难民，也都归王渊指挥调度。由于他一心一意只想到自己的私产，没有心思顾及军民的死活，许多人在争渡之时，坠江而死，也有过不了长江的宋兵，流落成为盗匪，这都不是假公济私的王渊所关心的。

康履洗脚

金人入侵扬州，宋高宗逃到镇江，仍然觉得不安全。后来，接受王渊建议，迁都杭州，由王渊担任运输专使，王渊一心一意把自己搜括来的家财运往杭州，却把国家财物抛在后头，引起朝野上下的不满。

建炎三年（1129年）二月，高宗在杭州落脚，为求国家安定，争取人民的向心力，他大赦天下，征求直言。于是中丞张澂（chéng）就老老实实，毫不留情地列举了黄潜善、汪伯彦两位宰相二十条罪状。

事情演变到如此恶劣的情况，两位宰相难辞其咎，高宗只有忍痛将他二人免职，黄潜善出知江宁府（今南京市），汪伯彦出知洪州（今江西省南昌市）。不仅如此，连当年伏阙上书，因为攻击黄、汪两人而被问斩的太学生陈东、书生欧阳澈都获得平反，下诏“赠承事郎，令所居县存恤其家”。（陈东、欧阳澈两人的故事十分悲壮，本书前面已讲过。）

同时，宋高宗为了博取民众的好感，他更下诏书自责“朕遭时变故，知人不明”，以后应当“悔过责躬，洗心改革”，话说得相当漂亮动听，事实上，他南渡以后，照样用人不当。

黄潜善、汪伯彦下台一鞠躬去也。首先倡议迁都杭州的王渊，成为高宗最宠幸的大臣。王渊的发迹，得力于宦官康履（jù），所以，王渊指挥搬家，搬完了自己的金银财宝，紧跟着就是装运康履利用职权，卖官鬻（yù）爵得来的不义之财。

这康履是何许人？原来远在高宗还没有当皇帝，只是被宋徽宗封为康王的时代，康履已随侍左右，听候差遣，是康王府中的一名宦官。后来，宋朝不幸发生了靖康之难，金人把徽、钦二帝及宋室诸王、诸妃、皇子、皇孙、公主、驸马一块掳走。只剩下康王因为担任割地特使，没有留在京城，成为幸运的漏网之鱼，扶摇直上，当了皇帝，康履也跟着一飞冲天。

由于康履在高宗面前走红，他又会作威作福，许多大将如刘光世都巴结着他。高宗特别下了一道诏书，规定以后内侍（宦官）不可以与统兵官相见，违背者停官编隶。但是，康履照样肆无忌惮（dàn）。

康履为了让大家知道他身价不凡，不可等闲视之，存心在将领面前耍威风，他竟然要带兵打仗的大将参观他的洗脚大典。

将官们慑于康履身份特殊，宦官有请，不敢不去。到了以后，只见康履衣冠不整，跷着臭脚丫子，让几名衣着华丽的婢女跪在地上为他捏脚、除垢、按摩，最后还修脚指甲，康履一面吃着水果，神情愉快。将领们看着作呕，几乎想吐，却还要赔着笑脸，心里头是窝囊透顶，堂堂一呼百诺的大将，居然受此难堪，真是怄！

在中国历史上，曾经有一个很有名的关于洗脚的故事，那就是汉高祖刘邦。

当刘邦还是沛公时代，有一天住在高阳旅舍，派人召见儒生郦食其（lì yì jī），当郦食其闯入房门时，刘邦正坐在床前，舒舒服服让两位美人帮忙洗臭脚。刘邦瞄了郦食其一眼，马上又闭起眼睛，哼着小曲儿，快乐地享受美人儿殷勤的服务。

郦食其火气很大，他严厉地指责刘邦："你就用这种态度对待儒生，你还想破秦？还希望有贤人为你献计？"

刘邦以前最讨厌读书人，他是流氓出身，老是嫌书生迂腐，每次见到儒生，总要借他们的儒冠洒一泡尿，当做溺器。这会儿被郦食其一骂，倒给骂醒了。他立刻把脚擦干，换上整齐的袍子，恭恭敬敬奉郦食其为上宾，封为广野君。以后，人们就用这段故事说明刘邦知错能改、礼贤下士，终于建立了汉朝。（此段经过颇为有趣，读者们可以参考本书讲过的汉高祖故事。）

康履是否听过刘邦洗脚的故事，故意如法炮制，而且只上演前半段羞辱人的部分，我们不得而知。但是他“踞坐洗足”，大模大样招待参观洗脚的做法，几乎所有的将领都愤愤不平。

中国有一句谚语：“上有天堂，下有苏杭。”康履到了人间天堂，美景如画的杭州，如果不尽情享受一番，岂不有负良辰美景？于是康履及他的一批同党，每天忙着以射鸭为乐。后来，他又怂恿高宗去观看钱塘潮。

钱塘秋潮，宋夏圭绘。

钱塘潮乃天下奇观，钱塘江江阔三公里，涨潮时海水向岸上冲击，海浪飞上天，再落下来，气势磅礴，一会儿像游龙升天，一会儿又像瀑布泻地，一股海浪冲起，广阔无垠，整齐得像一排军队，快速冲刺，夹着呼啸之声，令人感到千军万马，对着自己冲来，使得人连气都喘不过来，可是那排军队接近海岸时，又突然向上翻跃，让人惊奇怎么海水上了天？接着，天上的海水像瀑布一样倾泻下来；那种不由山上流下来的瀑布，既奇特，又壮观，瀑布消失，留下来的是满天水雾，一阵海风吹来，水雾沾湿了观潮者的面颊，有一种说不出来的舒畅感觉。

高宗被康履一说就心动了，常常借口散心，劳师动众，前往钱塘江观赏涨潮美景，沿途之上，康履不断骚扰百姓，甚至为了搭建宦官的帐篷看台，居然把道路给封死了，真是闹得天怒人怨，也种下了大祸。

苗刘之变

宋高宗逃到杭州以后，宠信临阵逃脱的大臣王渊，以及作威作福的宦官康履，引起朝野一致的不满。尤其是康履故意作弄大将，召集将领参观他的洗脚大典，又忙着射鸭为乐，怂恿着高宗劳民伤财观赏钱塘潮奇景。

扈从统制苗傅看得眼睛都要冒火儿了，他咬牙切齿地痛骂：“你们看看，就是这批鼠辈使天子到这步田地，竟然还敢如此放肆！”

威州刺史刘正彦也有同感，他说：“苗君所说的正是一个忠臣应该说的话，我愿与君共同为国扫除此辈。”

于是，苗傅和刘正彦，一个是世代将门，一个是出生入死的骁将，联合组成“赤心军”，阴谋叛变。

但是，苗刘之举动，一下子就败露了行迹，有一个康履（jù）手下的小宦官拿到一卷文书，悄悄地递给了康履。康履一看，只见文书卷末有两行小字：“统制官田押，统制官金押。”

“这是什么意思？”康履看得一头雾水。

小宦官压低了嗓门道：“军中阴谋叛乱，‘田’即苗傅，金即‘卯’金，‘刀’刘（繁体为劉）的刘正彦，凡是愿意跟着他二人者，就在这文书后面签名。”

康履大吃一惊：“这还得了？莫不是想要造反？”按苗刘的部下，多半是燕、赵之人，自古以来，燕赵儿女多慷慨激昂者，他们对于朝廷放弃两河、中原之地，一直是表示反对的，也再三请求高宗打回老家。

康履接到消息，立刻飞报高宗。但是苗刘已发动了武装政变。

建炎三年（1129 年）三月癸（guǐ）未那天，高宗召百官入听宣制，任命刘光世为殿前都指挥使。王渊退朝回家，走到城北桥上，被预先埋伏桥下的士兵揪落下马，五花大绑来到了宫门口，刘正彦当场宣布王渊的罪状之后，把他的脑袋一刀给割了下来。

接着，苗刘一群人围攻康履家，分途拘捕内官，凡是没有胡须的男人杀了再说，可是翻来覆去地搜索，却找不着康履本人。

原来康履是个鬼灵精，溜得很快，一下子就躲到宋高宗身后，高宗听说此事，大惊失色，拉着康履和宰相朱胜非急急忙忙奔上御楼，然后撤去楼梯，让追兵没法上来。

宋高宗倚着栏杆，大声地问苗傅、刘正彦："你们为什么要造反？"

苗傅也怒气冲天地问皇帝："陛下信任宦官，赏罚不公，黄潜善、汪伯彦误国至此，尚未远窜。王渊遇敌不战，却首先渡江，载私财，弃公务，让成千累万军民遗弃江岸，任其奔迸溺毙，来到杭州以后，占领民居，掠夺民物，怨声载道，臣已为陛下去除此奸臣。只剩下康履，听说躲入御楼，请陛下速将此贼交出，以谢三军。"

宋高宗没有料想到事情会演变到这种情况，他不悦地表示："内侍如果有过失，当流放海岛，卿等可以归营了。"

苗刘等人当然鼓噪着不肯离开。高宗不知如何是好，转过头来询问百官："可有什么好计策？"

军器监叶宗谔说："陛下何必舍不得一个康履？就算是慰劳三军吧。"

说起来，高宗还真舍不得康履哩。因为做皇帝的，自小生长在深宫，由宦官抚育长大，从没有尝过父母兄弟天伦之乐，在情感上来说，自然觉得宦官比较亲密，尤其是宦官是生理上有缺陷的人，不会生育子女，也不可能抢皇位，做皇帝的，比较放心。至于像康履，曾经在高宗狼狈逃难之地，随侍左右，高宗更有一份体己亲密之感。

但是，苗刘来势汹汹，非得康履不肯善罢甘休，高宗没可奈何，只有命令康履下楼。康履一下楼，立刻被苗刘的兵拦腰给砍了一半，一寸一寸磔（zhé）去身上的肉，然后把康履及王渊两颗脑袋，相对地挂在东西二宫的宫门口。

康履已死，宋高宗精疲力竭地摇摇手道："你们可以归寨了吧。"

但是，苗刘二人杀了王渊、康履之后并不满意，特别是见了高宗畏畏缩缩，一心一意为康履护短的模样更是生气，他们认为，宋朝这个腐败的朝廷，如果不加以改组，前途毫无希望。

所以苗傅一步向前，大言不逊道："皇上不当即大位，将来渊圣皇帝（指宋钦宗）来归，不知何以处？"他们要勒逼高宗退位，作诏传位于太子，并且请隆祐皇太后暂时听政。

一听苗傅要逼高宗退位，大家都呆住了，高宗转身对朱胜非宰相说："朕当退避，但是，此事必须禀报太后。"

朱胜非不同意，说："无此理也。"

这天，北风强劲，门前没有帘帷，高宗坐在一张竹椅上，暂时当做御座，因为已经派人去请太后赴御楼商议，宋高宗便起立，恭敬地站在位子旁边，虽然百官一再请求，高宗仍不肯复坐，他叹气说道："不当坐此位久矣。"

过了一会儿工夫，皇太后乘着黑色竹子制成的简陋轿子，由四名老宦官搀扶出宫中。隆祐太后原姓孟氏，是宋哲宗皇后，为人贤淑知礼，颇有人望，后来因为哲宗宠爱刘贤妃，遂废孟皇后，改立刘氏。

隆祐太后垂帘听政

宋高宗逃到杭州之后，喘气甫定，就爆发了苗刘之变，大将苗傅、刘正彦等人杀掉奸臣王渊、宦官康履，并且逼迫高宗让位，请出隆祐太后垂帘听政。

隆祐太后在四名老宦官的搀扶之下，缓缓走出轿子，苗刘二人在轿前叩头道："今百姓无辜，肝脑涂地，希望太后为天下人做一主张。"

太后生气地望着二人："自从道君皇帝（指徽宗）信任蔡京、王黼，更改祖宗法度，童贯在边境用事，所以才招致金人，养成今日之祸，和当今皇帝有何关系？何况皇帝仁孝，开始即位时虽然失德，只是为黄潜善、汪伯彦二人所误，如今黄、汪已窜逐，难道你们不知道？"

"臣等已经决定，请太后不要犹豫。"苗傅又磕了一个响头。

皇太后想了半晌说："那么，我暂时听政。"

可是，苗傅等人群情激昂，非把高宗拉下皇位，改立太子不可。

皇太后长长吁了一口气，心平气和地分析："就算是承平之时，此事尚且不容易，如今皇子只有三岁大，我一个年纪大的老妇人在帘前抱着小婴儿，怎么能够号令天下？假使敌国闻知，岂不更要看轻我朝，予以欺负？"

苗傅、刘正彦等人哀哀痛哭，一定要求太后答应，太后也非常固执，说不可以就是不可以，并且教训苗刘："你们也是名家子孙，怎么不懂道理，今日之事，实在难以听从。”

苗傅见老太太软的不吃，换成硬的，半带威胁道：“三军之士，自早上到现在，一口饭也没吃，事情如果还没办法解决，恐怕会发生不幸的变故。”

接着，苗傅又转头询问在御楼之上的宰相朱胜非：“今日之事，正要大臣果决，你怎么老不开口？”

朱胜非急得满头冷汗，他跪在高宗身前：“臣位居宰相，不料竟然发生这种事，罪该万死，请求陛下让臣下楼，当面诘问二凶。”

宋高宗倒是异常冷静，他用沉稳的语气安慰朱胜非：“二凶气焰甚高，卿如果下楼诘（jié）问，岂不是白白送死，你死了，朕又该如何？你过来，朕有话告诉你。”

于是，高宗在朱胜非耳边悄悄叮咛：“朕今日利害与卿相同，我们应当为后图，后图不成，再死不晚。卿去告诉他们，要朕退位可以，但是朕逊位之后，一切要依太后与嗣君，军士立刻解甲归寨，不可肆掠，更不可杀人放火。”

朱胜非把话带到之后，苗刘等部众大呼“天下太平矣”，欢天喜地地散去，一点也没有想到这是高宗的缓兵之计。王钧甫便上奏高宗：“皇上不必担心，此二将忠有余而学不足耳。”忠有余是指苗刘出发点是为国家忠心耿耿，学不足指的是他二人毕竟学识浅薄，处理事情不圆熟。

当天晚上，高宗被迫离开行宫，搬入显宁寺，改显宁寺为睿圣宫，高宗改称睿圣仁孝皇帝，大赦天下，改建炎三年（1129 年）为明受元年。

新政府虽然草草成立了，宋高宗内心倒是笃定得很，他不能不暂且先让一步，万一被苗刘给杀了太划不来。事实上，高宗看得十分清楚，苗刘二人毛躁火爆，政治经验不足，虽凭一时血气之勇，改组了政府，但是新政府的号令仅限于杭州城内，城外群臣，视之为叛逆组织，张浚、韩世忠、刘光世、张俊正分路讨苗刘，其中又以韩世忠最为强大。

在《韩世忠活捉方腊》篇中，我们曾经介绍过韩世忠是少年英雄，风骨伟岸，智勇双全，方腊藏匿在睦州清溪（今属浙江省淳安县）的岩穴之中，没有人找得着，韩世忠一个人潜行深谷，找了山野之中一妇人带路，挺戈直前，直捣方腊巢穴，格杀数十人，活捉方腊，大名远播。

靖康元年（1126 年），韩世忠又打了漂亮的一仗。他跟随宣抚李弥大讨山东贼，追到了临淄河，他严厉地警告部下："进则胜，退则死，如果谁敢开溜，后面的队伍杀掉前面的逃兵。"

这个命令一下，没有哪一个敢不尽力，这时，韩世忠的部队不满一千人，分为四队，可是敌人却有一万部众，双方开打，一定打不过。

聪明的韩世忠心生一计，他有天晚上，一个人骑着匹快马跑到了敌营之中，贼人正在杀牛准备打牙祭，韩世忠高声呼喊："官军大批开到了，你们赶快收拾武器投降，我还能保全你们性命，共享功名富贵。"

贼人一听，吓得赶紧讨饶，并且殷勤地奉上刚刚烫好的酒，切好的牛肉，韩世忠也不客气，和大伙大块吃肉，大碗喝酒，风卷残云喝个精光，吃得好不痛快。

吃完之后，韩世忠抹一抹油嘴，开始命令贼人缴械，清点人数，一个晚上，所有贼兵乖乖投降，朝廷派了这么一位勇猛大将率大军前来，若是不投降，还有第二条路可走吗？

到了第二天清晨，全部都投降了，贼人等着韩世忠大兵前来，等了半天，根本没见大批人马，只有少数精兵，连呼"上当了，上当了"，可是，后悔也来不及了，贼人却也不能不佩服，韩世忠背后没有千军万马，竟然敢使这一招，胆子也够大的了。

韩世忠巧遇梁红玉

宋高宗迁都杭州之后，爆发了苗刘之变，苗傅与刘正彦逼迫高宗下台，而请隆祐皇太后垂帘听政，高宗暂且退位，一心一意盼着韩世忠等前来救驾。

苗傅当然也想到了这一层，于是，他先下手为强，把韩世忠的妻子梁红玉及其子保义郎韩亮捉来，留在军队当人质。

说起梁红玉的大名，可说是无人不知，无人不晓，我们先谈谈韩世忠与梁红玉这段情。

韩世忠在没有发迹之前，家中贫寒，没有产业，偏偏他又嗜酒豪纵，行为不加检点，人家给他取了一个不好听的外号，叫做泼韩王。

据传说，韩世忠除了贪杯惹人厌之外，他还生了一种怪病，全身长满了疥癞，发出酸腐恶臭的气味，人人都掩着鼻避着韩世忠。

有一个夏日午后，韩世忠在一条小溪中游泳，忽然看到一条巨蟒直往前来，准备狠狠啮住韩世忠的脑袋。韩世忠大惊，不知如何是好，两只手紧紧握着巨蟒的两颔（hàn），巨蟒用尾巴绕着韩世忠的身体，双方僵持不下，于是，韩世忠就与巨蟒以如此奇怪的缠绕着的方式，回到家中。

韩家的人目睹此一奇景，都吓得大呼大叫，韩世忠喊着：

“快啊，快来帮忙把蛇给杀了！”却没人敢向前。

韩世忠逼不得已，拉着巨蟒来到厨房，只见案头上有一把菜刀，他拿了刀往巨蟒头上猛砍，巨蟒终于死了。

人蛇相斗，韩世忠虽然打败了巨蟒，还是一肚子的火，他顺手把巨蟒滑溜溜的蛇皮剥去，扔到锅子里清炖，略撒姜末。过了一会儿，香味扑鼻而来，汤汁是清清淡淡，却又鲜美绝伦，简直比现杀活鱼更要精彩。韩世忠捧着大碗，吃得干干净净。

到了第二天早上醒来，韩世忠全身疥癞全部脱去，肌肤莹白如玉，真是了不得的换肤术。

因为有此传说，当时人盛传韩世忠是蛇精转世，理由是韩世忠与蛇一般，每次骑马出郊，总喜欢坐在浅草湿泥之中，说起话来，语调急切，声如洪钟，讲不了多久，还要吐一吐舌头，这不是蛇精是什么？

也许因为韩世忠太神奇了，宋朝人不但传说他是蛇精，也有人以为他是老虎，据宋朝《鹤林玉露》记载，韩世忠夫人梁红玉本是京口娼妓，曾经有一天夜晚五更入府伺候客人，忽然见到庙柱之下，怎么有只大老虎，鼻息齁齁（hōu），可怕极了，吓得转身就跑。

跑了许久，见到一大群人，才悄悄喘息，她拉了众人去看老虎，却发现哪里有什么老虎，只有一个士兵在打瞌睡，一问之下，士兵名为韩世忠。

梁红玉回去密告她的鸨（bǎo）母，两人商量的结果，这个韩世忠绝非凡夫俗子。于是，梁红玉主动邀请韩世忠到家中，搬出酒食殷勤招待，韩世忠当然也乐得享受飞来艳福，两人遂结为夫妇。

根据此段记载，遂渲染夸大成为平剧中的名戏——《玉玲珑》。

《玉玲珑》的大意是这样的：梁红玉幼年混迹在烟花巷中，为京口的红牌妓女，她长得是眼如秋水眉横黛，杏脸桃腮杨柳腰，非常受官兵们的欢迎，每个衙署中有宴会，梁红玉总要前去侑（yòu）酒。

有一天，梁红玉又循例去陪酒，准备去伺候军营中的主帅，突然远远望见一只黑老虎蹲踞营门，吓了一大跳，等到走近一看，原来是个巡更小卒，名叫韩世忠。

梁红玉，选自清内府彩绘本《庆赏昇平》之《玉玲珑》。

梁红玉好奇地问起韩世忠身世，世忠告诉她："俺，韩世忠，乃延安人氏，自幼父母双亡，来在淮安投军，当了一名步兵，今当朔日，元帅谒（yè）庙之期，命俺巡更守夜，看天气尚早，不免在此小睡一时，呵呵呵。"

梁红玉见这个被自己误以为老虎的男子，体格雄伟，眉清目秀，心中暗喜，就含羞对鸨母道："我说妈呀，你看他虽是一个兵，他生得相貌非常，日后定要大富大贵！我想将终身许配给他。"

鸨母取笑了梁红玉一阵，但也认为韩世忠相貌特殊，也许日后有所发展，于是鸨母便大剌剌地对韩世忠说："我女儿看上了你，她想要嫁你。"

韩世忠先是"嗳呀"吓了一大跳，继而转念一想："看此女，虽在烟花，却端庄得很，想我韩世忠，举目无亲，若得此人相助，倒也多了一条膀臂。"

于是，两人回了妓院，随即结婚。

当天，妓女与更夫，双双失踪，主帅发现这件事，大发雷霆，以为是营卒把妓女挟持而去，犯下军规，应该问斩，立刻派人把韩世忠与梁红玉绑来，以正其罪。

谁知，梁红玉丝毫不畏惧，她引经据典，侃侃而谈，举出许多古代大臣风流佳话，作为印证，把主帅逗得哈哈大笑，饶过两人。刚巧，金兵犯境，便命韩世忠将功赎罪。《玉玲珑》这场戏就在锣鼓喧天之中下场了。

《玉玲珑》是出戏，到底韩世忠与梁红玉如何邂逅（xiè hòu），怎么一见钟情，这只有他两人知道，后人只是胡乱猜测罢了。不过，有一点可以确定，韩梁成亲，必然是韩世忠尚未发迹之时，因为宋朝的社会保守，阶级门第相当严格，宋朝的官吏不可能娶一名妓女为正式夫人的。

隆祐太后会见梁红玉

苗刘之变爆发后，韩世忠与张浚（jùn）在平江（江苏省吴县）商讨大局。张浚是唐朝名相张九龄的弟弟张九皋（gāo）之后代，四岁丧父，孤苦零丁，后来入太学就读，考中进士，官至御史。

韩世忠与张浚谈到高宗被迫退位，中枢无主，竟由三岁皇子为帝，忍不住嚎啕大哭，韩世忠举起一杯酒在神像前起誓："我绝不与此贼共戴天!"

他两人虽然气得心脏都要迸裂，却因为高宗毕竟仍在杭州，身陷敌人之手，深恐投鼠忌器，误了大事。于是粗中有细的韩世忠先进兵秀州（浙江嘉兴县），造云梯、冶器械。苗刘等人听说韩世忠在秀州，准备有所行动，遂下令把梁红玉及其子韩亮捉回来当人质。

表面上归顺苗刘，骨子里却忠于高宗的宰相朱胜非得到消息，非常紧张，他急中生智，跑去告诉苗傅："你们真糊涂，怎么可以把韩夫人抓来，惹怒韩世忠，为什么不派韩夫人赴秀州劳军，以示和好？"

苗傅说："对啊，我怎么没有想到？"

朱胜非心中暗笑："二凶果然学不足，容易上当。"

苗傅立刻有请梁红玉，直直地跪在地上，说了一大堆奉承的话，再三郑重表示："日后当好好侍奉大哥大嫂。"梁红玉也假惺惺地演了一场戏。苗傅为了拉拢梁红玉，甚至要隆祐太后封梁红玉为安国夫人。

隆祐太后是一个老老实实、安分守己的贤淑妇人，她没有武则天的政治野心，只想平平静静度过晚年，她垂帘听政，完全是被苗刘打鸭子上架给逼的，而且内心颇为不安。

太后一看到梁红玉那俊俏的模样，忍不住打心眼里喜欢，也顾不得万一梁红玉向苗刘密告，她这老太太的日子就难过了，她流着眼泪，亲切地握着梁红玉的手说："国家艰危，希望太尉（指韩世忠）尽速前来救驾。"她拿着手绢擦一擦眼睛，又擤一擤鼻子："你一定要告诉太尉赶快来。"

梁红玉虽是青楼出身的军妓，却深明国家大义，更深深为太后的一片慈爱所感动，她红着眼圈再三向太后保证："我一定会圆满完成任务。"

第二天一大早，梁红玉便以安国夫人"出城慰劳韩军，以示和好"的名义，出了杭州城，走到一半，忽然遇到苗傅的弟弟苗翊（yì）。

苗翊好生奇怪，梁红玉不是被软禁起来当人质吗？怎么骑着马在郊外乱跑，连忙拦住梁红玉，梁红玉少不得费了番口舌解释清楚。

"噢，原来是这么一回事。"苗翊听到后眼睛不断乱眨，手不停扯耳朵，脸色大变。

事实上，苗刘把人质放走，让他们夫妻团聚，不能不说有点儿蠢，王钧甫形容苗刘"忠有余而学不足"真是不错。梁红玉看苗翊挤眉弄眼的模样，直觉不妙，万一苗翊报告苗傅，或是苗刘茅塞顿开，把她给截了回去，那该怎么办？想到这里，梁红玉猛挥马鞭，一天一夜之间赶到秀州，夫妻相见，恍如隔世，不胜唏嘘。

由于梁红玉的任务是出城慰劳，以示双方友好，不一会儿，苗傅派人送来诏书，韩世忠接过诏书，看也没看，当场撕个粉碎，他生气地说：“我一向只知道建炎，从来不知道有明受（明受是苗刘政变后所改年号）。”送诏书来的使者，也被韩世忠下令，给推出去斩了。

除了韩世忠，苗刘也在收买张浚，张浚的脾气之烈，不亚于韩世忠，他回了一个报告给苗刘：“自古以来，对君主有所不逊，叫做震惊宫阙，事关废立，谓之大逆不道，大逆不道的罪名是诛九族，你们知道吗？”

张浚，选自《山阴张氏宗谱》。

苗刘听说韩世忠把送诏书的使者杀了，立刻解除韩世忠节度使的官职。然后，又以张浚“欲危害社稷”为名，贬谪鄂州。

韩世忠为一代名将，武功高强，一般人近不了身，张浚乃一介书生，应该比较容易对付。苗刘贴出告示，重金悬赏张浚头颅。

有天夜晚，张浚正一个人在烛光下看书，忽然间，窗下站着一个彪形大汉，手中提着亮亮晃晃的刺刀，张浚心忖，该来的，总是会来的，他自自然然，一点也不带恐惧地问道：“来人可是苗傅、刘正彦派来杀我的刺客？”

“不错。”

张浚不缓不急地说：“那么，你把我的头带走吧！”

“哈哈哈，”大汉仰天大笑，“佩服，佩服，在下读过几天诗书，岂会被贼人所用，我只是来警告你，你的戒备不严，下回还有别人来取头。”

张浚急着搬出金帛相赠，大汉摇手婉拒：“你可知如果我贪财，你这颗头值多少？”说罢，大汉一抱拳，摄衣登屋，屋瓦无声，一下子不见踪影。

第二天，张浚担心大汉没有完成任务会受责罚，他自监狱提出一个死囚，在市场问斩，宣布罪名是“苗刘昨夜派来的刺客”。以后，张浚本着记忆中的容貌，明察暗访，人海茫茫中，却再也见不到那个侠义的神秘大汉。

韩世忠救驾

韩世忠撕碎苗傅、刘正彦的诏书以后，积极进兵，他与吕颐浩、张浚向杭州开拔。

苗傅等人自恃有重兵阻挡，当无问题。苗翊等人又在河中放置鹿角，阻止舟船行进。

韩世忠一怒之下，改走陆路，可是道路泥泞，马又跑不快，韩世忠下得马来，命令将士："今日各以死报国，若是哪一个脸上不带几箭的，立刻斩首。"

韩世忠一向军令如山，赏罚分明，部下对他是又爱又怕。平常韩世忠与部下是打成一片，尤其喜欢召集军佐，痛快畅饮，而且用的是大号巨觥（gōng）盛酒，同时一律不许准备下酒的果肴。

有一次，一位军佐王权，偷偷藏了一截萝卜下酒，韩世忠看了，大为生气，一把将萝卜抢了过来，口中骂着："你小子如此口馋？"一面用手紧紧按着王权的额头，疼得王权要喊救命。

韩世忠之所以不许部下贪嘴，是因为宋朝军纪太坏，有些官兵简直与强盗无二，老百姓都敢怒不敢言。可是韩世忠军律严严整整，没有哪个有胆去掠夺百姓，所以大军所过之处，不但秋毫无犯，农夫都荷着锄头在田里挥手打招呼。

言归正传，韩世忠颁下命令，面上不带几箭者斩，他若是说了斩，就一定真的会杀人，可不是说着玩的。于是将士们个个奋勇杀敌。

苗刘的阵列一字排开，拉满了弓等待着韩军开到。等到韩世忠真的来了，只见韩世忠睁着铜铃般的牛眼睛，破口大骂，挺刃突前，把苗刘的军队给吓坏了，还来不及射矢，转身而逃。

当韩世忠兵入城门，苗傅、刘正彦自知不是对手，逃之夭夭。宋高宗亲自来到城门口迎接，他见到韩世忠，仿佛迷了路的小娃娃找到妈妈一般，喜极而泣："你，你终于来了。"

接着，高宗马上像小孩一样，哭诉着告状："中军吴湛（zhàn）对朕最为不逊，能不能先把他杀掉？"

那还有什么问题吗？韩世忠立刻找到吴湛，握手寒暄："你好。"

"你好，幸会!"吴湛也热情伸出手，突然吴湛大叫，"妈呀!疼死我了!"

原来韩世忠故意处罚吴湛，他大力一握，竟然把吴湛的中指给折了下来，鲜血淋漓，好不怕人，高宗知道了，龙心大悦。

平日嚣张跋扈的吴湛，这下遇到克星了。想高宗自从被逼下台，退居显宁寺，虎落平阳被犬欺，简直受够了窝囊气。吴湛被折断一根手指以后，已经面无人色，韩世忠又把吴湛押解到市场就戮（lù），算是为高宗出了一口气。

宋高宗即下诏授韩世忠为武胜军节度使、御营左军都统制，韩世忠谢恩之后请求高宗："贼人拥有精兵，距离瓯（ōu）闽甚近，臣请求生擒贼人，为社稷雪耻。"

"好!"高宗眉开眼笑地答应。

韩世忠立刻带领兵马，沿着苗刘逃走的方向追去，从浙江追到福建，在浦城县的鱼梁驿把苗刘的溃军重重包围起来，当苗军哨兵见到韩世忠挺戈向前，仿佛见了鬼一般，惊呼："天啊，韩将军真的来了。"

韩世忠先捉住了刘正彦和苗傅的弟弟苗翊（yì），苗傅到建阳，被当地的流氓逮着，献给韩世忠请赏，韩世忠把苗刘打入囚车，像动物园大搬家一般，高奏凯歌回杭州。

建炎三年（1129年）七月，苗傅、苗翊、刘正彦在都堂会审，接着斩首。

苗刘之变，终于平定，前后不过一个月，对宋高宗而言，仿佛一个世纪般漫长。

他对韩世忠、吕颐浩、张浚再三慰问，并且回忆道："记得那时候朕被废，两宫隔绝，一日正在吃羹，忽然听说张浚得罪苗刘，被贬鄂州，我心一慌，羹全洒在手上，你们看看。"说着，高宗伸出手，果然被烫伤的青紫瘢痕还在。

高宗又对张浚说："我当时被烫伤了，却毫无感觉，心中只在担心，你若被贬，谁来救朕，皇太后也知你忠义，希望看看你，你去见太后吧。"同时高宗把御服上的玉带解下赐给张浚。

隆祐太后除了想见张浚，当然更想看一见如故的梁红玉，以及她那不凡的英雄夫婿韩世忠。这会儿，韩世忠的官衔可不得了，因为苗刘之变，升为"检校少保，御前右军都统制，武胜、昭庆军节度使"，高宗亲笔写"忠勇"二字作为旗帜，又封梁红玉为护国夫人，给内中俸，功臣妻子给俸，梁红玉可是第一人。

苗刘之变平定，高宗心中对韩世忠虽然十分感激，却也浮起了惧怕猜疑的矛盾心理，因为高宗虽贵为天子，一条命却捏在手握军权的大将手中，万一大将有了二心，那皇位也就岌（jí）岌可危了。

因此，写得一手好书法的宋高宗特别手书《郭子仪传》与韩世忠，《裴度传》给张浚，他为什么挑郭子仪与裴度两人，是有用意的，有兴趣的读者请参考本书前面讲过的唐朝的郭子仪和裴度的故事，细细玩味，你会了解宋高宗的用心。

金兀术追击宋高宗

经过了一场惊天动地的苗刘之变，宋高宗差一点儿丢掉了皇帝的宝座，总算在韩世忠等人全力保驾中，风平浪静。这次政变为时前后仅有一个月，但是，对于南宋的新政权已是元气大伤。

金人属于女真族，原居地是在今日东北地区，他们生长在白山黑水（白是指长白山，黑是指黑龙江）之间，由于环境的关系，养成了耐寒忍饥的本领。他们一个个都有精湛的马上功夫，不但可以骑着快马上下岩壁，健骑如飞，甚且过江也不用舟楫，能够浮马而渡。

通常，矫捷的金人如果发现了野兽，他不会力搏，也不会落荒而逃，他们会轻手蹑足的偷偷跟在野兽身后，找到野兽藏匿之所，

套马图，金人绘，辽宁博物馆藏。图中所绘金代女真骑士剽悍非常，胯下坐骑与所套骏马奔驰若风，画面极有张力。

然后一网打尽。

此外，金人还有一项特殊技能，他们懂得如何剥下桦树的树皮卷成一个号角，撮在口边，发出呦呦之声，与麋鹿的叫声完全一样。每次金人轻轻一吹，总能呼唤一群上当的麋鹿，予以射杀，由于金人有此门绝活，汉人称金人为“鹿人”。宋朝人重文轻武，弱不禁风，面对金人所拥有的这套轻功与本领，双方开战，自然只有等着挨打了。

宋高宗在狼狈地逃离扬州以后，曾经派遣阁门祇侯刘俊民、修武郎宋汝为特使，渡江与金朝大将粘罕相联络，并且携带张邦昌与金人签约的底稿，表示自知不敌，愿意投降金人。

宋高宗自即位以来，一直都在没命似的逃跑，筋疲力尽，毫无斗志，因此，他的信写得异常谦卑，连“大宋皇帝”四个字都不敢用，而是自称为“宋皇帝赵构”，他在信中用小媳妇般的口吻说：“古之有国家而迫于危亡者，只有防守与出奔两个办法，我现在是守则无人，奔则无地，所以希望阁下能够哀怜，我愿意取消皇帝的尊号。举凡天地之间皆是大金之国，大金又何必劳师远征呢？”

宋朝如此谦卑恭谨，委曲求全，结果交涉没有达成，金人益发看不起宋朝。

其实，金将粘罕倒不失为一个讲理之人；当金兵在山东，连陷东平、济南、泰安，其中有士兵挖掘曲阜孔老夫子的墓穴，粘罕不知道孔子是何许人也，他问通事（翻译官）高庆裔说：“孔子何人？”

“孔老夫子是古代的大圣人。”

“大圣人的墓岂可以随便挖掘？”

于是，那位挖墓军士的脑袋就给搬了家。

粘罕算是金朝将领之中，比较温和的一个，若是论到少壮派的猛将兀术（wù zhú），那可不一样了。

兀术，本名斡啜（wò chuò），亦作斡出，汉名为宗弼，他是金朝的四太子，由于《说岳》一书的流传，大家对金兀术可说是万分熟悉。在《说岳》一书问世之前，金兀术的威名，已与岳飞并称。据说，在南宋后期，民间流传一首民谣："金国有四太子（兀术），我朝有岳少保（岳飞），金兵有狼牙棒，我朝有天灵盖。"意思是只有等着挨打。

曾经有一个宋朝人，他名叫郦琼，原来是宗泽部下，后来降金，归入兀术旗下，郦琼比较两朝将领之不同："琼尝跟从大军南伐，每每见到元帅国王（指兀术）亲临督战，尽管矢石交集，却连甲胄都不穿，意气自若指挥三军，用兵技术之妙，可以与孙吴兵法不谋而合，真是命世雄才也。至于南宋的将领，论其才能，不过是中等人才，而每回打仗都是躲在数百里之外，说得好听，称之为老成持重，怎能不打败仗呢？"

郦琼已投降金人，不免要讲一些肉麻拍马之话，博取金人的好感，不过，他所说的，确也是实情。正因为宋朝大将多半胆小如鼠，意气风发的金兀术相当看不起宋朝，因此兀术于建炎三年（1129 年），上书金太宗，指责宋人伪装和平，蓄意反攻，要求再次南征。金太宗答应了这项请求，兀术兵分两路，大举杀来。

金兀术固然是锐利勇猛，宋朝也是过分的差劲，当金兵自江宁，取广德，过独松关时，竟然发现独松关连一个守卫的兵都没有，由于独松关是个天险，金兀术在轻松过关之后，不免吁口气对属下说："南朝如果能放数百人驻扎在此，我们哪里过得去呢？"

宋高宗此刻真是眼泪簌簌，他不安地搓着手问吕颐浩说："事情日渐急迫了，怎么办？"

吕颐浩倒是比较镇静，他沉着地分析道："陛下切莫忧心，敌人以骑兵取胜，利于陆战，不善于乘舟，浙江面临大海，我们不如逃到海里去，金人就没可奈何了。加上浙江气候潮湿炎热，北来的人最怕暑热，无法久留，等到敌人撤兵，我们可以再回来，彼入我出，彼出我入，此正兵家奇计也。”

高宗沉吟了半天道：“这个主意倒是不错。”事实上也没有其他法子可想。于是高宗先往越州（浙江绍兴），再逃往明州（浙江宁波），又乘船到舟山群岛中的定海县，复自定海奔昌国（浙江昌国），自昌国奔台州（浙江天台），又自台州到了温州，金兀术追不及而返。自建炎三年（1129 年）十一月到建炎四年（1130 年）正月，前后三个月的工夫，高宗是一路苦苦地逃命，金兀术是苦苦地穷追不舍，亏得中国的海岸线很长，高宗又跑得快，否则就要被金人逮住了。

杜充降金

宋高宗建炎三年（1129年），金兵大举入侵，宋高宗又开始逃难。敌军节节进逼，宋兵连连败退，亏得岳飞拼了死命，才把金兀术的兵力，逐步向北逼退到常州以北，并且收复了广德、溧（lì）阳、常州等地，这都是岳家军建立的赫赫功绩。

提起岳家军的建立，其中有一段辛酸的血泪史：

自从岳飞在汴京打了一场大胜仗，宗泽去世后的真空现象立刻获得改善。但是岳飞的长官杜充不愿意留在京师，他要前往建康（南京），他的理由相当动听：由于朝廷发生了苗刘之变，他不能不前去勤王（勤王的意思是以兵力救援王室）。

岳飞见杜充准备撤兵，苦苦哀求道："中原之地，一尺一寸都不可放弃，今日我们的双脚一离开此地，他日若要光复，非数十万大军不可。"

这些话，杜充是半句也听不进去，岳飞哀求了半天，没有获准，但是，军人以服从为天职，他也不能不跟着开拔，渡江来到建康，至于京师汴梁的烂摊子，杜充顺手扔给了蔡州知州程昌禹接管。

杜充到达建康，杭州的苗刘之变已经平定，高宗便命令杜充留守建康，屏障江南，并且任命他为江淮宣抚使，高宗一向信任杜充，可是刘光世、韩世忠等大将却十二万分不乐意担任杜充部属。因为杜充完全没有制敌的方法，每日专门诛杀无辜百姓，有识之士都为朝廷专用这种小人而寒心。

杜充率岳飞离开汴京之后，蔡州知州程昌禹不想再接这个烫手山芋，他借口粮饷不足，悄悄带着兵马回到蔡州。本来就岌岌可危的京师，如今成为三不管地带，金人当然轻轻松松取下汴京。

金朝此次南侵的大将是兀术，他是个勇猛积极的少壮派，一会儿工夫，就夺下了洪州（江西省南昌市），沿着鄱（pó）阳大烧大杀，另外一股金兵则取下庐州（安徽省合肥市），于是乎，建康就像被一把利钳呈半弧形包围。而杜充呢，若无其事闲坐家中。

岳飞可着急了，他前去拜见杜充，流着眼泪恳求："今日大敌当前，马上就要渡过长江，你怎么还安然不动坐在这里，还不赶快起来主持大计？万一敌人看出我们的懈怠（xiè dài），发动猛烈的攻势，将士们群龙无首，该怎么办呢？"

"明天吧，我明天会出来。"杜充永远用明天敷衍着。

某日白天里，金人对江布阵列队，然后又全部撤退，其实这是假撤退。但是，防守的宋军却益发松懈，当天晚上，金人乘数十巨舟横江而来，宋军不能抵抗，全线溃败，岳飞也独力不支，暂时撤退到广德（安徽省广德县）。

一直隐居在家中逍遥的杜充接到了消息，马上逃命，一口气逃到了真州（江苏省仪征县），藏到长芦寺中，希望能靠菩萨保佑，躲过一劫。不多时，金军入据建康，搜不到杜充，一问之下，敢情躲到庙里去了，暗暗好笑。

金兀术是何等聪明之人，他早已看出杜充残忍贪暴，是个杀人魔王，却又胆小如鼠，绝不会忠心于宋朝。金兀术就找了唐佐写封信到长芦寺，规劝杜充投降。唐佐原是宋朝的京畿（jī）提刑，与杜充是酒肉朋友，臭味相投，已抢先一步归降金人。

杜充接到唐佐的来信，不免对唐佐安享荣华富贵十分羡慕，相较之下，自己窝在一间破庙里担心害怕，实在太委屈太可怜了。

正在羡慕唐佐之时，金朝更派了专使前来，专使巴结地说："如果你愿意投降我朝，我朝当封以中原之地，如同过去的张邦昌一样。"

金朝开出的条件，诱惑太大了，想想，张邦昌虽是个傀儡皇帝，毕竟是南面为王，杜充大喜过望，立刻来到建康，跪在金兀术的马前，投降金朝。

宋高宗接到消息，十分懊恼，频频对左右道："奇怪，朕待杜充不薄啊，他为什么要做这种事？"其实，杜充投降，是迟早的事，明眼人都看得出来，以前提刑郭永就讽刺过杜充是"有志而无才，好名而无实，骄傲自大而获得声名"。偏偏高宗就喜欢用他为亲信。

让我们再回头看建康的宋军：大将王瓔（xiè），带着部下开溜了，戚方率着自己部队去当强盗了，最糟糕的消息是杜充居然献出建康府库，全家投降金人了，真是屋漏偏逢连夜雨。全军士气低落，乱成一团，大家闹哄哄地，有人在低声商量该不该跟着去降金，也有人破口大骂杜充混账。

岳飞勉强抑住怒气，登高一呼道："各位弟兄，现在正是各位为朝廷建立奇功，收复失土，接受上赏，荣归故乡的最好时刻，你们必须马上放弃降敌求全的谬误观念，我才会与你们共患难，同生死，除非你们把我杀了，否则，我绝不可能与你们一块降敌的！"

岳飞声如洪钟，激昂慷慨，一副少年英豪的气概，他的一番话，挑起了人们心中对国家的热情。事实上，每个人都不是真心愿意投降金人，只是在情势混乱之际，需要有强有力的人出来当领袖，带领大家。于是众人振臂高呼："岳统制，我们一切听你的！"

于是，历史上名垂千古的岳家军正式成立了。

军纪严明的岳家军

杜充投降金人以后，岳飞登高一呼，号召不愿举白旗的宋军，成立了岳家军。

此刻，金兀术的大军正要开往杭州，岳飞在广德境中予以迎头痛击，六战六胜，打了一场漂亮的胜仗，并且俘虏金朝大将王权。

当岳家军驻扎在钟村之时，粮食吃完了，可是岳飞有令，不许骚扰民家，兵士们只好乖乖地挨饿，由于岳家军军纪严明，金兵都尊称岳飞为“岳爷爷”。

南宋初年，一般军纪败坏，不能作战，是国家的一大隐忧。譬如大将张俊从明州（浙江鄞县）带军赴温州，沿途之中，打家劫舍。道路之上连一只鸡、一条狗也被士兵捉了打牙祭，居民们怕透了官军，听说官兵前来，一窝蜂全部逃往山谷，数百里间，看不到一点儿人烟。

韩世忠虽为一代名将，有的部下也缺乏纪律，当韩世忠逗留在秀州之时，整个浙江为之骚动，竟然有将领跑到县府衙门里，把县太爷五花大绑，逼着交出钱来。至于原来是杜充的部下，后来当了逃兵的王瓔更过分，他前往闽县途中，一路之上的州县都要孝敬，否则便要大烧大抢，简直是勒索。

除了动手抢钱以外，这些官军还要人，宰相吕颐浩曾经上奏高宗：“官军所到之处，争取金帛之罪犹小，劫掠妇女之罪至深。”

在这种官军奸杀掳掠、无所不为的情况下，有些百姓对官军的恐惧，甚且超过对金人、盗贼的害怕，岳飞看在眼中，真是有说不出的难受，因此，岳家军成立以后，第一条规矩就是严整纪律。

岳飞规定，凡岳家军，不论在任何状况之下，都不准进入民居，即使是外面刮大风、飘大雪，也只能在屋檐下休息，就算民众开了门，请士兵进去，士兵也一定不会踏入大门。

有一回，岳家军经过某个小镇，岳飞饭后，一个人到附近走走逛逛，了解地形，忽然，他发现一间茅草屋，其中有一块地方损坏得相当明显。

岳飞立刻请问屋主人道："对不起，请问你，这儿少了一束茅草，是不是被我军中的士兵拿走了？"

"哪有的事，岳家军对本镇没有一丝一毫的扰乱，这一块残缺之处，本来就是这样，反正对房子本身也没有损坏嘛，我因为懒，也就一直没有修补。"屋主人满面笑容地再三解释。

可是，岳飞不相信，因为老实的乡下人即或吃了亏，也不敢得罪官军，岳飞正色地说："你这栋茅屋明明是刚盖好的，草都是新鲜的，怎会莫名其妙缺了一块？我一定要查个清楚。"

过了不久，有个士兵前来自首，他诚惶诚恐地说："我方才下马饮食，把马缰系在屋椽上，后来，匆匆忙忙去解马，不小心扯下一束稻草，绝不是故意扰民。"

屋主人也赶忙在旁陪笑道："对对，正是这样，他也不是存心的。"大家都以为这件事就此告一个段落，不料，岳飞为了杀鸡儆（jǐng）猴，居然立刻把偷茅草的士兵就地正法。

消息传出，岳家军人人警惕，也就更加小心翼翼，免得受到军法制裁。

岳家军上上下下的信条是："冻杀不拆屋，饿杀不打虏。"这句话的意思是，岳家军就是冻死了，也不拆民众的屋子当柴烧，即或饿死了，也不能掳掠人民。在这样的共识之下，岳家军曾经自池州

（安徽贵池）进兵到潭州（湖南长沙），一路之上，人民竟不知有军旅经过，可见纪律之严整。

在严整的纪律之外，岳飞待士兵是非常的亲爱，士卒生了病，岳飞亲自调药，诸将上战场，岳飞派妻子到军眷中慰劳，不幸在战场上捐躯，岳飞必想办法抚育其孤儿。《说岳》一书虽是小说，但是人们所熟悉的张宪、王贵、牛皋（gāo）都确有其人，也都与岳飞有浓厚的袍泽深情。

岳飞治军，不但是恩威并用，宽猛共济，他更要求岳家军甘苦共尝。岳飞本人是岳家军最高统帅，但是他常刻意挑选军中最低的士兵同桌吃饭，大家一律平等，有什么吃什么。

难得军队里打牙祭，有酒有肉，一定每个人都能尝到肉味，哪怕是一分再分，酒也是一样，酒里兑上开水，人人一小啜解解馋。

倘若军队到外面操练演习，纵使有设备一流、招待亲切的旅店，岳飞也坚持与士兵一般，扎营在外，餐风宿露。

由于岳飞待部下有恩有威，士兵对他是又爱又怕，岳家军才能成为中国历史上著名的一支队伍。

韩世忠施巧计

南宋初年，金兀术发动大规模的侵略，宋朝宰相吕颐浩安慰高宗，切莫太惊慌，因为“敌人必不久留”，只要脚底抹油，小心不要被逮着便可。

果然，不出吕颐浩所料，原来，金人是准备一鼓作气，下海活抓宋高宗，消灭南宋。谁知中国的海岸线太长，地方太大，金兵孤军深入，长途远征，辛苦万分。

再说，宋朝的军队虽然脆弱，但是，宋朝的民族精神教育却是顶呱呱一流的，不断有军民起而反抗。

譬如，建炎四年（1130年），金兵攻破建康以后，沿江都制置使陈邦光老早就备妥了投降书，派人拿到十里亭交给金人献媚了。

金兀术见到投降书大为惊喜：“金陵用不着派兵攻击，大事成矣，哈哈哈！”

等到金兀术威风八面进入建康，陈邦光亲率官吏出门迎拜，但是奏议郎杨邦义不肯下拜，他在自己的衣服上写了几个大字：“宁作赵氏鬼，不为他邦臣。”

接着，金兀术、陈邦光等举行大规模的庆功宴，当音乐悠扬地响起，金兀术突然想到了不肯下拜的杨邦义，把他唤到面前，站在堂下听训。

杨邦义先是不理不睬，装聋作哑，然后他不胜悲愤，遥遥地对着金兀术破口大骂，金兀术气坏了，当场派人把杨邦义给杀了，剖腹取心，杨邦义死时只有四十四岁，正当盛年。

类似杨邦义的忠臣还有不少，颇让金兀术伤脑筋。尤其，宋朝官军虽然不堪一击，老百姓却同仇敌忾（kài），异常坚强。金兵在苦苦追赶宋高宗途中，遭到许多地方军的突击，尤其在浙江的桐庐，被当地民兵杀了个出其不意，死伤甚多。从此，每次行军之前，都要派出先头部队，肃清道路，才敢前进，可是，远来之人，到了一个陌生地带，总是不容易摸清地形。在天时、地利、人和样样不能配合的情形之下，金兵决定打退堂鼓了。

同时，金人的数目有限，中国的幅员广大，金兀术知道，中原地带尚且不易消化，要想一口气并吞中国，等于是小蛇吞象，太困难了。

于是，金兀术自称“搜山检海”完毕，准备打道回府，既然山里海里的宝物都搜罗检取完毕，金兀术遂下令：“援焚烧扬州的例子，把明州烧得一干二净。”只有明州东南角几座佛寺，金人也许是害怕触犯神灵没有焚成焦土，到了苏州，金兀术又烧杀劫掠，算一算，他大概已杀了五十万百姓。

可是，到了镇江，金兀术可碰到了劲敌了，因为，韩世忠早已在镇江守候多时了，他等着找金兀术算个总账。

想当初，金兀术开始挥军江南之时，韩世忠眼见金兵势如破竹，轻而易举攻下建康，自知不敌，但又不愿意把镇江拱手让给敌人，所以，先用一把火把镇江烧成一片焦土，让金人得不到半点好处，徒然占领了一座空城。可是，这把火一烧，百姓遭受到极大的损失，韩世忠心里真是有说不出的歉疚，为了弥补此分自责，他一直盼望有一天能够再会会金兀术。现在，机会来了，金兀术要撤兵，非经过镇江不可，韩世忠遂布下了天罗地网。

韩家军驻扎在长江江心中的焦山，是座孤岛，韩世忠在江中布置了百余艘巨舟，形成一字排开的长蛇阵线，金兀术如果要过江，

镇江，出自无款南游道里图卷，清人绘。

就得要先突破这道顽强的封锁线。

在焦山旁边，还有一座金山，也是横亘江中，所不同的是，金山距离岸边比较近，金山山上有一座龙王庙，可以鸟瞰（kàn）全局。

因此，根据韩世忠的推断，当金人过不了焦山，必然会攀登金山龙王庙，于是，他拨了两百名精兵埋伏在庙中，再派两百名健卒，躲在庙外草丛里，他下令："闻江中鼓声为讯号，弟兄们，大家里应外合，共捉敌酋。"

果然，当金兵前进至焦山被阻不久，只见五匹快马如旋风一般奔向金山山顶，进入龙王庙之中，在庙中埋伏的士兵，一见来了五位穿戴威武，大模大样的高级将领，后面还有几百名番兵，远远跟随着，暗暗喝彩道："元帅真个是料事如神。"

因为太兴奋了，也不待江中鼓声，庙中士兵便动手了，也一哄而出杀将起来，五名金将一见有埋伏，立刻拨马便走，有两个来不及跨马的金将，当场被活抓。逃走的三个之中，其中一人身着红袍玉带，座下马失足，连人摔下，旋即跃身上马，挥鞭疾驰，逃下金山，跳上了早先准备好的渡船，落荒而逃。

在庙外接应的士兵，因为还没听到江中战鼓讯号，一时接应不上，没法与庙内士兵配合作战，白白放走三名大将。

韩世忠把活抓的两名大将押来问话，方知那位红袍玉带，马前失足的金将不是别人，正是金兀术是也，不胜懊恼之至，回到军营，闷闷不乐，借酒消愁。至于金兀术差点儿落入圈套，更是前所未有的一身惊恐。欲知后事，请看下一篇。在此，我们补充一句，金兀术给自己取了一个汉人的名字叫宗弼，各位在《宋史》、《续资治通鉴》等书中看到宗弼即金兀术是也。

梁红玉击鼓战金山

韩世忠在金山龙王庙布下了天罗地网，准备活抓金兀术，却因为埋伏的士兵抢先动手，被金兀术逮到空隙，逃之夭夭，韩世忠颇为气恼，金兀术更是愤恨难消。

韩世忠的夫人梁红玉，虽是青楼出身，却颇有巾帼豪气，在苗刘之变中，曾经帮过大忙，她对韩世忠说："这样吧，我们在营中大桅上，竖起楼橹，我亲自在上面击鼓，观察动态，中间立一面大旗。将军只看白旗为号，鼓起则进，鼓停则守，金兵往南，白旗则南，金兵往北，白旗则北，元帅先听桅顶上鼓声，再看旗向指标，务必杀他一个片甲不留。"

再说金兀术在金山险些遭擒，愤恨难平，气得当夜率军反攻，驾着战船，浩浩荡荡向焦山驶去；金兵们个个磨刀拈箭，勇气百倍，准备大干一场。

忽然，一声炮响，箭如雨发，又有轰天大炮打来，把金兀术的兵船打得七零八落，慌慌忙忙下令转船，这一切，梁红玉站在高桅之上，看得清清楚楚，立刻敲起战鼓，如雷鸣一般，号旗上挂上灯球，兀术向北，宋军向北，兀术向南，宋军立刻也转向南，金兵溺死的，杀伤的，不计其数，把金兀术杀得上天无路，下地无门，只好败回黄天荡去了。梁红玉见金兀术溜向黄天荡，乐得把战鼓敲得漫天作响，因为黄天荡是一条水港，此路不通，金兀术进退两难，有的好受了。

这段经过，在《宋史·韩世忠传》中有记载，所谓是“梁夫人亲执桴（fú）鼓，金兵终不得渡”。这一段有声有色的梁夫人击鼓战金山，就成为中国历史上老弱妇孺人人熟悉的事了。

在平剧之中，有一出著名的、好看的戏称为《娘子军》，它的剧情大概是这样的：韩世忠为天下都招讨领兵大元帅，镇守海口。金兀术带兵来攻击，韩世忠认为与金兵水战，金兵人多势众，与夫人梁红玉商量对策。

梁红玉说：“老爷但放心，倘有退后不前者，斩首示众。”

韩世忠回答：“全仗夫人，就请传令。”

但是，没多久，韩战败退下，梁红玉亲自登高擂鼓，高声唱道：“听军中喊震天高，敢小觑（qù），女罗刹，怀藏奇略，女将

梁红玉擂鼓助阵，选自《吴友如画宝》。

们，听俺吩咐，勇千军力撼江湖，乘威风，秉赤胆，保定了大宋国号。”

于是，梁红玉的一批娘子军出挽枪、挽绣甲、按鸾（luán）刀、抖凤翅，齐声唱道：“气昂昂真贯云霄，闹嚷嚷万马如潮，恨金酋无端起衅，女雄兵甚勇骁……一任你马壮英豪，遇虎穴黄龙直捣。”把金兀术杀得弃舟登岸而逃。到此，戏幕缓缓落下。

戏归戏，毕竟与史实大有出入：韩世忠一代名将，武功绝对不会落于梁红玉之后，梁红玉有击鼓助阵之功，手下却没有一批女罗刹的娘子军。宋朝的女人深受礼教约束，哪来这许多的花木兰，一般人看了戏就信以为真，但与史实差了太远。我们言归正传，再回到本题：金兀术吃了败仗，心中十分懊丧，金人是惯常在陆地骑马奔驰的，在江上作战，到底不及南方人，站在船上，重心不稳，摇摇晃晃，一个个晕船想吐，单单站在船头，一个巨浪打来，不慎失足，翻落江心的就有不少。

既然硬战拼不过，金兀术改用软的，他心忖重赏之下必有勇夫，有意慷慨献出“搜山检海”掳掠江南的所有金银财宝，但求韩世忠放过一马，让他通过，韩世忠当然不会答应。

金兀术不死心，他心想，金山银山动不了韩世忠的心，也许名马可以，自古名将爱名马，优良的名驹，有时用钱可都买不到。于是，金兀术找到一名小兵送上书札一封。

小兵进入帐内，韩世忠接过书札，打开一看，里面写着：“情愿求和，永不侵犯。进贡名马三百匹，买条路回去。”

韩世忠一看，忍不住失声笑了起来：“兀术把本帅看作何等人也。”立刻写了回书，叫小兵送回金营。

金兀术再三摆出低姿态，委曲求全，韩世忠横着心，一概不理，把金兀术气得火冒三丈，暴跳如雷，只好重整舟师，再上战场。

第二次交锋，金人吃亏可就更大了，韩世忠把战舰停泊到金山下，他先命令工兵用又粗又重的铁链串上长钩，交给军中身体强壮、体格魁梧的大力士，等到金兵的战船来攻击时，宋军分两道迎之，绕到金军背后，每锤一链曳一舟，这艘金船便很快地沉入江心，宋军使铁钩玩得过瘾极了，金军却哀哀叹息，最后，金兀术只得指挥残余的溃兵，逃回岸上。

金人虽然被困江中，前进不得，但是，韩家军除了固守焦山，也挪不出多余的武力，杀到岸上，把金人一举歼灭，两军遂在黄天荡的江面上相持着，僵在那儿，不进也不退。

金兀术没法子可想，只得请求与韩世忠面对面的恳谈，希望打开僵局。

金兀术败走黄天荡

金朝大将金兀术搜山检海以后，渡江北归，半途杀出一个程咬金，原来宋将韩世忠正驻兵镇江一带，双方发生激战，韩世忠曾一度击败金兀术于黄天荡，韩夫人梁红玉也击鼓助战，双方在江面之上，僵持有一个月之久。

金兀术无计可施，要求面对面来一个韩、金对谈。韩世忠也答应了，挑了一个日子，双方主帅大座舟迎面缓缓驶来，由远而近。到了能够互相大声说话的距离，彼此都抛下了锚。

金兀术虎落平阳，首先站在船头，用极为恳切的语气哀求韩世忠："乞放回国，要求和好，永无侵犯！"

韩世忠拉开了嗓门，大声回话："这也不难，只要你交还二帝，复旧疆土就够了！"说着，一向海量的韩世忠拿一个镶金的酒瓶，咕噜咕噜喝了几口，抹一抹嘴，再把金酒瓶传给手下畅饮，金兀术见韩世忠好整以暇，从容不迫，更加地沮丧。

双方既然话不投机，各自拔起了锚，扬长而去。

过了几天，金兀术又要求与韩世忠见面，这一回，金兀术要求双方上了岸谈话。两人步上岸边后，金兀术劝告韩世忠：韩兵不过八千，金兵有数万之众，如此耗下去，准是宋军不利，韩世忠不如早早投降，有功于金朝。

韩世忠听了，火冒三丈，立刻张弓搭箭，对准金兀术射去，吓得金兀术急忙闪避，扬帆鼓棹（zhào），逃回阵营。

金兀术气急败坏回到营中，这下他更认清韩世忠对宋朝忠心耿耿，一如其名，绝不会放金兀术一马的。

“莫非，我军就死在这儿，内无粮草，外无救兵，又出不得此江？”金兀术忧闷已极，对着军师发牢骚。

军师想了半天，忽然一敲脑袋：“有了，重赏之下必有勇夫，不如张挂榜文，若是有能解此围者，赏以千金。”

金兀术在无计可施的情况下，也就答应了。榜文贴出以后，过了许久，都没有人上门应募，镇江的一般民众看了之后，多半耸耸肩，嗤（chī）之以鼻。

金军第三次南下示意图。建炎三年（1129年）十月，宗弼督两路大军南下：西路自黄州渡江，宋守将刘光世引兵逃向南康，金军自大冶直下洪州，南攻抚、吉、太和，西攻潭州。宗弼亲率东路主力陷寿春、庐州、和州、建康，韩世忠弃镇江，退保江阴。宗弼由溧水南下，进陷临安，高宗自定海逃往海上，漂泊于温、台海区。金兵深入以后，受长江南北军民打击，中原义军也纷纷出动。宗弼被迫于次年，自临安，经吴江北返。韩世忠急率水军先期到达镇江，截击金军。宗弼只好沿长江南岸强行西上，又被韩军阻于黄天荡，金兵连夜挖掘老鹳河故道，进入秦淮河，又火烧宋水师船舰，终于渡江北撤。

但是，又过了几天，竟然来了一个福建的王姓秀才，利欲熏心，看在孔方兄份上，愿意当汉奸。他撕下榜文，自称有破韩军的锦囊妙计，金兀术大喜，连忙待之以上宾之礼。

这个王秀才坐下来，慢条斯理地分析道："行兵打仗，小生有所不能，若要出黄天荡，何难之有？"

金兀术眉毛一挑道："望先生教我，若能脱身回国，不但赠以千金，愿与先生共享富贵。"

王秀才说："黄天荡有一条支流，名为老鹳（guàn）河，可通建康的秦淮河，但是淤（yū）塞已久，何不命令军士兴工开挖，掘走泥沙，引秦淮水通河，可直达建康大路也！"

金兀术闻之大喜，心忖，这个钱是花对了，若非高人指点，北来之人，哪儿晓得有什么老鹳河。

另外，王秀才又教了金兀术一招："太子元帅只知在陆上纵横千里，对于海上用兵，不及我们南方人懂得气候风向；韩世忠麾下的兵船都是大型战舰，上面有兵、有马、有家属、有辎（zī）重，遇风才能扬帆行驶，元帅欲破韩军，可以制造小舟，风息之日出动，用火箭射韩军的大战舰，舰上的布帆一着火，当可烧个片甲不留。"

金兀术大喜过望，连忙征发民夫数万人，与金兵一块儿动手，一日一夜之间，竟然就把淤塞的老鹳河疏通了，然后，又大规模地拆民家大门，用木板赶制小舟，准备风平浪静时出动。

韩世忠正在奇怪，金兀术此番归去以后，竟然无声无息。

忽然，在一个风平浪静的日子里，金兀术发动攻势，金兵的轻舟飞快地驶来，箭如雨下，每一支箭镞之上都绑着火种，如蝗虫一般扑向韩军的大战舰。布帆着了火，不一会儿工夫，烈焰冲天，全军一片混乱，人们大惊小叫，马儿高声嘶叫，焚死、溺死的不计其数。

金兀术就趁着韩军乱成一团的时刻，利用老鹳河的旧有河道，逃出黄天荡。

前前后后算起来，金兀术一共在黄天荡被困四十八天。这次黄天荡之役，《宋史》与《金史》的记载出入甚大，这也是必然之事，宋朝一直挨打，难得有一场漂亮的胜仗，怎可以不多多发挥，夸大渲染一番？至于金人也会拣对自己有利的记载。不过，最后仍为金人得胜。

金兀术春风得意马蹄轻，心情愉快极了，一路安全地撤退到建康。

到了建康之后，金兀术暂时停留下来，他派兵修筑金城、雨花台及建康四周围的城壕、沟渠，表面上看起来，他至少要逗留建康一阵子，事实上，此乃金兀术的障眼法，他还是急急忙忙想早些撤兵过江，只是不愿意让宋朝军队看出来。

这时，建康的外城是岳飞的兵马，岳飞如今是受张俊指挥，由于岳飞不是张俊自己身边的部队，所以张俊派岳飞打头阵，也就是说，如果打了胜仗，张俊可以邀功请赏，万一吃了败仗，张俊也没有损失，张俊为自己的聪明而洋洋自得。

但是，岳飞是不会计较这些的，只要是报国的机会，他总是乐于效命的。两雄会面，又当如何？

岳飞光复建康

话说金兀术得到无耻读书人王秀才的指点，解除了黄天荡之危，安安稳稳自老鹳河撤往建康。这时建康外围是岳家军驻守，金兀术过去吃过岳飞的小亏，但是，一点儿兵马，还不在金兀术的眼中。

此刻，岳飞的威名已逐渐建立起来了，尤其是在建炎四年（1130 年）四月里，宋朝水军统制郭吉忽然改行，当了强盗，叛变为寇，围困宜兴，宜兴的县令大为恐慌，写信给岳飞请求援助。

岳飞立刻派出大将王贵、傅庆前往太湖一带，把叛军杀得天昏地暗，轻轻松松解决了郭吉的骚乱，并且收编叛军的队伍，岳家军又向前迈进了一大步。

宜兴的百姓感激涕零，无以为报，再加上岳家军素来军纪严明，不愿接受招待，最后满腔热情的民众竟画了岳飞的像，立了生祠，早晚上香朝拜，而且口中念念有词："生我们的是父母，保护我们的是岳公。"

五月间，金兀术的军队开到了建康，他预备早日过江，回家度假，这一趟南征，虽然收获不少，却也实在累惨了。

金兀术在建康又依照旧例，把整个政府府库、民间财物一网打尽，搜括得清洁溜溜，用成群的骡马，载运着金银珍宝、绫罗绸缎、粮草辎重，浩浩荡荡开出建康城。然后金兀术一声令下，顷刻之间，建康城中一片火海，烈焰冲天，城中已成为黑洞洞的火窟了，真是覆巢之下无完卵。

埋伏在牛头山上的岳家军，眼中远远望见城中火红的一片，耳中不断听到直上云霄的哀鸣，一个个心如刀割，怒由心生。等到在山顶上发现金兵满载着辎重的骡马正鱼贯通过山脚，恨不得立刻冲下山去，杀他一个痛快，若非岳飞早有指示，天黑之前不许行动，否则，早有熬不住的士兵找金人报仇去了。

盼望着，盼望着，终于太阳西沉，大地笼罩在一片黑幕之中，只见山下曲折蜿蜒着一条明晃晃的长蛇，衬着漆黑的天空，漂亮极了，原来这是金兵前进，手中提着的灯笼火把连接而成。

一直到三更已过，岳飞一声令下，刹那间，久候多时的伏兵齐声呼啸，飞也似的冲下去。金兵连夜赶路，过了半夜，已有些儿迷迷糊糊，有的干脆半眯着眼睛，只是拖着两条腿往前挪动。这会儿，忽然杀出了伏兵，而且都穿着一身夜行的黑衣，放眼望去，到处都是黑漆漆的，人在哪儿都搞不清楚。

于是，还来不及揉揉眼睛看个仔细的金兵，混乱之中，自己人杀自己人，自相攻杀，驮运的金银财宝也不要了，只恨爹娘少生了两条腿，各自逃命去也。岳家军憋了一天的闷气，总算可以发泄了，直杀得天动地摇，锤打枪挑刀砍，金兵尸如山积，到了黎明清点战果，金兵留下来的粮食足够岳军使用半年。

岳飞牛头山大破金兀术，清代年画。

接着，岳飞得到密

报，金兀术在龙湾的总部，即将开拔，岳飞又领着兵马由牛头山奔驰过来追杀，以三百名骑兵、三千名步兵把龙湾总部层层包围，虽然金兀术溜走了，但是金兵落水的、被杀的、投降的，不计其数，金兵死伤近万。

至于留在静安镇的岳家军也不甘示弱，在清水亭与金兵展开激战，战线绵延十五里，经过几天几夜的火并，十五里的战火线上，金兵尸体无数，单单割下来光秃秃头颅之中，戴有金耳环的金军大将，清点一下，就有一百七十个之多。

前前后后牛头山、龙湾、清水亭三场猛烈的战役打下来，金兀术暗暗吃惊，原来岳飞这个后生小子的威力，不在老将韩世忠之下，宋朝毕竟不是完全没有人才。于是，金兀术再也不敢放心大胆地留在江南，甚且连原先打算留驻江南作为屏障的部队，也全部撤兵，大江南北连一个金兵也看不见了。

岳飞以胜利之师重临建康，他举目回顾，一片疮痍（yí），处处都有放声啼哭，找不到妈妈的孤儿，以及表情木然，不知所措的灾民。岳飞心里好难受，他打起精神，积极地办理善后，修缮城池，赈济灾民，发放抚恤金，并且操练兵马，储备粮食，又上书朝廷，说明建康为军事要地，必须派兵驻守。

回想到四年之前，宋高宗刚刚即位，岳飞眼看着高宗对忠臣李纲并不信任，也没有恢复中原的打算，忍不住上书朝廷。岳飞的奏章大义凛然，恰好尖锐地刺痛了高宗的痛处，高宗恼羞成怒，又没法驳斥岳飞的议论，便以“小臣越职，妄言国事”为名，撤除岳飞秉义郎的官职，赶出南京，岳飞无处可去，才前往河北，投奔张所。

这一会儿，岳飞摇身一变，官居统制，并且成为光复建康的有功名将了，他这次上书朝廷，要求派兵防守建康，高宗自然龙颜大悦，一切照准了。

岳云小将上战场

岳飞收复建康这一仗，打得真是漂亮极了，逼得金兀术远走淮西。建康光复以后，高宗皇帝结束了东奔西跑的逃命生涯，回到越州（绍兴），次年改元绍兴。高宗这时对岳飞十分的嘉许，赏赐铁铠（kǎi）、金带鞍马、镀金枪、百花袍等。

岳飞收复建康，班师回到溧阳之时，忽然得到一则密报，说是岳飞手下刘经起了二心，意图杀光岳飞在宜兴的家属。

岳飞大吃一惊，他连忙派姚政赶赴宜兴，见机行事。姚政假装是岳母得到岳飞家书，请刘经过来一叙，刘经不知就里，即刻前往，半途之中被伏兵就地正法。

刘经的部下，个个心惊胆战，因为他们大多数忠心耿耿，并没有意思跟刘经叛变。正在此时，岳飞快马加鞭，兼程赶回。岳飞一向明理，他好言好语地安慰刘经部下："别担心，有罪当斩，无故绝不牵连。"

约莫在这个时刻，大家所熟悉的岳飞之子岳云也在宜兴从军。

在《说岳》小说第四十回中，描写十二岁的调皮的岳云背母从军，而且曾经在梦里遇到一位青脸红须、面貌威武的老将军，教了岳云一手"落地银光满地打，漫天雷电盖天灵，凛凛飞霜遮白雪，凛凛急雨撒寒冰"流星赶月的好槌法。后来，这位臂力过人的小将军凭着一身武艺，救出巩家庄之中，差点儿给强盗当了压寨夫人的巩家小女，年方十四岁，两人成就了一桩好姻缘。

小说戏剧之中，把这位“披了衣甲，提了双槌，坐上战马”豪气干云的小将军描写得神龙活现，十分讨人喜欢。有人误以为岳云是岳飞的养子，其实他是岳飞亲生的儿子，而且果真是十二岁年纪，差不多像今天小学五六年级小朋友般大就效命沙场了，事实上岳飞当时也只有二十八岁。但是小英雄是否英雄救美，把小姊姊自土匪窝中救出来，便不得而知了。岳云的妻子也确是姓巩，他十二岁从军显然是经过家中同意，不是偷偷摸摸的。

岳飞因为作战有功，高宗封以通、泰州镇抚使。然而一心为国为民的岳飞，却不想升官发财，他反而“傻里傻气”地奏上一本，自请调防淮南。为了避免猜忌心重的高宗误以为他拥兵自重，别有用意，岳飞甚且愿意以在宜兴的母亲妻子当人质。

岳云，选自《石画历代圣贤像》。

正在此刻，楚州（江苏淮安）告警，朝廷派张俊去救援，张俊是无论如何，也不敢前往。接着，朝廷又改派刘光世，刘光世也是当定了缩头乌龟，于是，只有派不怕死的岳飞去了。

岳飞立刻在承州打了场胜仗，但以他两万的兵力，实在不足抵挡号称三十万的金兵，他屡次要求张俊、刘光世支援，但他们也只是象征性的意思意思。

张俊是强盗出身，擅长骑射，因为攻打南蛮有功，担任指挥使，逐渐升为承信郎、武德郎。他体格英伟，宋高宗一见便喜，升为元帅府后军统制。除了会使枪弄棍，张俊也挺会拍马屁，靖康之难，汴京城破，二帝被俘，张俊就率先对高宗说："不早正大位，无以符合天下人愿望。"

张俊的部队被称为"花腿军"，因为他挑选健壮士卒加入部队以后，惟恐士兵逃跑，将士兵从手到脚全身刺满了花纹，部将都恨死他了。他又不好好打仗，老是强迫士兵们充当建筑工人，为他日夜赶工，营造了一座太平楼。

花腿军弟兄们看不过去，作了一首歌谣讽刺张俊："张家寨里没来由，使他花腿抬石头，二圣（指徽钦二帝）独自救不得，盖起太平楼。"因为大家嫌恶张俊的为人，戏称他为张铁脸，以有别正直光明的韩铜脸韩世忠。

比起张俊的强盗出身，刘光世可是显显赫赫的将门之后。刘光世的父亲刘延庆原为耀州观察使，靖康年间在京城遭到围困，他带着侍妾张氏同行，逃了十余里，金兵追上，刘延庆不愿投降受辱，他先杀了张氏然后自缢殉国。因为有祖上余荫，刘光世得以补赠太师。

张俊与刘光世不但胆小如鼠，而且不识大体，他两人虽同为国家重臣，却互相倾轧、互相排挤，甚且有你看着我被敌人打垮，我巴不得你被人消灭的心理，非但不伸出援手，而且幸灾乐祸。当然，对于岳飞苦苦哀求更是置之不理，无怪乎岳飞有句名言："文官不爱钱，武官不怕死，天下可太平。"

岳飞孤掌难鸣，最后只有退保江南，但是，他还是设法稳住了泰州的局势，当泰州城中缺粮的消息传出之后，蠢蠢欲动的金兵发动猛烈攻势，岳飞急中生智，下令："搜集煮饭的锅巴。"兵士们不晓得岳飞要锅巴干什么，把盛来的焦焦黄黄的硬锅巴堆起十来丈高的土墩。

锅巴的香味引来了成群的麻雀啄食，因此，泰州城外，散落了满地的饭粒，泰州缺粮之说不攻自破，这个土墩后来称之为岳墩，也成为泰县有名的六景之一——泰岱烟岚。

杜充的皇帝梦

岳飞奉诏救援楚州，救得相当辛苦又徒劳无功，因为大将刘光世、张俊都胆小如鼠，根本不敢与金兵相抗，又一心一意保全实力，不愿意损兵折将。岳飞一个人孤掌难鸣，苦撑不下去了。以不足两万人的兵力，如何能够抵挡号称三十万大军的金兵？岳飞全盘考虑了许久，与其眼前壮烈牺牲，全军覆没，不如退保江南，伺机卷土重来。

于是，岳飞把整个江北作战的敌我走势绘成一张图表，呈献给宋高宗，高宗批示："可守则守，不可守，但以沙州保护百姓，伺便掩击。"

岳飞遂迅速将通泰百姓，平平安安自沙州渡过长江，岳飞只用了三百名骁勇的骑兵殿后，确保民众的安全，竟然吓得三十万金兵不敢进犯，由此可见岳家军三个字真是响丁当了。

岳飞退到江阴之后，虽然此次撤守责任不在他，而是刘光世、张俊临阵畏惧，岳飞还是恭恭敬敬上了一个奏章请罪，高宗下诏书慰勉他，并且派他驻防江阴。岳飞就在江阴待了一段时日。

金兀术领教了韩世忠、岳飞的厉害之后，心有余悸（jì）地回到北方。金朝朝廷检讨攻讨江南事件，一致认为开疆拓土的政策绝对有修改的必要，因为宋朝幅员太大，不容易一口气吞下，平白牺牲了许多金人的血肉，不如还是沿用以华制华的老法子，把张邦昌傀儡皇帝的旧戏，再换汤不换药，搬出来重新上演一回。

旧戏新演的策略已定，金朝开始积极物色新的主角人选。当初金兀术攻克建康之时，曾经属意杜充。大家还记得杜充吗？就是那个宗泽死后，朝廷任命接棒的庸才，岳飞曾经隶属杜充麾下，不晓得受了多少窝囊气。后来，金人要攻打建康，用要找杜充当皇帝为饵，杜充立刻心花怒放朵朵开，迫不及待地投降金人，岳飞可不愿意跟着杜充屈辱受降，他带领了一批忠肝义胆的弟兄们，组织了岳家军，离开杜充。

杜充把建康府库打开呈献给金人之后，一心一意巴望着早日饰演皇帝的角色，虽然他明明知道这是个傀儡皇帝，只是由金人在幕后操纵着手脚的木偶，但总可以尝尝君临天下的滋味。可是金人对杜充左看看，右瞧瞧，仔仔细细端详了老半天，愈研究愈发现杜充望之不似人君，哪里是一块可以扮演皇帝的材料嘛，于是，此议作罢，杜充的美梦也泡了汤。

金将粘罕原是个有见地的人，他南征路过曲阜，对孔子庙恭恭敬敬，因为听说孔子是古代大圣人，对杜充嘛，他可是打心眼里鄙薄其作为，所以，杜充归降金朝之后，不但皇帝宝座没有捞到，还坐了半天的冷板凳，方才外放相州，杜充心中的失意不满也就可想而知了。

杜充本来就是一个性情暴虐，非常不好相处的人，如今，带着一肚子闷气上任，当然，与他共事的同僚也就愈发倒楣了。

其中有一个部下胡景山对杜充更是恨之入骨，他为了报仇，向金朝奏上一本，诬指杜充私下里暗通宋朝。粘罕立刻下令，大刑伺候，搬出了炮烙（luò）之刑。所谓的炮烙之刑，是用烧红的铁柱灼烫身体的一种极为残酷的刑罚，杜充被烧得不断嗤嗤叫，却怎么也不肯承认私通宋朝的罪名。

事实上，这倒也真是冤枉杜充了，想他背节投金，宋朝朝野一致谴责，宋高宗一向信任杜充，气得屡次询问群臣：“奇怪，朕待杜充不薄，他为什么要这么做？”

群臣也只有低下头，讷讷不敢言，在这种情况之下，杜充根本没有回去的本钱，其中的道理，粘罕岂会不明白，他只是一向讨厌杜充，逮住机会整他罢了。

所以，当金朝狱卒回报问不出口供，粘罕也就不再深究，他把杜充唤到面前，睥睨（pì nì）着杜充：“你是不是想要复归南朝？”

杜充按着阵阵作痛的伤口，万般无奈地说：“元帅敢归，充不敢也。”

粘罕见杜充一副小丑一般讨饶的可怜模样，忍不住好笑，也就放他一马了。

既然杜充不堪大任，金朝只有另起炉灶，重新物色人选了。依金朝的意思，这个傀儡皇帝最好具有李纲、宗泽这般的威望，才可以混淆中国人的耳目，宗泽已经去世了，李纲虽然健在，但他那种刚烈不屈的性格，怎么会愿意为金人作爪牙，不用自讨没趣了。

但是，假如金朝换了一个名不见经传、默默无闻的普通百姓演皇帝，这样的傀儡政权不要也罢。想来想去，金人想出一个妙法，中国人一向注重家世门第，假如能找到北宋初期折家、刘家、杨家、种家之后代，应该可以有一些号召作用。

譬如北宋初年，攻打西夏很有名的折（shé）可适、折可行的后代折可求，已在河东投降金朝，譬如在济南投降金国的刘豫也不失为适合的人选，至少折家、刘家，毕竟可以起一些儿偶像的作用。

但是，究竟找折可求还是刘豫扮皇帝呢？在金太宗吴乞买眼中看来，两个人都不错。

刘豫做了傀儡皇帝

上一篇，我们说到，金朝决定重施故伎，用以华制华，张邦昌称楚帝的老法子对付宋朝。剧本写好了，却差一个可以饰演皇帝的要角，选来选去，最后选出两位候选人，折可求与刘豫。

刘豫听说自己已被列为考虑人选之一，立刻削尖了脑袋，四处活动。他先投下巨资，买通了粘罕的心腹高庆裔（yì），然后，借着高庆裔的拉线，奉献巨额厚礼给粘罕，又多方贿赂挞懒，使得金朝上上下下都觉得刘豫十分上道，有足够的条件演好傀儡皇帝的角色。

金太宗吴乞买本来就对折可求、刘豫都没有什么印象，既然粘罕等人再三拍胸脯保证刘豫可用，遂决定以刘豫为齐帝，在宋高宗建炎四年（1130 年），也就是金天会八年，即位于大名府。金人将所得陕西关中之地交给刘豫统辖，于是刘豫尽有中原之地，成为介于金朝与宋朝之间的一个政权。

刘豫是怎样的一个人呢？我们先介绍一下他的来龙去脉：刘豫字彦游，是河北省阜城县人，哲宗元符年间中进士第。刘豫小时候品德不佳，曾经偷取同学的白金盂、纱衣，被人告发，留了不好的纪录。政和二年（1112 年），官任殿中侍御史，被言官攻击，举出当年这份前科资料，认为此人没资格居此高官，皇帝不愿意揭出此件丑事，下诏“勿过问此事”，但是，对刘豫的观感极坏。

过了没多久，刘豫上书谈到礼制局事，被宋主驳斥：“刘豫河北种田叟，安识礼制？”嫌他是乡下种田的老头子，哪懂什么礼制，贬为两浙察访。

金人南侵，刘豫吓得弃官，一口气逃到真州，由于张悫（què）大力推介，出知济南府。刘豫担心山东游寇太多，不好应付，有意在东南地区谋个官职，能得一个知州知府做一做，东南富饶，又没有兵乱，那是再好不过的事了。

但是，朝廷认为，能让刘豫出掌济南，已是莫大恩惠，还要挑三拣四，啰啰嗦嗦，十分可厌，下了诏书，命令刘豫还是得去济南。

刘豫讨价还价不成，碰了一鼻子的灰，满心不情愿，委委屈屈上任了。

到了济南，刘豫马上与守将关胜闹得意见不合，关胜是忠心耿耿之将，刘豫是只想过官瘾的人，所以，对待金人，关胜主战，刘豫主和，对待忠义民兵，关胜主抚，刘豫却要痛剿（jiǎo）。

凑巧此时（建炎二年，1128 年）粘罕大军南侵，挞懒势如破竹，攻破东平府，又攻济南府，关胜见敌军大规模地开来，着急地向刘豫请缨，要求立刻上战场杀敌。

刘豫心想，正好趁此机会去除关胜，你小子既然一心想去送死，那我也不用拦阻，立刻爽快地答应。岂料，关胜竟然不死，打一仗胜一仗，就像他的名字一样，关关胜利。每次关胜凯歌而返，济南热烈庆祝英雄来归，刘豫也不得不堆着笑容，摆下庆功宴，但是心中窝囊得很，尤其人人都知他俩不合，愈发咽不下这口气。

刘豫担心风头被关胜一个人抢光了，他面子上不好看，于是乎，他命儿子刘麟出战，既然关胜可以摆平金人，看来金人也不是什么三头六臂之人。

不料，刘麟威风赫赫跨上战马，没两三个回合就败下阵来，而且被金军层层密密地包围，刘麟自己一个人落荒而逃，捡回一条小命奔回家中。

刘豫见宝贝儿子出师不利，吃了大亏，既疼儿子受了惊吓，更怄（òu）关胜现在不晓得怎样得意，他竟然一不做二不休，把关胜给杀了，投降金人。

金人正愁关胜不易对付，没有想到宋朝窝里反，刘豫提了关胜的人头来降，济南百姓不齿刘豫为人，不愿意跟着投降，刘豫自己献金纳款。

对金朝而言，刘豫是立了大功的，因此官运亨通，累官到中奉大夫，京东、京西、淮南等路安抚使兼诸路马步军都总管，知东平府事，节制大名、开德等府及濮（pú）、博、滨、棣（dì）、德、沧等州。单单看一看这长串的官名，就可知道刘豫在金的降臣之中，是排在前面的红人，也是有资格当上傀儡皇帝中第一主角的。

主角的人选决定了，刘豫挑中张孝纯为丞相，李孝扬、张东为左右丞，儿子刘麟为提领诸路兵马，明年改元阜昌，对金朝行臣子之礼，奉正朔。

刘豫虽然黄袍加身，却为天下人所耻笑，譬如刘豫想拉拢楚、泗州、涟水军领抚使赵立，他派了赵立的老朋友葛进前往说项，希望赵立从此改向刘豫朝廷纳赋税，赵立火了，不但不把刘豫的诏书打开，而且当场斩了葛进。

刘豫不死心，他又找了一位沂（yí）州举人刘偲（cāi），也是赵立的故友，拿着旗子招降赵立，并且提出威胁："金人大军马上开到，若不赶快投降，当心金人下令屠城。"

赵立当即下令："把刘偲给杀了！"刘偲急坏了，大声喊道："赵公，你难道不是我刘偲的故人吗？"

"我只知忠义为国，你何必提什么故人不故人？"赵立说完话，命令部下把刘偲用油布一层层裹起来，像包粽子一般，然后抬到市中心，当街焚烧刘偲，从此赵立二字声倾天下，吸引了不少忠义之士前来投靠。

早年的秦桧

金兀术南征失利以后，金朝上下召开检讨会议，决定放弃武力征服计划，改用以华制华的旧策，把张邦昌当傀儡皇帝的老戏搬出来重新上演，并且找了刘豫担任主角。建炎三年（1129年），刘豫披上龙袍，在金人卵翼之下，做起皇帝来，建国号为齐。

金兀术领教过韩世忠、岳飞的厉害之后发现，南宋这个偏安的小朝廷，虽然料它没有什么作为，却倒有一批忠心不二的臣子，死心塌地为国效忠，单靠军事力量，不能让他们屈服。

假如，金朝可以找到一个中国人，却又一心一意向着金朝，混入宋朝朝廷，瓦解敌人内部，那可是再好不过的事了。

问题是，到哪儿找这种高级间谍？

金朝忠献王含笑对大家说："此事在我心中盘算已整整三年之久，算来算去只有一个人可用。"

忠烈王抢着发言："我知道，是张孝纯。"

"不对。"忠献王摇摇头道，"是秦桧（huì）。"

一听到秦桧二字，众人脸上莫不浮现"对啊，怎么早没有想到"的诡谲愉快的笑容，连忠烈王也频频点头称妙。为什么大家都投秦桧的同意票呢？这是有道理的。

提起秦桧二字，中国人是如雷贯耳，再熟悉不过了，据说连炸油条都是起自油炸"桧"，南方人称之为油炸"鬼"，以发泄心中对秦桧的痛恨。但是对秦桧这个人，大家除了晓得他是个谋害岳飞的元凶外，所知有限，从现在起，我详详细细把这个一代奸臣的故事介绍给诸位读者，让大家读个痛快。

秦桧，字会之，江宁（南京市）人，徽宗政和五年（1115 年）进士及第，补密州教授。又曾中词学茂科，他写得一手好文章，词学造诣深厚，又擅长于书法，尤其是篆书，可以称得上是一位才子型的人物。

说起来也许有人不相信，早年的秦桧是著名的忠诚骨鲠之士。在靖康元年（1126 年），斡离不围攻汴京之时，要求割让中山、太原、河间三镇，当时浪子宰相李邦彦、马屁高手白时中都一致赞成，只有李纲等人坚持抵抗，太学生陈东亦跪在皇宫门口声援。

秦桧曾经上书反对割让河北三镇，他提出四点说明：

一、金人贪得无厌，只能给予燕山一路。

二、金人狡诈，宋朝应当早日防御。

三、请朝廷开放言路，召集百官共议大事，凡是有值得采信的意见，载于誓书，世世代代遵守。

四、金朝来使应当居住在宫外别馆，不能让金人随随便便上殿，以防止金使刺探内情。

但是秦桧的反对没有生效，河北三镇还是割了，而且派了秦桧与程瑀（yǔ）担任割地使，陪同肃王到燕京，办妥了交割手续之后，又回到东京。不久，担任御史中丞职。

后来，金兵二度南下，汴京城陷，徽钦二帝被俘，金人决定用张邦昌为楚帝，监察御史马伸对众人说：“我等职责在谏诤，岂可坐无一言？”

马伸是个了不起的中国读书人，我们有必要介绍一番：马伸字时中，绍圣四年（1097 年）进士，具有满腔爱国热忱，每次调官，从未选择远近便利，一切为民服务。当他出掌成都时，前任县丞留下的种种弊端，马伸一一扫除，因此当缴税时，民众争先恐后、通宵达旦抢着先纳，常平使孙俟（qí）看到这种奇怪现象，几乎不敢相信自己的眼睛，百姓解释给孙俟听：“今年换了马县丞，人真是好，不会在租税上找麻烦。”孙俟便将马伸推荐给朝廷。

马伸虽做了官，仍然一心向学，所谓仕而优则学，他想拜大学问家程颐（伊川先生）为师。哲宗绍圣年间，程颐因为被党争波及，被放回乡里，不久，又被遣送涪（fú）州（四川涪陵县）编管，诏命下来，连向叔母辞别也不获允许。程颐在渡江时，波涛汹涌，几乎翻船，船上的人又哭又喊，只有程颐端坐不动，面色不改，等上岸后，同船父老问他：“为何有这般修养？”程颐回道：“不过心里诚敬罢了。”

马伸对程颐的涵养最为敬佩，可惜拜师无门，因为崇宁初年范致虚等人攻击程颐，朝廷把程颐所有的著作查禁，程颐不得已，搬到龙门南方居住，并告诉四方学者：“你们遵奉已知道的便可，不用再来找我了。”可是马伸固执地非在程颐门下不可，并且找了张绎代为请托，程颐再三推辞，他不想害马伸丢官：“时论方异，恐怕会牵累你，你能弃官，但官不必弃也。”

岂料马伸仍是不死心，他引用孔老夫子的话“朝闻道，夕死可也”——我早上懂得天道，晚上死而无憾，而且“也不一定会死”。

程老夫子非常感动，破例收了马伸为学生，从此以后，不论刮风下雨，马伸每日前来讨教，果然有无聊人士因此造谣生事诽谤马伸，但是马伸还是读完一部《中庸》而归。

马伸在学术上有原则、有良心，在朝为官也同样有原则、有良心，所以不愿奉张邦昌为帝，他要求“仍于赵氏皇族中择一贤者立之”。秦桧也赞同马伸的主张，并且写了一个申请状投到金营，在进状中秦桧说自己：“荷国厚恩，作为一个人臣怎能因为畏惧死亡而不议论国事呢？”当时的秦桧看起来真是令人肃然起敬。

秦桧的变节

靖康初年，秦桧反对割让河北三镇，继而金朝立张邦昌为楚帝，秦桧又附从骨鲠忠臣马伸之意，进状金营，要求仍立赵氏为皇帝。

金人是立定了张邦昌的，今见有人反对，怒气冲天，不由分说，把秦桧扣押起来，和徽钦二帝一块儿掳往燕京。

此时秦桧后悔极了，直怨自己何必太过忠心，惹祸上身。坚贞本来就是人世之间难能可贵的情操，秦桧受到挫折之后，立刻做了一百八十度的大转弯，转而巴结谄媚金朝上下。

其实，秦桧原本就不是一个有品德有操守的人，当他还在太学里当学生时，同学们已经发觉此人特别深沉，极为阴险。他无论乘车，默坐之时，常常牙齿不断在嚼，起初大家以为秦桧在吃什么好东西，后来才发现，他只是空嚼，腮帮子一上一下的，却不是在吃零嘴儿。

有个会看面相的就说："大家要小心啊，这种面相，谓之马啖（dàn），和马儿一样，没事尽在磨牙齿，相书上说，此相者可以杀人！"

相书上说的，当然不可尽信，但是，秦桧说话很慢，思虑很久，常常像下围棋一般陷入长考，倒是真的。不过，在太学里，秦桧人缘还不坏，很能办杂事，手脚也利落，他的同窗给他取了一个外号，称为秦长脚。

早年的秦长脚家境贫寒，十分落魄。在政和末年，秦桧有事自金陵外出，经过当涂境上，忽然之间，大雨倾盆，狂风豪雨把桥给冲断了，秦桧撑着一把破伞在雨中进退徘徊（pái huái），全身湿透，冷得他瑟瑟发抖，简直狼狈极了。

这时，有位大户人家找来的士子，正在教弟子读书，士子往窗外一望，看到这幕情景，心中暗忖："太可怜了！"于是连忙呼唤仆人："把外头淋雨的这位先生请进来。"

秦桧正不停抖落衣袖，想要甩掉一些雨水，竟然主人有请，大喜过望，像只落汤鸡一般赶紧步入内室。

这个士子真是好心人，不但打发仆人为秦桧换上干爽的衣裳，而且炖了热汤，备了烫酒，还准备了几色下酒的精致小菜，两人小酌一番，当晚抵足而眠。

第二天，雨过天青，太阳露出笑脸，士子送秦桧离开，两人萍水相逢，互换姓名，原来这位热心士子名唤曹廷坚也。秦桧千恩万谢，叨叨地念着，他日必报答之，但是后来秦桧富贵显达之后，却绝不与其往来，由此可见秦桧之为人。

秦桧中了进士当上御史中丞之后，一扫过去寒酸之气，特别追求富贵利禄，似乎要弥补过去微贱之时所吃的苦头。

有一回，秦桧赴外地公干，经过上元县，住在县招待所里，当时正是炎炎夏日，上元县知县张师言前来拜访，客气地请问御史大人："住得还安适否？"秦桧是极有官架子的，他板着脸说："此屋粗可居，勉强可住，但是为西晒所苦，最好能有一凉棚遮盖。"

张师言唯唯称是而去。

第二天一大早，秦桧还在床上，就听到院子里叮叮咚咚敲敲打打，他披衣而起，走出来一看，吓，一座漂漂亮亮用松树搭建的凉棚已经做好了，清风徐来，秦桧为之精神一振，心旷神怡。

秦桧忙问工匠："奇怪，你们怎能一夜之间搭建松棚？"他心想，莫非是变魔术。

工匠回话道："我们知县新建一凉棚，昨日听御史言，立刻拆下来搬到这儿，否则，哪有如此迅速？"

秦桧一听，心花怒放，张师言如此会办事，值得奖励，倒要想一个办法酬谢酬谢。

后来，秦桧拜相时，张师言已过七十，早该退休告老还乡，但是仍恋着官位，秦桧找来官簿，大笔一挥，张师言立刻只有六十岁，任楚州知州。

张师言以一座凉棚换来了十年官运，这个买卖太划算了。

一个大丈夫应该是"贫贱不能移，富贵不能淫，威武不能屈"，秦桧是贫贱能移，富贵能淫，遇上金人的威武，他会变节投降，也并不是一件奇怪的事。

所以，当秦桧被押解到了燕京，他也拿出张师言的一套办法，先施以小惠，买通了粘罕的左右，为他多多美言，于是，秦桧如愿以偿，被派到挞懒身边。他又拿出那逢迎拍马的法子，把挞懒全身上下每一根寒毛摸得服服帖帖的，挞懒愈来愈喜欢秦桧了。

当然，秦桧过去反对割让河北三镇，反对伪楚张邦昌的忠臣事迹，看在金朝眼中，那可是不折不扣的坏纪录。

聪明如秦桧者，岂会不明白金人的顾虑，担心他仍心向宋朝，伺机而动，所以秦桧格外巴结金人，委屈顺从到达了极点，而且有事没事就把"南自南，北自北"的论调挂在口边，讨金人的欢喜。

所谓"南自南，北自北"，意思是说南方宋朝管南方的，北方金朝管北方的，互不相涉，表示他不再主张宋朝应当收归失土，恢复中原。这正是金朝的意思，金朝也希望南宋以偏安为政策，岳飞、韩世忠不要再老想接回徽钦二帝了。

秦桧在金朝三年，表现良好，又有一流的智慧，满腹的词学，这样的奸细哪儿去找？

宋高宗拥抱秦桧

金朝之所以决定放秦桧回宋朝，作为里应外合的内奸，还有一个理由：秦桧曾与其妻王氏合演了一场精彩好戏。

当挞懒挥兵南下，与金兀术夹攻运河时，金朝派了秦桧前往，秦桧希望妻小同行，又不便开口。

于是，有一天，秦桧之妻王氏忽然大声喧哗，撒泼吵闹："哈，想我家翁父将我嫁与你时，有赀（zī）财二十万贯，希望我们同甘共苦，白首偕老，今天，金国重用你，你准备在燕山府遗弃我，一个人享受荣华富贵！"

王氏嗓门奇大，声音高亢，愈吵愈大声，挞懒的妻子一车婆听到了，赶快跑来劝架，王氏一把鼻涕一把眼泪哭诉了半天。

一车婆马上把秦桧夫妻吵架的笑话转告挞懒，并且以同为女人之心，要求王氏随军同行，挞懒见秦桧甘心为金犬马，有意抛弃老妻暗暗好笑，于是听了一车婆的意见，准许王氏同行。不但王氏，连秦府的一些奴婢、少婢兴儿、小婢砚童，大家都一块走。

秦桧老谋深算，不但借此表明了志在富贵、忠心金朝的意愿，还借一车婆之力，让家小随军而行，老狐狸确实有一套。

从此以后，挞懒对秦桧更加信任，秦桧也做出愿意肝脑涂地，报效金朝的模样，他担任随军参议官之时，金朝攻楚州颁布的招降书，文情并茂，就是出自秦桧的手笔。

由于秦桧表现得可圈可点，屡次通过金人的考验，金朝遂在柳林正式商议，决定派遣秦桧归国，瓦解宋朝内部，动摇民心士气。

建炎四年（1130 年）冬天里，秦桧带着妻小婢仆以及细软行装，取道涟水军界（江苏省连云港市），乘船出海回到宋朝。

秦桧等一行，包括妻子王氏、砚童、兴儿、御史台衔司翁顺及亲信高益恭等一上岸，立刻被丁禊（xì）巡逻时发现，一声大吼“有奸细”，马上绑起来，准备杀掉。

秦桧急中生智，他大模大样训喝丁禊：“休得无礼，我乃堂堂御史中丞秦桧是也，此间有秀才否？如果有，应当知道我姓名。”

当地民智不高，只有一个秀才王安道，王安道可是一辈子也没听过秦桧二字，一来他不愿得罪秦桧，二来他也想在乡人前面显一显阅人多矣的神气，所以，他一见到秦桧，立刻长长一作揖：“中丞辛苦了。”

秦桧也微微点头回礼，众人看在眼中，心想，王秀才既然认识，不能乱杀，遂以上宾之礼待之，还摆了一桌极为丰富的酒席。然后，由王安道、冯由义做伴，陪同秦桧前往杭州。

秦桧初到杭州，乖乖，那真是轰动一时，人人都说秦桧杀了监视他的金人逃回来了，个个争着叙说当初秦桧如何反对割让河北三镇，又反对伪楚张邦昌的英勇往事，再加上自己编造的情节，秦桧成为最最了不起的民族大英雄。

当时，朝廷中也有一两个头脑比较清楚的臣子提出疑问，奇怪，秦桧是与何㮚（lì）、孙傅等同时被俘，为什么他们没有一块儿逃出？而且从燕京到杭州，有漫长的两千八百里，不是一段很近的路程，一路之上，金人关卡森严，秦桧是如何一一避开的？最让人疑惑的是，他老兄不但安返，而且携家带眷，外加奴仆，又有一大堆行李，太不可思议了，莫非其中有隐情？

然而朝中范宗尹、李回等过去与秦桧是老交情，再三拍胸脯保证秦桧的忠心，并且提出反证，假如金朝故意放回秦桧，应该留下妻小为人质，今天，秦桧全家都回来了，可见得的的确确是杀了金朝的监视人员来归，至于路途中的惊险，正足以表示秦桧是智勇双全，了不起!

同时，秦桧本人能说会吹，嘴皮子功夫一流，既没有其他证据显示他是金朝派来的奸细，他过去又有过忠心耿耿的事情，再要怀疑他，倒显得“以小人之心度君子之腹”了。

最重要的是，宋高宗对秦桧极有兴趣，早先，高宗即久闻秦桧之鼎鼎大名，一朝相见，促膝谈心，更有相见恨晚之慨叹。

秦桧早知高宗没有恢复中原的打算，如今面对面一谈之下，他更摸准了高宗只求偏安、安于现实的心理，又担心万一徽宗、钦宗被放回来，他这个皇帝宝座只好让位了，这一来，宋高宗与秦桧一拍即合，秦桧不用担心没有高官厚禄了。

接着，秦桧把自己与金之重臣大将有深厚交情，稍微透露一些给高宗，高宗如果是一切为宋朝的皇帝，必然勃然大怒，可是他是个只求保住皇位，不管耻辱，只求苟安，不求复土的皇帝。所以大喜过望，因为秦桧是一个和金朝谈判的桥梁，高宗对人说：“秦桧朴忠过人，朕得之欢喜得不能睡觉，一方面得到了二帝、母后的消息，一方面是朕得此佳士也。”

高宗呼秦桧为佳士，又兴奋得睡不着觉，患了失眠症，南宋也步入金朝的陷阱了。

王仲荀讲政治笑话

秦桧重归宋朝，在杭州引起轰动，虽然当时也有人怀疑秦桧从金朝逃回来的过程不明，既然他是杀了金人监使，从敌人占领区逃出来的人，千钧一发之际，怎么连行李、被服、箱子，甚且丫环、砚童都一块逃出，而且逃了两千八百里平平安安到达杭州。

说起来，其中值得推敲之处甚多，但是既然上自皇帝高宗，下至宰相范宗尹都异口同声推崇秦桧是不可多得的忠臣，一般人即使有疑惑，也只能闷在肚子里了。

秦桧初到杭州，立刻开始鼓吹“如欲天下无事，南自南，北自北”，南方的人管南方的，北方的人管北方的，从此天下太平的理论，也是金人交付给他的任务。

由于秦桧的来归，让宋高宗他老人家欢喜得睡不着觉，所以马上任命秦桧为礼部尚书，不久又升为参知政事，当初胡乱开口，假装认识秦桧的王秀才王安道，也担任了参议官。

第二年，高宗改元绍兴，以越州为绍兴府，表示克绍箕裘，兴复大宋之意。

绍兴元年（1131年），范宗尹罢相职，原先范宗尹建议讨论崇宁、大观年间以来朝廷滥赏之事，秦桧本来支持范宗尹的意见，可是他冷眼旁观，发现宋高宗不怎么赞同，立刻见风转舵，也顾不得当初他来杭州，范宗尹看在老交情的份上，拍着胸脯保证秦桧忠心的旧恩，极力排挤范宗尹，范宗尹的宰相当不下去了，只有被迫请辞。

搞了半天，原来秦桧自己想当宰相，他又不便毛遂自荐，于是，故意对外大放空气："我有两个计策，可安天下。"到底是两个怎么样的计策？秦桧又卖关子，别别扭扭不肯说，实在逼急了，他又说："现在没有宰相在场，说了也无济于事。"

宰相位重，久悬也不是办法，既然秦桧这么说，他当宰相是再合适也不过的了。绍兴元年（1131 年）八月，秦桧拜右仆射、同中书门下平章事兼知枢密院事，如愿以偿当上了宰相。

秦桧抓权最有一套，凡是跟随巴结秦桧的，都能平步青云，官运亨通，所以当时朝臣多半不愿外放，希望可以尾随秦桧身边打转儿，顺便捞一些好处。

当时在越州流行一则挺有意思的笑话。

有一个叫王仲荀的人，头脑灵活，反应敏捷，擅长说笑话，唱作俱佳，公卿大夫们都喜欢他，只要王仲荀在，就不愁没有笑声。

某日，在秦桧府上，朝彦云集，大家都在恭候秦桧的出面，而秦桧的架子最大，非得让宾客们等了又等，盼了又盼，绝不到场。算算看，依秦桧的惯例，还得熬上好长一阵子，王仲荀便清清嗓子，对大家说："今日公相尚未出堂，有劳众官久伺，我有一则小笑话，给各位提提神。"

一听说王仲荀要讲笑话了，大伙都围拢过来，竖起耳朵，王仲荀便提高了嗓门道：

从前，有一个大官出外办事去了，过了不久，来了一位客人，递上名片，门房告诉客人："某官不在。"

"不在？"这位客人当场光火，他凶巴巴指着门房道，"你是什么人，竟然如此大胆，凡是人死了，才能称之为不在，我与你家主人有深厚的交情，今日特来求见，你这个奴才，居然随便诅咒主人早死！"

可怜的门房，莫名其妙被臭骂一顿，也不晓得到底哪儿说错了，吓得赶快讨饶："对不起，小人不知道这个忌讳，下次不敢了。"门房转念一想，糟了，下回这个难缠的客人再来，还不知该如何应付。

想到此，门房鼓起勇气道："请问大人，不然当如何谢客？"

"这个还不容易吗？就说你家主人出外可也。"

"不行，不行。"门房把头摇得像要掉下来似的，"绝对不行，我家主人是宁可死也忌讳人家讲出外二字。"

王仲荀的笑话还没说完，满座害怕出外（恐惧被调到外地）的大小官员个个笑得直不起腰，王仲荀是一针见血，刚巧刺到每个人的心病。这可说得上是宋朝引人发噱（xué）的政治笑话了。

秦桧当权之时，到底如何狂妄自大，声震天下，可以由下列一则小故事之中看出。有一天，扬州太守接到秦桧一封书信，细细查勘后才发现不是秦桧手迹，而是有人冒充的。此事非同小可，扬州太守立刻上报秦相公，原以为以秦桧的脾气，伪造文书的小子遭殃了。

不料，秦桧竟然批示，立刻找一个适当的职位安插此人。扬州太守觉得好奇怪，秦桧面有得色地解释："此人敢伪造我的笔迹，此必非常之人，如果不用官位来束缚他，将来更不可想象。"

秦桧未当宰相之前，曾经吹牛，他有两条妙计可以耸动天下，可是过了快两年，半条妙计也提不出，黄龟年遂首先提出弹劾秦桧"专主和议，阻挠恢复，植党专政，渐不可长"，把秦桧的大奸大恶，比为王莽、董卓，高宗见群情汹汹，一时没法压制，只好摘除秦桧的相职，罢为观文殿大学士。不过，秦桧自己心中有数，高宗内心对他十分满意，早晚还是要请他出山的，再说，秦桧虽然暂时不执政，朝廷之中还是实行秦桧的策略。

“精忠岳飞”军旗

在南宋时期，中原情势一片紊乱，除了金兵、伪齐（刘豫政权）外，北自黄河流域，南至长江流域，可以说是盗贼如毛，处处可见土匪和拥兵自据的军人，史书上称之为群盗。

老百姓在这样的情形下，真是苦不堪言。宋朝大臣朱胜非从湖南、江西赴杭州，他形容一路上看到的情形是：“入衡（héng）州（湖南衡阳），有屋无人；入潭州（湖南长沙），有屋无壁；入袁州（江西宜春），则人屋都没有了。”可见当时是如何地凄凄惨惨。

然而，南宋政府对人民却丝毫未加怜悯，没有屋子照样要纳房屋税，家中无丁也不能免掉丁税，于是许多人走投无路，只有被逼上梁山，当强盗去了。

其中一位叫李成的，野心甚大，他占据江淮湖湘十多郡，拥兵数万，力量很大。李成臂力无穷，能够拉开三百斤的弓，左右两手都能使刀。他会打仗，又懂得带兵，如果部下没有吃的，他也不进食，所以部下都愿意为他效命，李成甚至想打垮宋朝，自己当个皇帝。在《说岳》这部小说中，自命不凡的余化龙便是李成的化身。岳飞奉派进剿李成，到了洪州（江西南昌），刚好获得江州（江西九江）失守的消息，张俊愁眉苦脸地对岳飞说：“我和李成交锋数次，每回都失利，你可有什么好主意？”

岳飞回答：“这并不难，贼兵一向贪功，瞻前不顾后，我如果派出三千骑兵，从上游生米渡绕到李成后面，给他出其不意来个前后包抄，必定能破贼。”

主意拿定之后，岳飞自任先锋官，他身披重甲，首当其冲，跃马渡江，其他士兵见主帅这般勇敢，也纷纷效仿，老百姓看在眼中，以为是神兵下凡。当李成部队的尾巴，忽然看到红绸白边的“岳”字军旗，吓得目瞪口呆，因为从来没有这种事情发生，不一会儿工夫，五万贼兵全部投降。

李成部队的主将马进，完全不晓得后边的情况，他自恃兵力雄厚，出城布阵，见岳飞只有两百多个兵卒，不觉暗暗好笑，即刻提兵杀向前去，岳飞且战且走，一路退到东城，忽然，惊天动地一声锣响，伏兵齐出，马进大败。

马进赶快溜入李成营中，正在拍着胸脯，庆幸大难不死，谁知岳飞硬是骑着快马，闯入营内，把贼营冲得乱了阵脚。最后，岳飞提着马进的脑袋，昂然而出。

李成闯荡江湖以来，还没有看过这般神勇的队伍，他心胆俱裂，带着残余的兵卒，北走伪齐，投降刘豫去了。

李成远逃之后，江淮一带最大的一股力量，应该算是豫鄂边区的流寇张用。张用人称“张莽荡”，他的太太也有不凡的身手，绰号叫做“一丈青”。

张俊对岳飞说：“这一仗又非你出马不可了，你准备带多少人去？”

“我一个人去就可以了。”

“那怎么行？”

最后，张俊为了怕失误，坚持岳飞带三千人马前往。

岳飞到了金牛，派兵送了一封信给张用，对张用说：“我们是小同乡，我愿给你一个忠告，你如果愿意投降，朝廷会任用你，如果你不肯降，后果你自己明白。”

原来，张用也是河南省汤阴县人，从军报国之后，同样曾在宗泽手下当过统制，后来，杜充接任宗泽的职务，张用忍受不了杜充的跋扈，一怒之下当了强盗，岳飞曾经用八百兵马，在东京南薰门、铁罏（lǔ）步，把张用数万大军打得丢盔弃甲，落花流水。

这段经过，别人也许不清楚，张用可是一辈子也忘不掉，何况现在岳飞当了大将军，兵力比以前充实十倍以上，如果与岳飞硬碰硬干起来，吃亏的当然是自己。

张用与他老婆一丈青看了岳飞的信后说："岳飞的教训就像父亲的教训一般，怎能不从？"事实上，张用也是挺心服岳飞的，当初若是岳飞担任杜充的官职，他也许不会中途改行当强盗了。

兵不血刃解决张用之后，岳飞又前往广西，对付曹成。有一回，岳家军抓到曹成的间谍，绑在营帐中问话。岳飞在营帐门口，有个小兵询问岳飞："粮食快要吃完了，怎么办？"

岳飞说："催嘛，不然我们先回茶陵再说。"他一面回答，一面进入营帐，看到间谍，故作吃惊状，好像后悔自己方才说溜了嘴。

然后，岳飞命手下假装疏忽，让曹成的间谍偷跑回去兴奋地表功。

曹成闻之大喜，准备第二天去解决缺粮的岳家军。没想到，岳飞找了些野菜让士兵充饥，当天夜里突袭曹成军营，熊熊大火瓦解了曹成的军队，最后，曹成投降。

除了李成、张用、曹成之外，孔彦舟、范汝为、刘忠等盗贼也被岳飞一一敉（mǐ）平。岳飞在两年内，消灭了大江南北和江西、湖南、广西、广东、福建五省的匪患，平定了数百万的盗贼，因此，宋高宗特于绍兴三年（1133年）召见岳飞，赐给衣甲、马铠（kǎi）、弓箭各一副，金线战袍、金带手刀、银缠枪、戟、马海皮鞍各一件，并且御笔亲题"精忠岳飞"四个大字，绣制成旗，赐给岳飞，命他出征时一定要撑起此旗，表示荣誉。

或许就因为"精忠岳飞"四个字，使许多人误会岳母在岳飞背上刺的四个字是"精忠报国"，其实，应该是"尽忠报国"。

牛皋的真实故事

话说李成被岳飞猛攻之下，夹着尾巴逃到刘豫旗下，刘豫这个伪齐皇帝，见到李成，大喜过望，刘豫的幕后老板金人也乐得很，准备借重这股生力军，大大干他一场。

宋高宗听说李成溜了，倒是十二万分的心焦，他无时无刻都希望李成归来，甚且曾经对岳飞说："朕留着节度使的职位，以待李成来归。"节度使是相当大的官职，由此可见高宗对李成的看重，以及南宋朝廷之无能，只想用高官厚爵笼络盗贼。

眼看着，李成是绝对不会吃回头草了，为了增加岳飞抵抗李成的力量，朝廷特于绍兴三年（1133 年）十二月将牛皋（gāo）拨为岳飞旗下，命为神武后军统制。

看到这儿，一定有读者觉得奇怪，不对啊，牛皋此人，大家太熟悉了，他不是岳飞的结拜兄弟吗？怎么到现在两人才相见？

其实，根据正史上的记载，岳飞与牛皋不是儿时玩伴。牛皋，字伯远，汝州鲁山人。金人入侵，牛皋率领群众与敌人相战，十分勇敢，宋朝给他保义郎的官位。后来他打盗贼杨进，三战三捷，在京西对抗金人，十余战皆捷，做到和州防御使、五军都统制。拨归岳家军之前，牛皋对岳飞仅是慕名而已。这段正史上的说法，也许会令读者们失望了。

在《说岳》一书，以及根据《说岳》改编的电影、电视、平剧、歌仔戏、布袋戏之中，牛皋被塑造成岳飞的少年朋友，牛皋父亲早逝，临终之前嘱以“若要儿子成名，需要去投靠周同师父”。

等到牛皋不远千里而来，周同老师父已经作古，于是改向岳飞习艺，与王贵、汤怀结为拜把兄弟。

牛皋在小说中是一个鲁莽有趣、野蛮，与《三国演义》中的张飞、《水浒传》中的李逵差不多性格的活宝人物。例如在《说岳》第八回之中，他老兄在土地庙前，奉命看守……

“牛皋正在打盹，猛听得呐喊声音，忽然惊醒。望外一看，见得门外射进火光，一片喊叫声，把眼睛揉一揉道：‘咦！有趣啊！果然大哥有见识，真个有强盗来的，总是你们要进京去抢状元，不知自家本领好歹，如今且不要管他，把强盗来试试锏看。’就把双锏提在手中，掇开破壁，爬上马冲了出去，大叫一声：‘好强盗，来试锏啊！’就飕（sōu）地一锏，将一个打得脑浆迸出，又一锏打来，直把一个打做两截……”

牛皋虽是一个有勇无谋，粗粗蠢蠢，只晓得蛮干的武夫，可是他坦坦荡荡，对岳飞忠心耿耿，那一份中国乡下人特有的憨直，又使得大家对他喜爱异常，忍不住拍手鼓掌。

例如第十二回中，岳飞在试场中遭张邦昌陷害，准备将岳飞斩首号令。

“牛皋可忍耐不住了，左右一声‘得令’二字尚未说完，底下牛皋早已听见，大喊道：‘呔！天下多少英雄来考，哪一个不想功名？今岳飞武艺高强，不能够做状元，反要将他斩首！我等实是不服，不如先杀了瘟试官，再去与皇帝老子算账吧！’便把双锏一摆，往那纛（dào）旗杆上当的一声，两条锏一望下不打紧，把个旗杆打折，轰隆一声响，倒了下来，犹如天崩地裂一般。”

再看《牛皋酒醉破金兵》之中，他喝酒喝得踉（liàng）踉跄（qiàng）跄，糊里糊涂，被风一吹，酒却涌了上来，把口张开，竟像靴统一样。这一吐，直喷在番将面上，那番将用手一抹。这牛皋吐了一阵酒，却有些醒了，睁开两眼，看见一个番将，立在面前抹脸，就举起锏来打了一下，把番将的天灵盖打破，跌倒在地，脑浆迸出……

这个就是人们心目中的牛皋，真实的牛皋到底如何呢？很可惜的，在《宋史·牛皋传》中只有一小段的描写。

话说比岳飞大六岁的牛皋归属岳飞后，岳飞很喜欢牛皋这名勇士，每次有重要战役，总是派他出征。

金人进攻淮西，伪齐派出五千兵马攻庐州。牛皋骑在马上，用气壮如虹的声音大声喊话：“奇怪，我牛皋在此，你们怎么敢前来进犯？”

说来也妙，五千兵马被牛皋一骂，竟然吓得不敢动弹，然后，套上马缰溜了。

牛皋看到自己这一吼，就能吓退伪齐军队，得意得要命，笑得肚子都痛了。

思虑周密的岳飞连忙提醒牛皋：“快追啊，不然我们一走，他们马上又来了。”

牛皋立刻放马追过去，一连追了三十余里，伪齐的兵马一半被打死，另一半则是因为害怕，互相践踏而死，庐州战役就结束了。

从这小小一段的描写，经过小说家的编撰，就成为人们熟悉的牛皋，虽不无夸大的嫌疑，至少性格是相吻合的。再说小说中的汤怀，正史中没有这个人物。至于王贵，小说中岳飞幼年时的玩伴，一个顽皮的小少爷，还是岳飞恩人之子，其实在正史中是个水寇，有一万多个喽啰，后来被宗泽招降，成为岳飞的部下，最后岳飞被秦桧陷害，还与王贵有关哩，我们以后慢慢再讲。

怒发冲冠凭栏处

岳飞任用猛将牛皋打前锋，收复了庐州。不久，邓州、唐州，整个襄阳地区全部都光复了。

然而，胆小又怕事的宋高宗事先曾经颁旨给岳飞，只准他作有限度的战争，不许乘胜进攻，也不能追贼于六郡之外。当然，更不可以北伐，免得金人不满，刘豫不悦。

由于岳飞讨伐李成有大功，宋高宗便把原先想用来收买李成的节度使一职给了岳飞，任命岳飞为清远军节度使，湖北路荆襄、潭州制置使。到了这时，岳飞遂与韩世忠、张俊、刘光世共同列名为四大军事元帅，而岳飞此刻仅有三十二岁，真可以说得上是标准的青年才俊。

岳飞一向是“富贵于我如浮云”，他身膺（yīng）重任，感怀世局，写下了脍炙人口的《满江红》：

> 怒发冲冠，凭栏处，潇潇雨歇。抬望眼，仰天长啸，壮怀激烈。三十功名尘与土，八千里路云和月。莫等闲，白了少年头，空悲切。靖康耻，犹未雪，臣子恨，何时灭。驾长车踏破，贺兰山缺。壮志饥餐胡虏肉，笑谈渴饮匈奴血。待从头，收拾旧山河，朝天阙。

读者们对靖康之难以后，南宋朝廷前前后后、来龙去脉有了进一步的了解，相信更能体会岳飞孤臣孽（niè）子之心。

曾经有蒙藏人士提出抗议，要求禁唱《满江红》，因为其中有吃胡人肉、饮胡人血的字样，实在伤感情。其实，打金人是宋朝的事，胡人二字也是历史上的名词了。如今中华民族早已融合五族成为一体了，当时的“胡虏”、“匈奴”今天成为中国人，也许你我身上都流有胡人的血液，怎能再吃胡人肉、饮胡人血呢？

但是，岳飞的《满江红》，一腔忠愤，字字血泪，如果禁唱《满江红》，让后人不能透彻了解岳飞，那是万万不可以的。换个角度来看，假如有什么人到现在还拿着《满江红》，对蒙古朋友开玩笑，那也未免太无聊太浅薄了。

庐州解围之后，岳飞在绍兴五年（1135 年）二月，由池州到临安，朝谒宋高宗，高宗除了封赏他的母亲、妻子，赐给银绢之外，并且授与镇宁军节度使、荆湖南北襄阳府路制置使，晋封为武昌郡开国侯。

正如同《满江红》一词中岳飞所说“三十功名尘与土”，功名利禄对他而言不过是尘土，八千里路以外的地方才是他心思所系。因此，岳飞三次上奏，请辞封赏。高宗不许，并且派他立刻去平定洞庭湖中杨么（yāo）。

杨么是何许人也？我们先解释一下杨么的名字。杨么本名杨太，他是湖南鼎州（常德）五斗米教主钟相最小的一个徒弟，因为排行老么，所以称之为杨么。

五斗米教，由来久矣，是东汉末年张道陵首创，后来他的孙儿张鲁即以此据有汉中，一直传到北宋末年，浙东方腊起事（方腊的故事本书前面已讲过）都是以五斗米教为旗帜。这个教传到湖南，在鼎州生根，钟相便以宗教为名，组织群众，用法术迷惑百姓，聚敛财货。

钟相居住的村落里，有一座山叫作天子岗，他在天子岗修筑壕垒（lěi），用防贼之名义，扩充势力，凡是入他的道门，称之为“入法”，又名“拜爷”，他的信徒都称钟相为“老爷”，完全是毕恭毕敬的。

建炎四年（1130年），钟相自称楚王，改元“天战”，立他自己太太伊氏为皇后，儿子昂为太子，对外行文也自称“圣旨”，可谓过足了皇帝的瘾。

后来，钟相被朝廷正法之后，他的徒弟们便拥护足智多谋的杨么为领袖，称大圣天王，奉钟相的小儿子钟子义为太子。

杨么颇具领袖才能，他接管后，比钟相的规模更大。由于湖广是鱼米之乡，又扼东南与关中、巴蜀要道，不但南宋相当紧张，伪齐刘豫也急着与他勾结，但是这些说（shuì）客来使，大半都被捆起来扔到洞庭湖里喂鱼虾。

因此，当岳飞在对阵之前，准备先派使者去招降，使者吓得面色如土，连连摇手道：“那不等于拿肉去喂老虎吗？你还是先把我杀掉算了。”

岳飞胸有成竹地说：“你放心吧，我派你去，你绝不会死。”

使者没有第二条路可以选择，只好硬着头皮，满心不情愿地去了，到了水寨门口，直着嗓子嚷道：“岳节度使派我来的。”说完了话，使者便呆若木鸡，等着听候发落。不料，竟然有杨么的部属，看了岳飞的信，关心地问使者：“岳节度使身体可好？”

由此可见，岳飞的英名早已响彻中国，这群洞庭湖的“水寇”，原也是善良的百姓，若非走投无路，也不愿意落草为寇，即或是当了土匪，对于能打金人的民族英雄依然敬佩。

使者走后，杨么部下之中便有一个叫黄佐的将领说：“我听说岳节度使号令如山，谁也不敢不听他的话，我们若是与他为敌，一定没有生路，还不如赶快投降，他一向待人宽厚，不会亏待我们的。”

于是，黄佐亲自走了一趟潭州，岳飞不但赦免他的罪，而且立刻报奏朝廷，授以武义大夫的官职，并且备了丰富的酒菜，与黄佐共酌，对他说："我需要你的帮忙，你再回洞庭湖中，作为内应。"

黄佐一口答应："我一定不负使命。"

黄佐当了岳家军的间谍，万一被杨么发现，也就只有葬身湖底了，但是，黄佐却很高兴有这个报效国家，为岳飞卖命的机会。

洞庭湖里捉杨么

话说岳飞奉命讨平杨么，杨么部将黄佐来降，岳飞命令黄佐先返回寨中，担任策反工作。

不久，杨么部众之中，陆陆续续有人来降。岳飞一律授予官职，设宴款待，然后，再把他们放回湖中。

此时，朝廷派遣张浚前来视察，张浚（jùn）为唐朝宰相张九龄之弟九皋之后代，四岁丧父，品性端正，自小目不斜视，从无戏言。后来中了进士、贤良两科，他与韩世忠一般，同为平定苗刘之乱的功臣，由于张浚为人正直，连苗刘派来的刺客都不忍心下手。

张浚一到，参政席益马上向张浚打小报告，他用神秘兮兮的语气说："我看，岳侯该不会是别有用意吧，否则何必如此纵容匪徒，来一个，放一个，我得向朝廷禀告才好。"

张浚立刻喝阻他："不可以，岳侯一向是忠义之士，他这么做，一定有其用意，你不许随随便便胡乱猜测。"幸亏张浚是个君子，不然，席益可要坏了岳飞的大事了。

到了六月里，朝廷召张浚回去，临走之前，岳飞求见张浚，自衣袖中抽出一张小小的地图。

岳飞对张浚说："八日可下杨么。"

张浚有些不悦，他认为岳飞是信口开河，吹得离谱，正色道："王璎打了两年，都没有能够攻下，你却不到十天就成功了，天下岂有这么简单的事情？"

岳飞即刻解释："杨么是洞庭湖里的水寇，熟悉地形，变幻莫测，宋军又不擅长水战，王瓖自然攻打不下。我则准备用水寇打水寇，离间杨么，让他们窝里反，如此，八日便足够了。"

尽管岳飞胸有成竹，张浚仍然不敢相信。最后，奏报高宗："如果到了六月上旬，贼寇仍未攻下，召岳飞驻守潭州，规划上游的军事。"

被岳飞放回去的黄佐，果然不辱使命，说动了杨么手下第一名大将杨钦前来投降。在此之前，岳飞早已封锁洞庭湖内外要道，断绝了水寨中的粮食出入。水寨中的人当强盗，原也是迫不得已的，今天能够归顺在岳将军的旗下，为国家民族出一份力量，也是挺光荣的事。因此，杨钦欢天喜地，带着三千部下，驾驶着四百多艘船，浩浩荡荡开来。

到了岸上，杨钦表示诚意，把自己反绑起来，扑通一声跪在岳飞跟前。

岳飞赶紧为杨钦松绑，拿出皇帝所赐的金束带战袍为杨钦佩带，奉若上宾，并且即刻上奏，封他为武义大夫。

岳飞找了王贵等人作陪，摆上丰富的酒菜，杨钦的弟兄们也被招待得无微不至，酒醉饭饱，打了一场痛痛快快的牙祭。

岳飞给足了杨钦的面子，让他在部下面前也脸上贴金，杨钦太高兴了，简直有点儿舌头打结，期期艾艾，不晓得应该如何表达心中千万谢意，杨钦的手下也都交头接耳道："早该来的。"

正在大伙儿欢天喜地，认识新伙伴之时，岳飞突然下令，要杨钦带领原班人马，立即返回洞庭湖中，让大家错愕（è）万分。

诸将都劝岳飞不要轻举妄动。上一回，放走黄佐，已经够奇怪的，现在又要把杨钦放回去，更是冒险。何况黄佐、杨钦都到过岳家军的阵营，岂不是放虎归山？岳飞不予理会。

过了几天，已经放回去的杨钦又回来了，而且带着全琮、刘铣（xiǎn）一块儿前来投降。岳飞暗忖，果然没有看错人，表面上却假装生气，斥责杨钦："又没有全部投降，你带这两个来有什么用？"派人把杨钦用棍打了一顿，又放回去。

这会儿，岳飞一切布置妥当，当天夜里，全速进攻。

杨么之所以能够有本事在洞庭湖里当水怪，出没异常，是因为他设计了一种颇为奇妙的武器——带着轮子打水的巨船，速度惊人，而且前前后后都设有撞竿，小小的官船一冲上来，马上被戳个大窟窿，完全不是对手。

岳飞水战杨么，选自《马骀画宝》。

岳飞深深了解这种小船碰大船的危险，决定不采取以卵击石的蠢方法，他先砍伐上好的木料，制成巨筏，阻住湖中各个港道。

然后，岳飞找来许多腐烂的草木垃圾自上流漂下，接着，挑选了一两千名嗓门大、火气爆的士兵，站在水浅之处，破口大骂。

杨么的水兵被这么一激，脾气也发了，驾着船追杀上来，骂阵的岳家军边骂边退，退到某处，上流漂下的草木，恰好被杨军一路投掷要打宋军的石头压住，船轮之中，塞满了一大堆乱七八糟的东西，船也就只好搁浅了。

岳家军此刻一冲而出，巍峨神气的杨么巨舟只有挨打的份儿了，再加上黄佐、杨钦等人的内应，大家同心合力抬起大树干撞击巨舟，杨么大败，他本人跳入水中，被牛皋自水中捞了起来，斩了首级送到军府中。

岳飞是菩萨心肠，他不忍心格杀“水寇”，便把杨么部下之中少壮的编为官军，其余两万多人，遣散归家。

张浚听到消息，简直不敢相信自己的耳朵，岳飞竟然实现在八天之中平服杨么的计划，不禁大叹：“岳侯不愧为神机妙算！”南宋除了张浚（jùn）之外，还有一个大将张俊挺有名气，张浚、张俊不是同一人，张浚为正人君子，张俊的故事，我们以后再说。

苦人儿的故事

上一篇讲到《洞庭湖里捉杨么》，杨么部将黄佐来归，作为内应。有读者以为写错了，应该是王佐。而且王佐也是岳飞故事中有名的人物，平剧中有《八大槌》、《朱仙镇》、《王佐断臂》，都是王佐的故事。

事实上，正史之中并没有王佐这个人物，黄佐既为平定洞庭湖中水寇有功大将，小说家便以此为本，加油添酱写了一段“苦人儿”的故事。虽然正史之中没有这段记载，《王佐断臂》本身却是极为动人的戏剧，不妨介绍给读者们。

在小说之中，王佐的故事是这样的：

平定杨么之后的王佐，一直追随岳飞，却没有立功的机会，总觉得心中不安。某日，他心生一计。

原来，当时金兀术（wù zhú）正派其子陆文龙率军攻打南京，岳家军和陆文龙交战，却是屡战屡败，岳飞苦无对策，烦恼不已。王佐察知陆文龙并非金兀术的亲生儿子，乃是宋朝潞安州节度使陆登的儿子，当金兵攻入潞安州时，陆登全家殉国，只有奶妈带了尚在襁褓中的陆登的幼子逃走。不料半路奶妈被金兵捉住，兀术看到小婴儿，十分喜欢，也不知他是陆登的遗孤，便收为养子。此时，陆登的遗孤已经长大，而且武艺惊人，这就是陆文龙。

陆文龙替金人打宋朝，当然是因为不知道自己的身世。王佐便想到如果让陆文龙知道他自己的身世，就不会再效忠金朝了。但是必须要有人去告诉陆文龙，那一幕陆登殉国的悲惨故事，这说故事的人弄不好会被金兀术杀掉，所以没人敢把真相告诉陆文龙。王佐想到自己深受岳飞的提拔，又受宋朝的厚禄，实在应该报答岳大哥，也同时为国家尽一分力量，于是决定设计冒险混入金营，以便接近陆文龙，告诉陆文龙事情的真相。

在一个宵深露冷的夜晚，他悄悄去请见岳飞。岳飞灯下抬起头来，冷不防见到王佐面黄如土，血流满身，岳飞大为吃惊，却见王佐自军袍之中掏出半截血淋淋的胳膊。

王佐疼得全身颤抖，结结巴巴地说："今日大哥为着被金兵打败而发急，我要效法'要离断臂刺庆忌'之事，为国尽心。"

岳飞起先不肯，禁不住王佐再三哀求，而且他臂膀已断，假如不去冒一次险，岂不是白白残废一只手？岳飞只得噙着眼泪，同意王佐到金营去做间谍。

王佐连夜赶到金营，求见金兀术，金兀术见到满身血渍的王佐，便问："你是什么人，为什么要见我？"

王佐哭哭啼啼道："我本是洞庭湖中杨么的部下，后来，被岳飞打败，只好投降。前二日，狼主（指金兀术，是戏里的称呼）派出的陆文龙，英勇无双，岳家军之中没人比得上，我劝岳飞说今日中原残破，二帝蒙尘，天意如此，不如早日降金。岂料岳飞一发火，反而砍断了我的右臂，派臣来通知狼主，他即日要擒拿狼主，臣若不来，连左臂也保不住了。"

王佐一边哭，一边掏出那半截着实吓人的右臂来。

金兀术十分感动，对王佐说："你为了我们金邦，遭此大祸，我就养你一辈子吧，现在我封你一个'苦人儿'的官号，你可以在军中自由走动。"金营中，上上下下都很同情苦人儿的遭遇。

有一天，王佐遇到一位老妇人，老妇人是中原人，两人既是同乡，便攀谈起来，原来老妇人是陆文龙的奶妈，她回忆当年陆登殉国的经过，不禁掩面哭泣。

王佐知道老妇人仍然忠于故主，便把自己真实身份告诉了老奶妈，决计相机行事。

过了几天，王佐随着陆文龙回营，陆文龙挽留王佐一块吃羊肉，顺便问起："中原有没有什么故事，说来听听。"

王佐便一连讲了两个故事，一个是越鸟归南，一个是骅骝（huá liú）向北。

越鸟归南的故事是说春秋时代吴越交战，越王把西施送给吴王夫差，西施带去一只鹦鹉，诗词歌赋，样样皆能，可是到了吴国之后，鹦鹉不再唱歌，一直到西施重返越国，它才引吭（háng）高歌。

陆文龙问道："为什么？"

"因为鹦鹉虽为鸟禽，却念本国家乡，有些人还比不上鸟。"王佐话中有话，陆文龙却听不出来。

接着，王佐又说了一则故事：真宗皇帝在位时，自番邦得到一匹名马，名为日月骕骦（sù shuāng）马，可是马儿到了汴京，什么草料都不肯吃，只知向北嘶鸣，最后活活饿死了。

陆文龙点头夸奖："这匹马真够义气。"他还想再听一个故事，王佐却不再讲下去了。

过了几天，王佐又来说故事，还带来一幅插图，陆文龙十分兴奋。只见图中画着一位将军自刎而死，另一妇人抱着小孩痛哭，又有许多番兵罗列在旁。

王佐开始说了："此地是中原潞安州节度使大营，自刎而死者为大宋节度使陆登，这个小娃娃叫陆文龙。"

"喔？他也叫文龙？跟我一样？"

王佐不理会他的打岔，继续说下去："陆文龙父亲殉国，母亲尽节，金兀术见文龙十分可爱，命奶妈抱入金营，收为养子。他不为父亲报仇，反呼仇人为父，令人痛心。”

陆文龙拔出剑来怒斥王佐：“苦人儿，你明明在说我！”

王佐道：“不是你，反倒是我不成？我断了手臂，皆是为你，你若不信，何不问奶妈？”

话未毕，奶妈一面走出，一面用袖子抹眼泪，哽咽地说：“老爷夫人死得好苦。”

陆文龙如遭雷击，双膝一屈向王佐下拜：“此恩此德，永远不忘。”说着，他抽出宝剑，咬牙发誓：“待我杀了仇人，与恩人共奔宋朝！”王佐急忙拦阻：“小不忍则乱大谋，小将军不可造次。”最后，陆文龙取得金兵军事要件，投向宋营去了。

以上是《王佐断臂》的故事，许多人以为是真实的历史，其实，史书中没有这一段，也没有陆文龙其人其事。不过透过小说和平剧中的传播，王佐便成为中国人心目中的忠义之士了。

吴玠吴璘守西蜀

西蜀之地，久为金人所垂涎，宋朝能够一直保有此块富饶之地，这是吴玠（jiè）吴璘（lín）两兄弟的功劳。

吴玠是德顺军陇干人，他少年时候即沉毅有志节，知兵善骑射，未满二十岁时，就以良家子弟隶属泾原军，曾经打过西夏，参加追击河北群盗的战役。

由于吴玠能征善战，被张浚看上，任命为统制，他的弟弟吴璘掌帐前亲兵。

建炎四年（1130 年）春天，吴玠升为泾原路马步军副总管，金朝元帅撒离喝长驱入关，被吴玠打得大败。金人打宋人，除了遇上少数的岳飞、韩世忠之外，一向是势如破竹，不料吴玠如此厉害，撒离喝竟然因此害怕得嚎啕大哭，金兵上上下下都觉得太没有面子了，男子汉大丈夫哭什么，因此戏谑他为“啼哭郎君”。

绍兴元年（1131 年），吴玠奉川陕宣抚处置使张浚之命，据守大散关东边的和尚原（陕西省宝鸡县西南）。当时和尚原已与后方断绝联系，人心惶惶，部将之中有人想劫持吴玠吴璘投降金兀术邀功。

吴玠知道了这件事，他召集全军伙伴恳谈，歃（shà）血为盟，勉人忠义，将士们都感动得热泪盈眶，化解了一场危机。住在凤翔一带的居民感激他固守西蜀的决心，互相约定，半夜里偷偷输送粟米粮草。百姓的原意是劳军，吴玠却坚持不能白拿农民辛苦的收获，硬是塞给银帛。如此一来，自然送粮草的居民更加络绎不绝了。

金兵很生气，派人躲在渭水旁边，看谁敢运粮就斩谁的脑袋，而且实施连坐法。但是凤翔居民仍然冒着生命危险，不断地输送粮食，使得吴玠兄弟没有断粮之虞（yú）。

金朝大将没立、乌鲁折左右夹击，非把和尚原拿下不可，由于山谷路狭又多石，马不能行，金人只好下马步战，结果碰上大风雨雹，落荒而逃。

金兀术十分生气，决定率领十万大军亲征，而且大张旗鼓地在渭河上面架起浮桥，更自宝鸡到凤翔，扎起了“连珠营”，垒石为城，轮番进攻和尚原。

吴玠兄弟却不慌不忙，他们挑选强劲的弓弩手，组成“驻队矢”，对准“连珠营”连发不绝，繁如雨泣，绵绵密密的箭矢使金兵招架不住，连金兀术也被神箭手射中两箭，落荒而逃。

当然，金人是不会死心的。“啼哭郎君”撒离喝绕道仙人关猛攻。驻守仙人关的刘子羽，也是个不肯服输的硬骨头，他手下仅剩三百人，粮食早已吃光了，以草芽、木甲充饥。撒离喝连派十位使者前来招降。前面九个都被刘子羽杀了，第十个被放回去，带着口信给撒离喝：“刘子羽是断头将军，不是投降将军。”

吴玠接到刘子羽的求援驿书，立刻以日夜三百里的惊人速度赶来，他先差人送了数百黄柑犒赏金师，并且说：“大军远来，聊奉止渴。”

撒离喝看到金澄澄、甜蜜蜜的黄柑吓呆了，他不停地用杖击地道：“怪哉，吴侯怎么来得这么快？”

这一回，“啼哭郎君”虽然未曾再度哭泣，却也死伤十之五六，又加上瘟疫流行，撤军而去。

吴玠的弟弟吴璘，为了表示抵抗金人的决心，曾经在和尚原的险阻之地，建筑营垒，命名为“杀金平”。绍兴四年（1134 年），金兀术等又率十万大军前来，架起云梯进攻垒壁，虽然云梯多半被守军用撞竿打碎，坚耐的金兵仍然前仆后继，吴军军营中有些将领害怕了，想要调往他地防守。吴璘拔出刀剑，在地上划了一道深深沟痕："我们死就死在这块地方，谁敢言退，就在此地问斩。"

金兵换上新的生力军，披上重铠，用铁钩挂住城墙，鱼贯攀登要隘垣墙，吴玠又以"驻队矢"连连发箭，金兵死者层积。接着，金兵用火攻楼，将官姚仲急中生智，用酒缶（fǒu）扑灭之。金将本来是下决心要取得四川，但仙人关侧的"杀金平"，真正成为杀金平，从此不敢再染指四川。

吴玠与金人对垒达十年之久，他对待下属，严而有恩，虽然身为大将，小兵有任何意见却照样可以上达，深深了解上下沟通的重要。

吴玠平素喜欢读历史，凡是在书上看到可以作为借鉴者，他就书写在墙上，久而久之，四周全是写满的格言。

基于英雄惺惺相惜，以及同仇敌忾的爱国情操，吴玠与岳飞虽然没有共事，却彼此仰慕。

岳飞在湖北作战之时，吴玠听说岳飞孤身在军中，妻子没有跟在身边，没有娶妾。吴玠便好心好意挑选了一位标致的美女，刻意打扮一番，又备了丰富的陪嫁，让她去伺候岳老爷。

使者到了汉阳，把信呈给岳飞，岳飞很不高兴，立刻回了信，赏赐了使者，叫使者把美女带回去。

有人劝岳飞："你何不领了吴将军的美意，多一个人照料也好。"

岳飞根本不喜欢这个调调儿，他推辞道："吴少帅好意我心领了，但是国耻未雪，现在不是享乐的时刻。"

吴玠发现美女送回，对岳飞更加钦佩了，这也是历史上一段佳话。

傀儡皇帝下台

话说建炎三年（1129 年）、四年（1130 年），当金兵大举南下之时，宋朝几乎全无抵抗能力。当时宋朝没有灭亡，倒还多亏老天保佑。其后，金兀术北还，中原局面几度变化。到了绍兴七八年间，宋金之间，忽然展开热络的和谈。

促成和谈的背景有三：一是宋高宗始终畏惧金人，希望求和。二是金太宗死后，北方情势复杂，刘豫被废。三是秦桧与王伦主和。

我们先来谈一谈刘豫被废的故事。

刘豫能够如愿以偿，继张邦昌之后，被金人立为齐帝，主要是因为他擅长于巴结，买通了粘罕左右。

刘豫当上齐帝以后，对高庆裔、粘罕、挞懒仍然每岁皆有厚赂，可是对金朝其他将领，却是相当蔑视；惹得诸将及贵臣都大为不悦，纷纷加以排斥。

金朝当初立刘豫的原意，是希望以华制华，用华人来对抗华人，但是刘豫瓦解南宋的工作成绩低劣，又无才无德，在汉人心目之中，始终没有分量。

更糟糕的是，刘豫竟然老吃败仗。绍兴六年（1136 年），宋朝在中原经过一番部署之后，正式进讨刘豫，兵分四路，张浚屯兵盱眙、韩世忠屯兵楚州、岳飞屯兵襄阳、刘光世屯兵庐州，称之为“四大屯”。

刘豫十分紧张，赶快求救于金熙宗，熙宗召开御前会议，其中之一蒲庐虎（汉名宗磐）说："当年先帝之所以册立刘豫，是为着利用刘豫，牵制宋师，我可坐收其利，今刘豫进不能攻，退不能守，反而兵连祸结，成为我等一大负担，要刘豫有何用？"

站在金人的立场，这话说得也是。所以金朝决定不发兵，只派金兀术到黎阳，冷眼旁观，看刘豫准备如何应付。刘豫莫可奈何，只好硬着头皮发兵三十万。

金兀术是一向讨厌刘豫的，尤其刘豫是粘罕支持的人，心中更为不悦，聪明的岳飞决心乘机进一步挑拨刘豫与金兀术之间的感情。

某一天，金兀术派出的间谍到了岳飞的防区，被眼尖的士兵逮住，抓到岳飞的营帐外，兵士大声喊道："末将在土山上，拿到一个奸细，等候元帅发落。"

"绑进来。"

左右一声"得令"，就将那人推入帐中跪下。

岳飞瞄了一眼，立刻知道这是金邦奸细，于是佯装醉意，惊呼："快松绑。"又讶异道："张斌，你是怎么一回事，我不是派你到齐国去，约齐诱杀四太子（指金兀术），你去了就没有回来。我再派人去打听，才知道刘豫已经答应我，今年冬天在清河把四太子杀掉，可是，你为何不带信来，莫非你已背叛我？"

奸细被岳飞搞糊涂了，他暗暗盘算，既然岳老爷把他误为张斌，那就将错就错，当做张斌吧，至少比见阎王爷要好得多。

于是，奸细配合岳飞开始演戏，不断叩头忏悔，请岳老爷再给他一次机会。

岳飞见其上钩，正色地对奸细道："你的罪本该立斩，我现在饶你一命，派你到齐国去，问刘豫起兵杀四太子的确切日期，你万万不能再误事。"并且对左右吩咐："把他腿肚子割开，将蜡丸用油纸包好，放在他腿肚子里面，再把脚裹好。"

"小心快去，我等你的回信！"

岳飞下令后，金朝奸细诺诺而出，忍着疼痛，逃回金兀术大营。金兀术见其晚归，颇为不满地训斥：“孤家差你去打听消息，到底怎么样了？”

奸细赶快陪着笑脸，一五一十禀报。金兀术派人把他的腿割开，取了蜡丸，冲洗干净，用小刀割开，里面果然有一封书信，是岳飞与刘豫合谋诛除四太子之事。

金兀术未尝没有想到这是岳飞的反间计，但是，刘豫绝不是好东西，他过去背叛过宋，如今当然可以再背叛金，何况他与刘豫有过不愉快，刘豫想除去金兀术也不是绝无可能。于是，金兀术立刻飞书回金，要求废除刘豫。

恰好，刘豫三路兵马都被宋师击败，金人闻讯大为懊恼，决意正正式式废除刘豫。

刘豫吃了败仗，又赶紧向金人求援，金主一方面虚与委蛇，一方面用迅雷不及掩耳的方式，一下子接收刘豫所有伪军，挞懒与金兀术率兵直入汴京，活捉刘豫，召集百官，宣读金人诏书，废为蜀王。

刘豫未料有此一变，呆了半晌，又哭倒在挞懒跟前，苦苦哀求。

挞懒嗤之以鼻道：“想以前赵氏少帝出京，百姓沿街哭号，响彻云霄，你要离开京师了，怎么没有一个老百姓为你掉眼泪，你该好好责备自己！”

刘豫岂不知汴京百姓恨他入骨？为之语塞，与其家人同被金朝送到临潢，过着阶下囚的生活。

十月里，岳飞与韩世忠闻说刘豫被废，先后上书，请求朝廷乘机北伐，收复中原。宋高宗不肯说是，也不肯说不是，干脆把公文压着不理，岳飞与韩世忠心中的忧伤、愤怒与无奈，也就可想而知了。

王伦出使金朝

秦桧本为宋钦宗时的御史中丞，而且是忠诚骨鲠之士，在靖康之难时随二帝被俘而北，金太宗把秦桧拨给挞懒使用，秦桧为人狡猾，被金朝选为瓦解宋朝内部的最佳人选。

于是，秦桧很顺利、很戏剧化地携同妻子、奴婢，浩浩荡荡自金朝“逃回”宋朝，宣扬“南人归南，北人归北”，承认金人占领的中国土地为金国合法领土的主张。向来苟安的宋高宗，发现秦桧正是他与金国交往的一座桥梁，兴奋得不能成眠，任命秦桧为宰相，后来，秦桧过于嚣张，被群臣给嘘下台，时为绍兴二年（1132 年）。

到了绍兴八年（1138 年），秦桧又再度出山，被任命为宰相，这是因为刘豫被废，宋朝使者王伦自金国归来，透露金人有议和之意，秦桧才又重登相位，再掌大权。

王伦字正道，幼年时，家中贫穷，没有好好受教育，成为往来京、洛之间的“游侠”，做了一些不法的勾当，由于刁钻油滑，所以能数次逃过法律的制裁。

靖康元年（1126 年），汴京失陷，宋钦宗到了宣德门，看到乱糟糟的一片，六神无主，不知怎么办才好。王伦穿过黑压压的群众，挤到钦宗身旁，悄悄地说：“臣能为陛下弹压之。”

宋钦宗看了王伦一眼，不认识这个人，但是只要能解围，什么人都好，顺手把随身佩带的夏国宝剑赐给了王伦。谁知王伦竟然涎着厚颜道：“臣未有官，岂能弹压？”

噢，敢情还要乘机讨个一官半职，宋钦宗叹了一口气，拿了一张纸，御笔亲批：“王伦可除兵部侍郎。”除是任官之意。

王伦拿到了这张纸，欢天喜地地走了，他步下宣德门，惩罚了几个闹事的京师恶少。由于王伦这个兵部侍郎是乘人之危得来的，而且乘的皇帝之危，宰相何㮚（lì）大大的不以为然，批评王伦是“小人无功”，而且斥责为“不用”。

王伦既然被宰相斥为不用，好的差事当然轮不到王伦头上。一直到了建炎元年（1127 年），宋高宗想派一个通问使到金朝去，打听徽钦二帝的消息，没有人敢去，也没有人愿意去，王伦心想，这倒是一个出头的机会。于是，自告奋勇到金朝走一遭。

王伦到了云中，被粘没喝扣留下来，到了绍兴二年（1132 年），才被释放。由于王伦能言善道，把北方情形交代得十分清楚，颇得到宋高宗的嘉慰。

到了绍兴八年（1138 年），刘豫已被废，河南、陕西一时之间没有人管，高宗再派王伦出使金朝，为奉迎梓宫使。原来，道君皇帝（徽宗）与宁德皇后（即徽宗皇后郑氏）已驾崩于五国城，所谓梓（zǐ）宫，指的是天子的棺木，因为是梓木制成，所以称之为梓宫。

临行之前，高宗教王伦对挞懒说：“今河南之地，金人既然不要，何不如还给宋朝？”

王伦到了金朝，金熙宗命群臣商议，其中代表主和派的讹鲁观说：“我们把地还给了宋朝，宋朝必以德报我。”

主战派的挞懒马上顶回去：“我们把宋朝的父兄都给俘虏来了，结怨早非一日，如果把土地还给宋朝，是帮助敌人，哪有什么德不德？”

两派僵持不下，最后主和派暂居上风。当王伦归来，报告宋高宗，金人愿意归还河南、陕西之地，以及送还韦太后与徽宗梓宫时，高宗大喜过望，曰：“若金人能从朕所求，其余非所较也。”王伦所提的韦太后即宋高宗亲生母亲韦贤妃，随徽钦二帝被俘而去，高宗遥尊她为皇太后。

既然宋金和议再起，于是一向力主和议的秦桧，再度被获重用。于绍兴七年（1137年）任枢密使，八年（1138年）再为宰相，吏部侍郎晏敦复听到消息，长长吁了一口气道："糟了，奸人当了宰相。"

秦桧拜相后第一件事，就是再度派遣王伦到金朝，决定了和议，金人派遣大臣张通告、萧哲为江南诏谕使，于十月间与王伦同来宋朝。这两名金朝使节派头好大，凡是他们行经的州郡，当地长官都要以臣礼相迎。

此时，刘豫被废，宋兵告捷，中原收复在望，岳飞、韩世忠声势如日中天，忽然要和金人屈膝言和，还要忍受金人种种侮辱，朝廷之上舆论哗然。

秦桧命令吏部侍郎魏矼（gāng）担任接待金人的馆伴使，魏矼不肯，推辞道："我以前担任御史时，曾经一再反对和议，不适合担任此职。"

"你到底为何不主和议？"秦桧问道。

魏矼条条列举不能相信金人的理由，并直言："皇上何必自取其辱？"

秦桧的老脸有些挂不住，但是仍然不动声色，用平稳的语气说道："魏公把敌人猜想得太狡猾，我则一贯以诚待人。"言下之意，似乎魏矼以小人之心度君子之腹，秦桧他自己才是一个诚信的君子。

魏矼微微冷笑道："公以诚料敌，敌未必以诚待公也。"说什么也不愿意屈就馆伴使。魏矼是唐朝名相魏知古的后人，学问道德均为一时之选，假如他肯答应，则不但给足了金人的面子，而且连魏矼也赞同和议，正可以堵塞天下悠悠之口，偏偏魏矼是个有骨气的人，拼了一顶乌纱帽不要，也不愿意屈就，秦桧拿他没办法，只好改派吴表臣为馆伴使。

胡铨上书轰动天下

由于金人废了刘豫，宋廷使者王伦从金国归来，透露金人有还地议和之意，秦桧遂得以再度出山，做了宰相，掌握政权。

当时反对和议的人很多，备受朝野尊敬的魏矼便一再提醒秦桧："敌国狡猾，不可轻信。"宋高宗颇感为难，身为堂堂一国之君，总不能自己承认怯弱，想来想去，只有拿出中国古人最喜欢用的挡箭牌——母亲大人。

于是，高宗屡次对秦桧说："先帝梓宫果然有归还的一天，朕再等个两三年也无妨。但是太后春秋已高，朕早晚思念，恨不得早一天能够相见，所以不惜委屈自己，希望尽早达成和议。"说着说着，眼泪都要掉下来了。

秦桧赶忙顺着高宗的话谄媚道："皇上委屈自己，以求达成和议，此人主之孝也，可是见到主上受到卑屈的待遇，我不免愤愤不平，也是人臣之忠也。"

秦桧摸透高宗一心巴望早点达成和议，却又拉不下脸，不晓得如何对忠心大臣开口的矛盾心理，故意想出一套法子，加强高宗主和的决心。

有一日，他单独求见高宗，向高宗说道："臣僚畏首畏尾，多持两端，这种模棱两可的态度，不足以裁断大事。如果陛下决心议和，乞求全权委托臣，不要让群臣干预此事。"

"好，朕单独委托卿办理此事。"高宗满口应诺。

秦桧倒反而说："臣惟恐有所不便，请陛下考虑三天再说。"

过了三天，高宗召见秦桧，对他说："我已经考虑过了，朕委托卿全权办理。"

谁知秦桧还是那句老话："臣恐怕有所不便，希望陛下再思考三天，容臣别奏。"仍然要求高宗长考。

高宗莫可奈何，苦笑道："好吧，我再考虑三天。"在这三天，高宗思前想后，最后，仍然一横心，还是和议可图一时之苟安。

三天之后，秦桧又来讨回话，见高宗依旧维持原意，于是拿出有关和议的文件，君臣二人有了默契，让秦桧独揽大权，达成和议。

这一回，金朝派使节前来，名义上不称与宋议和，只称之为"江南诏谕"，压根儿就没有把宋朝视为平等往来的对手国，对于南宋朝廷统辖的地域，则称之为"江南地区"。且"诏谕"之意，诏本为皇帝的命令，诏谕纯粹是上国对待属邦的态度，而南宋朝廷也自甘卑贱，传令各府州县，在金使过境之时，要以臣子之礼，恭迎上国大使。

宋朝百姓是极有民族气节的，现在被迫对敌人屈膝，心中充满了悲愤，所以杭州大街小巷都贴满了"秦相公是奸细"的白纸帖子，朝廷上下更交相指责和议之非。

尤其是胡铨（quán）上了一个奏章，措辞尤为激烈，骂得相当痛快。他在奏章中说："臣谨按，王伦本是一个狎邪小人，市井无赖，都因为宰相没有见识，才派他使虏，此人专务诈诞，欺罔天听，天下之人切齿唾骂，今日无故诱致虏使，以诏谕江南为名，是存心要把宋朝当做刘豫一般看待也。

"夫三尺之童，就算再怎么无知，假如有人指着猪狗要他对着朝拜，他一定怫然大怒。今天金朝正有如猪狗，我们堂堂大国，竟然相率而拜猪狗，连童稚都以为羞辱之事，而陛下竟然忍得下这口气？

"王伦说，我一屈膝，则梓宫可还，太后可复，渊圣（指宋钦宗）可归，中原可得。呜呼，自从发生变故以来，哪一个不是用这套话欺骗陛下，然而从未有应验者，可是陛下还是不觉悟，耗竭民脂民膏毫不怜恤，忘却国家大仇而不报，含垢忍耻，就算和议达成，天下后世将把陛下看成怎么样的一个君主？况且金朝诡计多端，加上王伦狼狈为奸，所以梓宫绝不可还，太后绝不可复，渊圣绝不可归，中原绝不可得！而此膝盖一屈，不可复伸，现在内而百官、外而军民，都想吃王伦的肉，谤议汹汹，陛下却听不见……”

接着，胡铨又指名攻击秦桧：“陛下有尧舜之资质，秦桧不能辅佐陛下如唐虞，反而引导陛下为石晋（石晋指的是晋朝石敬瑭，是儿皇帝），臣以为王伦、秦桧、孙近三人都应该斩首，假如把此三人的头颅挂在街上，则三军之士，不战而勇气百倍，否则，臣只有跳东海而死，不能在小朝廷中苟活。”

胡铨这篇奏疏气壮山河，奏呈之日，赢得朝野一致喝彩，都说，终于有人站出来讲良心话了。宜兴进士吴师古特别把胡铨的这篇奏章刻在木头上以传诵之。最后连金人都听说宋朝出了一篇轰动天下的妙文，特赏千金以求其书，金人得到此篇奏疏后，大惊失色，连呼：“糟了，南朝有人，足以破秦桧之谋也。”

当然，老奸巨猾的秦桧，绝对不能允许胡铨这种骨鲠之臣存在，他批了“狂妄凶悖（bèi），鼓众劫持”八个大字的罪名，把胡铨赶出朝廷，前往广州盐仓，吴师古也流放盐州。胡铨临行时，同郡王廷珪以诗赠行，结果王廷珪也因而流放辰州。

胡铨虽然丢了官，他这篇奏疏却流传千古，成为历史上极为著名的一篇文章，也代表中国传统知识分子的历史责任感。读圣贤书，所学何事？应该就是胡铨这种浩然正气。

宋高宗秦桧合力谋和

绍兴八年（1138 年）七月，秦桧再度派遣王伦赴金，决定和议。朝廷之上议论哗然。胡铨上书力谏，激昂慷慨，朝野一片赞好，甚且金人也以千金募其书。秦桧为之大怒，将胡铨逐出朝廷，贬往广州盐仓。

胡铨虽然被摘去官职，却以直声震动天下，因此陈刚中特地前来道贺。秦桧闻讯，立刻把陈刚中扭送吏部，流放赣（gàn）州安远县。赣州本来就是蛊毒瘴疠的险恶地带，赣州十二邑之中，又以安远县地恶瘴深，完全不适人居，因此有一句谚语："龙南、安远，一去不转。"意思是说，什么人到龙南、安远，就不要活着回来了。

果然不出秦桧所料，陈刚中到了安远不久，由于受不住当地恶劣环境的侵袭生病了。秦桧大为快慰，心想，有着胡铨、陈刚中的例子为榜样，看谁还敢多嘴多舌，阻挠和议。

没有想到，宋朝朝廷之中不怕死的臣子还真不少，校书郎许忻（xīn）、枢密院编修官赵雍同日上书，赞同胡铨，力排和议，礼部侍郎曾开更教训秦桧："儒者所争在义，苟非为义，虽高爵厚禄不顾也，我想知道你为什么要事奉敌人。"秦桧勃然大怒："只有侍郎知道道理，我秦桧岂会不晓？这是国家安危的千钧一发，你懂吗？"说着差人把曾开赶出去。

过了几天，吏部尚书张焘，吏部侍郎晏敦复、魏矼（gāng），户部侍郎梁汝嘉，给事中楼炤（zhào），中书舍人苏符，工部侍郎萧振，起居舍人薛徽言等同班入奏，反对和议。

秦桧真是很伤脑筋，他决定邀集若干素来被认为是忠臣者助阵。于是悄悄约了户部侍郎李迩（ěr）逊到家中密商，秦桧满脸笑容对李迩逊说："政府目前正需要人才，你若主张和议，当以两地相送。"

李迩逊敬谢不敏道："迩逊受国恩深厚，何敢见利忘义？今日之事，国人皆不以为然，独有一去以报相公。"

秦桧被浇了一盆冷水，寒着脸，一语不发。

第二天，李迩逊竟然又奏上一本，且言："乞求陛下另外选择忠信之人，协济国事。"等于对准秦桧放上一箭，秦桧气得发抖。

奉礼郎冯时行更在召对时，单刀直入问宋高宗："莫非陛下要效法汉高祖分羹事？"

汉高祖分羹事是历史上有名的掌故：在汉高祖刘邦与项羽共争天下之时，有一回，项羽把刘邦的父亲关了起来，逼迫刘邦就范，并且威胁刘邦，假如不听话，就要把他父亲烹了做肉羹。

刘邦竟然不以为然，嘻皮笑脸道："我们俩既然结拜为兄弟，你杀了我父亲，也就等于杀了你父亲，如果你真要拿他煮肉羹，煮好了别忘分我一杯羹。"

项羽知道刘邦为人苛刻无情，即使杀了他父亲也不会伤心难过，也许真喝了肉羹也说不定，最后就放了老人家一条命。

冯时行拿高祖分羹之事为比喻，意思是在责骂高宗，金朝把徽宗、钦宗、太后全都俘虏而去，做皇帝的不设法营救，反而屈膝谈和，莫非也想分太后的一杯羹？

冯时行这个比方又狠又准，实在难听，宋高宗接不上话，负气站起，皱着眉头恨恨地说："朕不忍心再听下去了。"

正在宋高宗及秦桧一筹莫展之际，有个热中做官的小人勾龙如渊献上一计："相公为天下大计而操心，而邪说横起，何不选择适合的人为台谏，把胡乱开炮的大臣赶出朝廷，则相公之事遂容易了。"

此话点醒了秦桧，他立刻照办，同时为奖励勾龙如渊，拔擢他为中司，于是反对和议的大臣一个一个充军的充军，革职的革职，连赵鼎这位与秦桧一同任相职的，也不得不逊位辞职，由秦桧一人独专相位。秦桧能有这么大的权力，当然背后有宋高宗支持，宋高宗经过长考，才答应秦桧“勿许群臣干预”，因此后代有人为高宗开罪，说他是被秦桧蒙骗了，这真是天晓得，凡是读过历史的人都了解，高宗与秦桧一唱一和，搭档演双簧。

既然朝廷之中反对和议者，都被赶光了，剩下的臣僚，全是清一色的秦桧党羽，顽钝无耻之徒。即或如此，秦桧仍旧不敢相信这群同僚，凡是上书给皇帝的奏章，都是出自秦桧打的草稿，眼光好的人一看便笑道：“此又是出自老秦笔下也。”

反对的声浪既然被压下去了，和议之事遂得以顺利进展。绍兴八年（1138 年）十二月，金使入见高宗，说明先归还河南、陕西之地，当时李纲闻讯，再度上书力谏，高宗自然还是不予理会。绍兴九年（1139 年），和议达成，民间无不浩叹，朝廷却喜上眉梢，拜王伦为端明殿大学士东京留守，一面下诏大赦，一面为百官将士加爵赐赏。

朝廷之中反对和议的，虽然都被扫地出门，不过领兵在外的武将，如岳飞、韩世忠、吴玠、刘锜等都是不同意和议的，韩世忠曾上书：“金人诡诈，恐怕用计讵（jù）骗我师。”岳飞更上书：“金人绝不可信，和好绝不可恃。”等到岳飞得到因和议“成功”而蒙获加爵开府仪同三司，更坚决力辞爵赏：“今日之事，可危而不可安，可忧而不可贺，可训兵饬士，谨备不时之需，而不可论功行赏，为敌人所讪笑。”后来，终由高宗一再劝慰，岳飞方才勉强受命。

岳飞这个倔强的态度，自然让秦桧大为不满。然而事实上却不出岳飞所料，当王伦再度前往金朝，却被金兀术关了起来，不久，金兵大举入寇，和议遂被全面推翻。

青少年不满秦桧

绍兴九年（1139年），宋金达成和议，宋朝忍辱含垢，维持一时的苟安，宫廷之中，擅长于马屁功夫者，呼秦桧为“太平翁”，赞美他为国家带来了天下太平，秦桧也当仁不让接受了这个名实不相符合的美誉。

在民间，秦桧的声誉坏透了，想要杀他的人不知凡几，所以胡铨的上书，才会人人拍手赞好。秦桧自己心里也有数，在各地布满了察事之兵卒，稍稍有些小事讥讽秦桧，立刻逮捕治罪，连青少年也不例外。

有一个叫王蘋（pín）的人，学问道德都首屈一指，宋高宗曾听到他的名声，以布衣赐进士出身（布衣指没有官位的百姓），王蘋有个聪慧的侄子王谊，家学渊源，年方十四岁已满脑子救国救民的思想，他小小心灵，十分痛恨秦桧所作所为。某日，王谊在私塾中做功课，拿起毛笔顺手涂鸦：“可斩秦桧以谢天下。”写完以后，他一溜烟跑到外头玩耍去了。

过了一会儿，家中仆人来打扫书房，看到小主人桌上有这么几个大字，大喜过望道：“发财的机会来了，挡也挡不住。”然后，他小心藏妥纸张，跑到王谊父亲身旁，勒索千金，否则就要告到官府里去。

王宅一向待人宽厚，即使对下人也不例外，这个恶仆见利忘义，王父十分生气，一下子也拿不出千金，恨恨地说：“你要告就去告吧，小孩子随便写写怎能当真？”

没想到，这个仆人真的一状告到衙门，负责的官吏明明知道此原是小孩信手涂鸦，实在不值得郑重其事，但是慑于秦桧耳目遍布全国，万一因为一个小朋友偶尔胡言乱语，影响到政治前途太划不来了。所以衙门的官吏不但将王谊收押，且一状告到京师。

可怜的王谊遂被押解赴京，审判的结果竟是“伏罪当诛”，判以死刑。后来，念在王谊是个十四岁的毛孩子，免其一死，但也不能不关入大牢。

经过了这件事，人们对秦桧更加敢怒不敢言，惟恐一不当心，重演王谊事件。

另外还有一个故事，也是不满秦桧的青少年所为：

枢密使王庶有个儿子活泼好学，喜欢谈国家大事，对岳飞、韩世忠十分钦佩，对奸相秦桧打心底厌恶。

有一天，家中来了一个和尚，和尚拿了一张纸对这位少年朋友说：“你要不要看我变魔术？”说着，他拿起毛笔，沾一沾药水浸过的溶液，在纸上写了几个字。

“什么都看不见嘛，你要沾墨才能写啊！”少年指正他说。

“等一下，你看就知道了。”说着和尚把写过字的纸丢入水中，果然纸上的字就清清楚楚浮现出来了，这一招其实并不奇怪，武侠小说中常常出现，说穿了就是一种化学变化。欧美间谍影片中，也能见到这种类似的剧情，一张纸看似白白的，经过火烤，字迹凸现。

少年觉得这套魔术十分有趣，一面嚷着：“我也来玩玩看。”一面拿起毛笔，也如法炮制在溶液中沾了一沾，写下“秦桧可斩”。他还来不及把纸丢在水中，和尚已一把抢走了。

和尚自从得到这四个字，摇身一变成为王府的太上皇，不但强索金钱，予取予求，而且对少年摆出作威作福的架势，稍有不顺于心，便以去官府告发相威胁，这位少年真是悔不当初，但事已至此，莫可奈何，只好挂着眼泪给和尚当小奴才。

王府上上下下都为此日夜不安，有个忠心的仆人看不过去了，他既不忍心老爷茶饭不思，也舍不得小少爷受此委屈，遂心生一计。

某日，这个贪心的秃头和尚散步至废园，仆人指着一口老井道："你瞧怎么井里有一条巨蟒，好怕人啊！"

和尚走近一看，什么都没有。

仆人说："你弯下腰就看到了。"

和尚一弯腰俯视，仆人自后把他双脚一提，和尚大叫一声，滚入古井之中。

王宅之中少了一个耀武扬威的和尚，而这个和尚曾经掩不住得意，向邻人和盘托出个中原委，于是，邻人一状告到官府，王府便成为"叛逆"之家，遭到大狱。

不但秦桧得罪不起，连秦桧死去的父亲也一样不能开罪。秦桧的父亲曾为静江府县令，秦桧当道后，太守胡舜为了要拍马屁，建议在县里为秦父立一祠祭拜，县令高登认为这简直是胡闹，不能答应，胡舜遂一状告到官府，高登受不了狱中的大刑伺候，放出来时已不成人形。

由于秦桧的法力无边，宋朝朝野几乎没有不怕他的。

有个叫毛德昭的人，素好批评，某日又在朝天门前茶肆放言高论，口沫横飞，狂妄已极，忽然走来一过客，在他耳旁悄悄说了一句话，毛德昭好像被蛇咬了一口，着急地站了起来，双手掩耳不断地说："放气，放气！"拔腿狂奔。

原来是有人在他耳边挑衅："君素来以敢言著称，不知你认为秦相公如何？"

子鱼和青鱼

自从秦桧小人得志，鸡犬升天之后，他的家人也都成为神圣不可侵犯的头号人物。

秦桧有一个孙女，封为崇国夫人，小名称为童夫人，是个娇滴滴、任性到了极点的千金小姐，小姐养了一只狮猫当宠物，十二万分的宝贝。

有一天早上，孙女突然发现猫咪不见了，这还得了，立刻传令，非赶紧找到不可。

于是临安府派出大批搜索队员，沿街访寻狮猫，凡是猫咪都一只一只抱了回来，孙女不断地摇头喊：“不是，不是，不是我的猫咪。”

大小姐的狮猫到底长得什么模样，谁也没见过，官府只好派人贿赂秦家老佣人，请他说明狮猫的模样，并且还画了图，印了一百多张，贴在大街小巷茶肆之中，重金悬赏失踪狮猫，比寻找失踪人口还要大费周章。

这会儿，整个临安人人都在找猫，所有狮猫都被一网打尽，送到秦府指认，只换来孙女儿一顿一顿的脾气，最后，临安府只有托人去向大小姐赔罪饶命，才平息了失猫风波。

秦相府中一只猫咪都比人值钱，在这样的恶劣环境之中，人们为了求生存，自然而然纷纷向秦桧巴结拍马。

有一次，秦桧做生日，好事之徒当然利用这个机会挖空心思献殷勤，其中有个和尚，六根不清净，却最能投秦桧所好。

他歌颂赞美秦桧道："我不用椿与松祝福秦相公，因为松椿老人，空而无用，我不用龟鹤祝福秦相公，因为龟鹤的脚插在烂泥里，我只愿秦公如天上的明月，岁岁年年都是如此皎洁，引领着天上的星星。"这首诗真是既恶心又肉麻，秦桧却愈看愈欢喜，当然少不了将这个和尚大大奖赏一番。

许多人都争相巴结秦桧，但是，马屁要拍得恰到好处也不是一件简单的事。尤其秦桧的文才极佳，他又能写一手篆书，金陵文庙井栏边，秦桧曾题有"玉兔泉"三个字，的确是出自行家之手。

有一个人士姚敦昭也擅长于书写篆书，听说秦桧有此雅好，遂想利用篆书和秦桧接近接近。

果然，天从人愿，秦桧看上了姚敦昭的字，命他用篆书抄写《孝经》。姚敦昭为此简直兴奋得睡不着觉，他正襟危坐，写了一遍又一遍，撕去重写，重写撕去，折腾了好多天，终于写成了差强人意的作品，挂在墙上。

姚敦昭倚在床上，对着墙上的书法，半眯着眼睛，嘴角浮起了得意的微笑，自言自语道："锦绣前程，光明远景就在此了。"

第二天，姚敦昭找了一家信誉良好的裱字画店，千嘱托、万叮咛，务必要店东小心装裱，店家听说是要呈送给秦相公的，当然也不敢怠慢。

当姚敦昭的篆书呈给秦桧以后，秦桧大为欣赏，邀姚敦昭赴宴。姚敦昭这下可抖了，不自觉得意忘形，讲起话来也口沫横飞，更糟糕的是身体动来动去，屁股仿佛坐不住椅子，秦桧一反感，姚敦昭的心血就泡了汤。

秦桧身居相职，乃一人之下，万人之上，秦桧对高宗仍然是要刻意巴结的，不但他自己小心翼翼，体察上意，而且派出其妻子对皇后、太后多多拉拢。秦桧的妻子王氏可是历史上大大有名的人物，以毒蝎心肠著称，甚且有人说王氏之阴险超出秦桧之上，所谓最毒妇人心。不过，自以下故事看来，王氏的段数似乎仍比秦桧差一截。

话说有一回，王氏又照例进宫，向显仁太后请安。王氏嘴巴甜，又会撒娇，向来甚得太后的宠爱，两人话家常话了一半，显仁太后突然说：“我最爱吃子鱼（即鲤鱼），可是最近上贡的子鱼甚少，还馋得很。”

王氏一听此言，马上接口道：“子鱼？妾家多得很，明天我就挑一百尾上好子鱼呈献给太后。”

回家之后，王氏马上邀功似的对秦桧说：“我们家子鱼多得吃不完，刚好太后最爱子鱼，我已禀报太后，明日一早送去一百条。”

王氏满以为秦桧会夸她一句会办事，岂料秦桧一听此言，面色惨白，连呼：“糟了糟了，要误大事了！”王氏不明就里，满脸无辜瞅着秦桧。

秦桧忿忿地说：“你这个笨蛋，皇宫里没有子鱼，我们家却有一百尾子鱼，你不是存心害死我？”

王氏一听，呆立半晌，跌坐在椅子上。秦桧所言甚是，由此可见，一般朝臣心目之中秦桧地位超过皇帝，这要让高宗知道了，必然大为震怒，秦桧岂非阴沟里翻船？但是，王氏既然已经答应了太后，明日又该如何交代？

秦桧为此，在房间里踱来踱去，不知如何是好，最后找了师爷来商量，有个足智多谋的师爷忽然灵光乍现：“有了，不妨用青鱼代替。”秦桧拍掌称妙，立刻去市场买了一百尾青鱼，青鱼是普通鱼，肉质颇似子鱼，但不及子鱼名贵，带有泥土味，秦相府中是找不到青鱼的。

第二天，王氏如约带了一百尾鱼去，显仁太后一看就扑哧地笑了出来：“我说你是村婆子，没见过世面，这是青鱼，哪能与子鱼相比？”

“真的啊，请太后哪一天让我瞧瞧，开开眼界。”王氏赶忙使出浑身解数演戏，免除了太后的妒忌。

岳家军大破拐子马

绍兴八年（1138年），宋金双方达成和议，秦桧是十二万分的得意，擅长于拍马者，甚且赠送一个“太平翁”的美名给他，可惜天下太平不到两年，和议突然又被全面推翻。

原来，当初和议的达成，在宋朝方面是秦桧、王伦主其事，在金朝，挞懒则为核心人物。金熙宗天眷二年（1139年），金朝发生政变，金兀术入朝，奏称挞懒叛国，勾结宋人，擅自割让河南、陕西之地，要求诛杀挞懒以谢国人。后来，挞懒果然被追杀于祁（qí）州。

挞懒既死，金兀术控制金朝军国大权，立刻挥兵，大举亲征，分道南侵，一时之间，过去被刘豫统治，而为宋人收复的州镇，又纷纷陷落。

但是，金兀术到了顺昌（安徽阜阳）却遇到了克星。东京副留守刘锜（qí）原是西北名将，声如洪钟，勇敢而擅长于骑射，刘锜听说金人败盟，兀术兵马接近顺昌，立刻命令全民动员，男人备战守，妇人磨刀剑，同仇敌忾。

不久，金兀术的先锋部队开来，刘锜募得五百名敢死队，乘着电光四起，夜袭金营，金兵大乱溃败，一连退了十五里。

金兀术听说前方兵败，十分震惊。他骑着快马，迅速地绕了顺昌一圈，只见顺昌又小又破，简陋得很，不禁失声笑道：“刘锜小子，胆敢与我作战，以我的兵力，只要一靴尖便可踢倒。”随即下令攻城，向颍水前进。

刘锜先在颍水中下毒，时值盛夏，金兵远来又累又渴，人马饮水中毒，又吐又泻，一塌糊涂，等到正式作战时，兀术的三千甲兵手脚发软，溃不成军。金兀术的靴尖显然无用，他十分愤怒地退还汴京。到了七月，金兀术又遭到了郾城之败。

当初，宋金和议之时，岳飞曾上书："金人绝不可信，和议绝不可恃。"高宗根本不搭理，等到金人叛盟入寇，高宗想起岳飞的忠勇，又急急写信给岳飞："你赶快想想办法来抵挡吧。"

岳飞立刻派遣王贵、牛皋、董先、杨再兴分头前进，然后自率所部，长驱北进。一时之间，收复了河南许多州县，中原为之大震，高宗特授岳飞少保，河南北诸路招讨使。

绍兴十年（1140年）七月，岳飞自率轻骑进驻河南郾（yǎn）城。金兀术率领着龙虎大王、盖天大王，挥动着铁塔兵、拐子马直扑郾城。铁塔兵又称"铁浮图"，士兵身上穿戴着铁盔铁甲，刀枪不入，屹立于阵前，简直像是一尊铁塔；拐子马又名为"连环马"，三匹马连在一起，一鞭挥去，三马同驰，直陷敌阵。金兀术所向无敌，全靠这两样武器。

岳家军之中最强的是背嵬（wéi）军（即骁勇善战的亲兵）及游奕马军（巡逻骑兵），岳飞派出儿子岳云首当其冲，并且正色告诫："如果不能取胜，我先杀了你！"岳云使用两柄银锤，冲入铁塔阵中。他再命令杨再兴率领步兵，每人手执麻扎刀与大斧，上砍人身，下剁马足。连环马原是三马相联，身披重铠，受过特别训练的马队，一起行进就像一堵又一堵的墙，勇不可当，但是岳飞命令步兵，入阵不要仰视，专砍马腿，一匹马受了伤，其余两匹也不能动了，满地都是痛苦仰翻着大声嘶叫的马匹。

这一仗打下来，金兀术的铁塔兵与拐子马全部被消灭，两样利器同时寿终正寝，向来号称硬汉的金兀术也放声大哭："我大金自

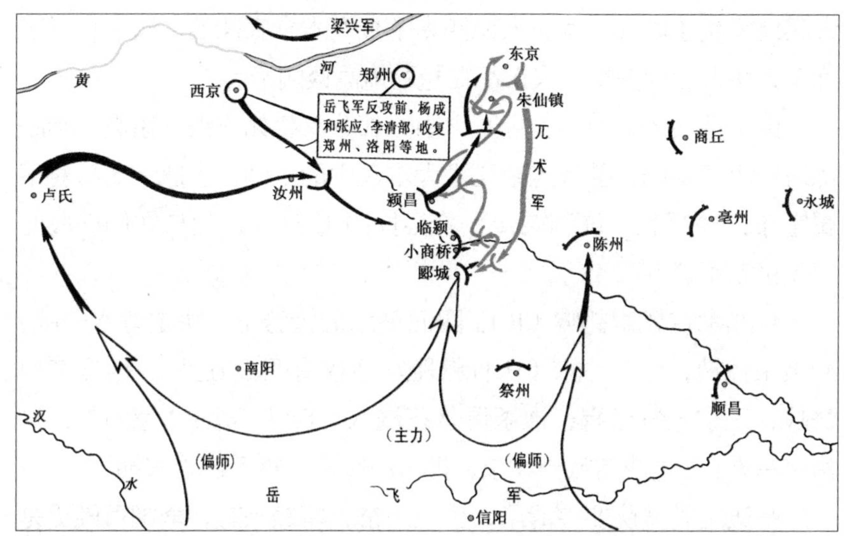

岳飞反攻中原示意图。绍兴十年（1140年），岳飞以偏师连下洛阳、汝州、郑州、颍昌、陈、蔡等地。为诱金兵南下，岳飞置主力于颍昌，自率轻骑驻守郾城，金果然派大军进攻郾城，岳飞以步卒对敌精骑，先挫其锋锐，再大兵投入，大破兀术精锐亲兵与拐子马。郾城会战后，宋将杨再兴在小商桥与敌遭遇，歼敌二千。随后，岳飞料金兵必攻打颍昌，先集重兵待之，金十万步骑来犯，再次大败，岳家军乘胜推进到距东京开封仅四十五里之遥的朱仙镇。金军溃败，狼狈撤回开封，准备渡河北逃，岳飞反攻中原，取得了重大胜利。

海上起兵以来，打胜仗全靠铁塔兵与拐子马，想不到今天遇到岳飞，竟然破了我的法宝，完了……完了……”

岳飞乘胜追击，会合太行山及两河豪杰，连败金人于垣曲、沁水，地方上的父老兄弟，个个挽着车，拉着牛，忙着给忠义民兵送粮食，凡是顶着“岳”旗前来者，无不受到最殷勤的款待，而且家家户户顶盆烧香，热诚迎接。金兀术因战争失利，想要迁调地方军队，不料，号令竟然不行，民间居然有胆子不睬金人命令，金兀术叹着气道：“我自起兵以来，从未有像现在这般失意，大势去矣。”

从此，金兀术兵败如山倒，宋朝人开心极了，眼看着漫漫长夜即将过去，光明即将到来，汴京城内传出各种流言，有人说岳元帅大兵已经到了城外，也有人说四太子金兀术脚底抹油，溜了！反正都是大快人心的消息，人人都在起劲地高谈阔论。

由于岳飞势如中天，金军之中一部分汉将如王镇、崔虎、叶旺都纷纷率部来归，甚且连金兀术大本营中的主帅，也迫于情势对下属宣布："你们不可轻举妄动，等到时机成熟了，我与你们一块儿归顺岳家军。"

金兀术在风声鹤唳（lì）、四面楚歌的情势下，决定背水一战，冲破朱仙镇，保卫汴京（朱仙镇距汴京仅有四十五里），他虽亲自督战，无奈士气已竭，被杀得落花流水，自认不敌："撼山易，撼岳家军难！"他决定放弃汴京，把黄河以南，拱手还给宋朝了。

靖康之耻就快要雪清了，岳飞兴奋，将领兴奋，全国百姓更是兴奋，岳飞对诸将说："让我们直捣黄龙，饮一个痛快！"

不料此刻，突然发生一个意外。

十二道金牌

朱仙镇一仗，岳飞势如破竹，中原人心大振，眼看着，靖康之耻就快要洗刷了，从头收拾旧河山的时候就要到了，金兀术垂头丧气，只好准备离开汴京。

忽然，有一个太学生拦住金兀术的马头，用万分肯定的口吻对金兀术说："四太子不必走，汴京可以保住，岳少保马上就要退兵了。"

"岳飞用五百精兵就可以破我十万大军，京师百姓日日夜夜盼望岳家军，民心已去，何谓可守？"

"不然，"太学生解说道："自古以来，从未有权臣在内，而大将在外立功的，岳飞马上就要大祸临头了，哪儿还能妄想成功呢？"

金兀术被这个无耻的太学生一点，茅塞顿开，满天乌云一扫而空。

正如这个太学生所料，岳飞一封又一封的捷报把高宗与秦桧吓得跳脚，万一岳飞真的直捣黄龙，高宗只有把皇帝宝座奉还老兄，秦桧的相位也不保了。因此，秦桧命令御史罗汝揖奏上一本，以"兵微将寡，民困国乏，岳飞深入，危殆万分"为名，下诏岳飞即日班师。

岳飞正准备进兵汴京，忽然收到一道莫名其妙、毫无道理的"退兵"圣旨，错愕吃惊之余，立即上奏："金人锐气沮丧，尽弃辎重，疾走渡河，而我豪杰向心，士卒用命，时不再来，机勿轻失！"

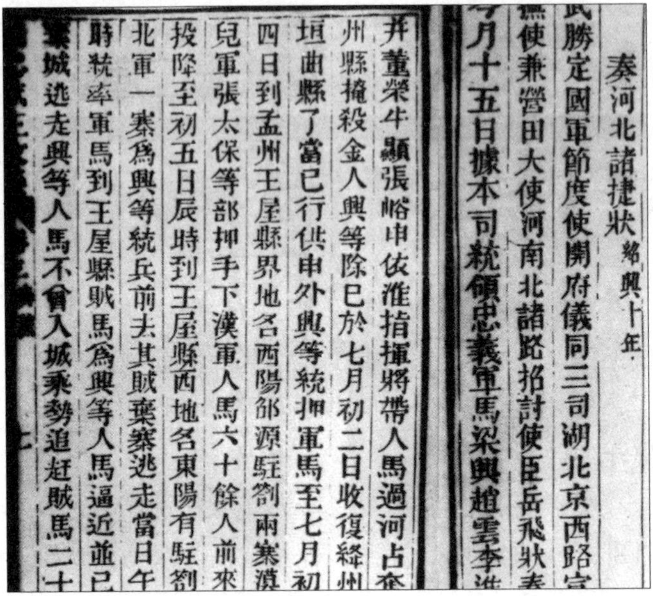

奏河北諸捷狀 紹興十年
武勝定國軍節度使開府儀同三司湖北京西路宣
撫使兼營田大使河南北諸路招討使臣岳飛狀奏
今月十五日據本司統領忠義軍馬梁興趙雲李進
幷董榮牛顯張峪申依准指揮將帶人馬過河占奪
州縣掩殺金人興等除已於七月初二日收復絳州
垣曲縣了當已行供申外興等統押軍馬至七月初
四日到孟州王屋縣界地名西陽部源駐劄兩寨漢
兒軍張太保等部押手下漢軍人馬六十餘人前來
投降至初五日辰時到王屋縣西地名東陽有駐劄
北軍一寨爲興等統兵前去其賊棄寨逃走當日午
時統率軍馬到王屋縣賊馬爲興等人馬逼近並已
棄城逃走興等人馬不曾入城乘勢追趕賊馬二十

岳飞向宋高宗报告河北捷状。

秦桧见岳飞不肯服从命令，先命令韩世忠、张俊、杨沂中、刘锜各返防区，而且严厉命令秦、陇、四川将领不得轻举妄动，然后奏称：“岳飞孤军不可久留。”于是，在一天之内，连下十二道金牌，非把岳飞立刻召回来不可。

金牌是木牌上写着金字，为传递皇帝命令的一个凭证。当时的邮驿制度，除了青字牌的马递，红字牌的步递之外，还有一个传递最紧急公文的急递铺，传递的人骑着快马，一天走五百里，身上挂着铃铛，一路铃铃铃地奔驰向前。前一站的铺长听到了铃声，就赶快骑上千里马去迎接，就像跑大队接力一般。

秦桧一个时辰发一道金牌，用意非常显明，他要岳飞知道事态严重，别想用“将在外君命有所不受”置之不理，金牌一道道发下，沙金的字在阳光下光亮耀眼，路人望见莫不急急避路，让快马通过。除非军机重大之事，一向少用金牌的。

岳飞看着十二道金牌，心脏紧紧缩成一团，男儿有泪不轻弹，此时此刻，再也忍不住热泪满面了，他嗟叹惋惜，痛心无比，向东行礼哭道："臣十年之力，毁于一旦，唉——"

河南的百姓听说岳将军撤军，先是不敢相信这个"谣言"，等大家发现不是开玩笑，岳家军真的在连战皆胜之后，被逼退军，成千上万的民众拥在岳家军的辕门外，哭着、闹着、哀哀乞求岳飞千万不要走。

到了退兵的那一天，父老们拦住岳飞的马头，一起俯伏在地上说："我们都曾经头顶香盆，车载粮秣（mò），迎接官军，现在王师南撤，我们还有好日子过吗？现在疆土次第收复，你为什么忽然要放弃？"

岳飞也忍不住泪涟涟道："我也不愿意走，但圣命难违。"说着，他把诏书拿出来给大家看。群众不得不相信皇帝确实颁发了如此荒唐的诏命，忍不住又开始嚎啕大哭。

千万人的哭声，震天动地，岳飞不得已，想出一个退而求其次的办法："这样吧，汉上六郡还有闲田，我留下来五天，你们愿意跟我走的人，就迁到那边去吧！"几乎家家户户都愿意随军南迁，一直到现在，襄汉一带仍有许多当时移民的后代。

岳飞奉命还师以后，原来已经收复的地方，自然又先后失去，高宗又急召岳飞驰援淮西。这段期间，岳飞因为受到十二道金牌的打击，心情郁闷，得了重感冒，咳嗽得很严重，却还是勉强出兵。高宗前前后后曾经写了十五封亲笔信给岳飞，但是由于路途遥远，诏命与奏报都错开了几天。后来，秦桧就利用这一点，诬赖岳飞得到高宗的命令，却不立刻发兵，有拥兵逗留之谋反意图。

淮西之战以后，高宗命令岳飞调回军马，自带亲随入朝，不但岳飞，连韩世忠、张俊同时奉诏速赴临安（杭州），表面上的理由是淮西大捷，论功行赏，骨子里的原因是解除他们的军权，然后才可以进行和议。

金兀术自从吃了岳飞的亏，深深了解宋朝不易征服，军事前途未必乐观。宋高宗与秦桧除了担心岳飞胜利，皇位势必拱手让人之外，还有一个理由，宋朝开国之初即定下重文轻武的国策，严防军人跋扈，深恐养成五代时期骄兵悍将的局面，朝廷驾驭（yù）不住。

绍兴十年（1140 年）四月，韩世忠、张俊被任命为枢密使，岳飞被任命为副枢密使，三人都内调入朝。既然当了中央官，人就逗留在京师，地方上的军队，不能再由自己指挥了。事实上，枢密院是无事可做的，岳飞与韩世忠只得换上了宽袍大袖的官服，戴上一字巾，骑着小驴，游山玩水，或者泛舟西湖，濯足钓鱼，景色虽然宜人，他二人的心情却有如铅块一般的沉重。

张宪与岳云的冤狱

岳飞连战皆捷，宋高宗与秦桧担心他直捣黄龙，用十二道金牌逼岳飞退兵。不久，朝廷任命韩世忠、张俊为枢密使，岳飞为副枢密使，把三大将都留在京师。

岳飞、韩世忠虽然解除了兵柄，但是，军队归枢密院掌管，还有，他们的子弟对主帅都是忠心耿耿，留着总是祸害，秦桧有意找个理由把他们搞垮。至于张俊，秦桧倒不担心，张俊多欲，早被秦桧收买。

岳飞是后起之秀，青年才俊，张俊早就看他不顺眼，淮西之役，张俊不顾大体，用缺乏粮草的理由阻拦岳飞，岳飞懒得计较，仍然进兵。后来，高宗嘉奖岳飞的赐札褒谕之中有一句："转饷艰阻，卿不复顾。"意思是说岳飞不顾转运粮饷困难之意。张俊作贼心虚，十分恼怒岳飞。

这一回，秦桧想先拿韩世忠开刀，把老大哥的兵权解除，再对付岳飞。于是，绍兴十一年（1141 年）五月，高宗下诏，命令岳飞会同张俊，一起到楚州安置韩世忠的部队。

张俊对岳飞说："这下子可好，皇上留住世忠，派你我二人去，就是要把他的军队分给我们，也免得他将来谋反。"

"这怎么可以？"岳飞立刻驳斥张俊："国家所依赖的，就是我们几个，韩枢密是国家的柱石，他绝无拥兵自重之意，皇上也未必对他猜疑，你如果假公济私，分了韩枢密之兵，以后我们拿什

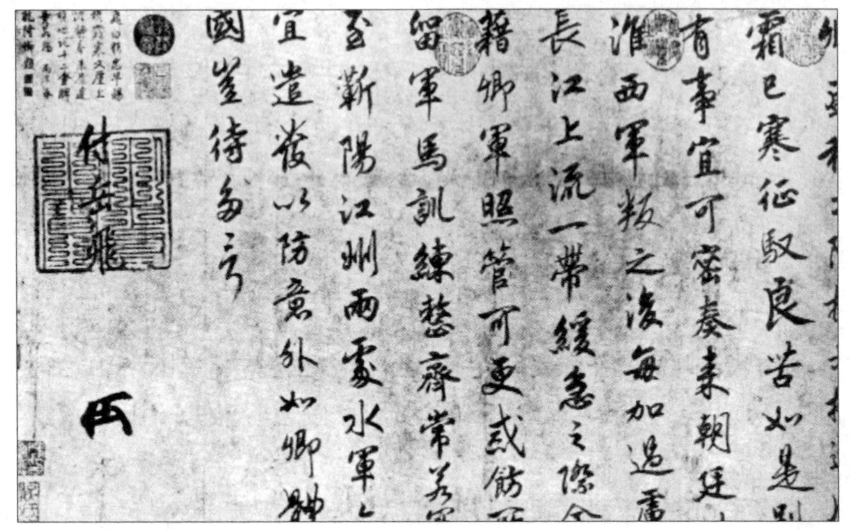

宋高宗赐岳飞手稿。

么脸去见他？”

张俊被岳飞一番抢白，讷讷地说不出话来，他一向讨厌岳飞正气凛然的模样，现在更是一肚子的火。回到杭州以后，张俊就向秦桧猛吐苦水，埋怨岳飞自大骄傲，不肯合作。

岳飞眼见朝廷毫无是非可言，高宗远贤臣，亲小人，自己空挂着副枢密使的职位，没有一点意思，荣华富贵从来不是岳飞所向往的。所以，他上疏请辞副枢密使，返回庐山（江西省九江市），依傍着母亲的庐墓，过着还我初服的日子。

岳飞准备自此不再过问世事，但是，秦桧可不会放过他，尤其金兀术在金朝皇统元年（即绍兴十一年，1141 年）十二月曾经写了一封信给秦桧，信中讲得很清楚：“尔朝夕以和请，而岳飞方为河北图，必杀岳飞，而后可和。”除非岳飞先死，否则，一切免谈。看来，秦桧是非拔除这个眼中钉不可了。

秦桧、张俊先去收买岳飞的部下，开出极高的价格，诱惑岳飞的属下出来告发岳飞，但是，没有一个愿意为钱出卖他们崇拜的长官。

张俊听说王贵过去曾经差一点被岳飞处死，而且还挨过好几回军棍，想来一定怀恨在心，于是张俊去找王贵商量。

没想到王贵一口拒绝了，并且说："岳统帅为了维持军纪，不得不如此，你不提，我早忘了。"

"你最好不要忘记，我手上可是握有你犯罪的证据。"张俊阴险地笑着。

王贵抢过证据一看，当场急得脸色惨白。原来，他在酒后做过一件不道德的事，被人告发，落在张俊手中，至于王贵到底干了什么缺德的私事，史书上并没记载，总之，王贵被张俊抓住了把柄，只有乖乖听命。

接着，张俊又找到了王俊担任诬告的主角。

王俊是何许人也？他原是范琼被处死之后，拨到岳家军旗下的，此人专门兴风作浪，挑拨是非，是个十足的小人。岳飞屡次有意重重处罚王俊，他怀恨在心，同时，岳家军中的副帅张宪（xiàn），一向带兵严格，王俊也颇为不满，张俊就利用了王俊报复的心理，安排了一着毒计。

王俊谎称张宪准备占据襄阳府叛变，王俊自己也是叛变中的一员，现在幡然悔悟，向王贵自首，王贵有小辫子捏在人家手中，不得不把自首状上报到枢密院，这下就落到了枢密使张俊手中。案情升高，张俊亲自审问张宪。

"张宪，你不是收到了岳云的信，要你反叛朝廷吗？你赶快老老实实招出来。"

张宪一头雾水，他根本没接过岳云任何信，大声地反问："请问，岳云的信在哪里？"

"岳云的信是给你的，要你起兵，让岳飞再握兵权，你不自首，反问我信在哪里？"张俊反正是栽赃。

"什么人看到岳云写给我的信？"张宪气得浑身发抖。

“反正，不打是不招，来，给我打！”

张宪就被拖了下去，打得遍体鳞伤，全身都是血，几度昏眩过去，但是张宪是个硬骨头，怎么样也不肯诬赖岳云。

眼看着，再打下去，就要闹出人命，张俊便下令，将张宪关入大牢，然后捏造了一张口供，交给秦桧。

接着，张俊派人把岳云绑来，大刑伺候，岳云也被打得不成人形，同样关入大理狱之中。

秦桧、张俊的毒计是，儿子犯法，老子也脱不了关系，岳飞是主谋，岳云只是帮凶，当即派遣殿前兵马部指挥使杨沂中到庐山逮捕岳飞归案。

岳飞早就知道这一切阴谋都是冲着他而来，当杨沂中到了庐山之后，岳飞坦坦然笑着说：“皇天后土，可表此心。”便跟着使者来到杭州。

“莫须有”下的牺牲者

秦桧与张俊安排了一着毒计，把张宪、岳云逮捕下狱，然后逼岳飞自庐山赴杭州对质。

岳飞一到杭州，住进宾馆，便被秦桧安排的人带到大理寺，秦桧派了周三畏、何铸主审此案。

“岳少保！”周三畏和缓地叫了一声。

岳飞徐徐抬头，神态自若，二十年来，赤心保国，他不必害怕。

“岳少保是否与张宪通信，要他据襄阳叛变？”

“果有此意，何不在朱仙镇大捷之后发动兵变，而要在隐居庐山时再发动？”

何铸道：“张宪的口供都有了，令郎岳云也招认了。”

不久，锁链的声响，自远而近，一串串的铁链落在地上，铿铿锵锵，接着是微弱的呻吟声，岳飞转身一看，堂下两个犯人披枷戴锁、赤头露脚、面目模糊，已不成人形，再仔细一看，那不是张宪与岳云吗？

岳飞忍不住怒发冲冠、血脉贲（bēn）张：“岳飞赤胆忠心，无负国家，天地共察，张宪、岳云无罪，你们不可以陷害忠良。”说着，岳飞突然除去冠带，脱下袍服，转身向外，高声地说：“先母在世，为恐岳飞一时摇惑，有误国家，在岳飞背上刺了四个大字。”

那正是四个鲜红赤字——“尽忠报国”深深印在皮肤里。周三

岳母刺字，岳庙组塑。

畏首先肃立致敬，何铸也手足无措，满堂胥吏狱卒都感动不已，甚且有低低的饮泣之声。

周三畏是主办此案的大理寺卿，乃办案老手，他看得很清楚，这是一出奸臣诬害忠良的丑剧，不愿意插上一脚，当天夜里整备行装，携家带眷，悄悄地离开了杭州。

至于何铸，他比较有胆量，竟然跑去找秦桧，说明岳飞是冤枉的，秦桧极为不悦道："这是皇上的意思。"

何铸说："我不是只为了区区岳飞一人来说话，现在强敌未灭，无故损失一员大将，失士卒心，非社稷之长计。"

秦桧恨不得把周三畏、何铸都剁成肉酱，这两个人不听话，秦桧就改任万俟卨（mò qí xiè，姓也怪名也怪，万俟是复姓），此人不但手段毒辣，而且与岳飞还有一段过节。

岳飞平定杨么之后，万俟卨出差到湖北，为了巴结岳飞，建议岳飞足兵、足财、树威、树人四个策略，就是扩充私人兵力、谋求财源开发、借词杀中央官员、向社会示威以及遍布亲信，到处安插自己的人。

岳飞是一个何等光明磊落的君子，他如何听得进这种自私自利的主张？当场就把万俟卨痛骂了一顿："我不是拥兵自重，割地称雄的人，你最好免开尊口。"万俟卨十分不痛快。

于是，再次审判，万俟卨就多方罗织罪名，他狞笑地问岳飞："你说无心造反，你还记得数年前你游天竺寺在壁上留言，其中有'寒门何载富贵'，这是什么意思？莫非有非分之想？

"还有，你曾经向人夸耀'三十二岁为节度使，自古罕然'，你可知道宋太祖也是三十二岁做节度使的？"

岳飞冷笑不语，这种无聊的文字狱，实在不值一辩。万俟卨又说，岳飞曾经长叹："天下事，竟如何？"张宪的回答是："在相公处置耳。"这也表示心谋不轨。最后，岳飞攻打淮西时，高宗给他的亲笔信，秦桧先派人搜岳飞家，把信没收了，再诬赖岳飞不立刻发兵，有谋反意图，既然信不见了，信上的日期无从查考，又成为诬陷的理由之一。

万俟卨对岳飞百般拷打，逼他招认，岳飞终无一语，凛然不可屈。

岳飞此时，早已是民间的英雄，民众着急地集会、发传单、写招贴，士人刘允升上书为岳飞喊冤，被逮捕之后，活活打死。

皇室宗正赵士㒟集合百人，上表高宗，愿以性命保释岳飞，结果以"包庇叛徒"为理由，窜死建州。这就是伟大的高宗皇帝做的好事，眼睁睁看着这一幕悲剧的上演。

大将韩世忠此时心灰意懒，早已不过问世事，此时也捺不住跑去质问秦桧："岳飞与张宪通信的证据在哪儿？"

秦桧说："信被他们烧了，不过，这个证据是莫须有。"

韩世忠火大了，他愤愤地说："莫须有三个字，如何服天下人心？”遂拂袖而出。

当岳飞入狱期间，高宗派魏良臣为求和特使，到汴京报告这个“好消息”。金国便把准备好的条件开示出来。如此一来，岳飞更非死不可了。

据说，由于民意沸腾，秦桧也颇感棘手，有一天晚上，一人独坐书房之中，把玩着柑皮，用指甲在柑皮上一道一道地划着，若有所思。

秦桧的妻子王氏，素来以阴险著称，在窗外窥见，笑盈盈地走进来道：“老汉，捉虎容易放虎难也，你怎么还不决断？”

于是，他二人取来黄柑，小心地把柑肉剜出，留下一个空心柑皮，把处决岳飞父子及张宪的手谕塞入柑内，送入大理寺狱中。

绍兴十一年（1141 年）十二月二十九日，岳飞惨死狱中，只有三十九岁。《宋史·岳飞传》叹惜岳飞的被杀说：“呜呼冤哉！呜呼冤哉！”岳飞虽冤死，但他的尽忠报国，天日昭昭，流芳百世，永垂不朽！

谁是杀死岳飞的主谋者

绍兴十一年（1141 年）十二月二十一日，宋金达成和议，宋朝割让唐、邓二州及陕西的一半给金，宋岁贡金银二十五万两，绢二十五万匹，高宗向金主称臣，金归还宋徽宗梓宫及高宗生母韦太后。

屈辱的和议既成，岳飞父子非死不可，十二月二十九日，张宪、岳云在刑场斩首，岳飞死在狱中。

狱卒隗（kuí）顺很同情岳飞的冤狱，他悄悄把岳飞的尸首背了出来，出了城，埋在九曲丛祠，并且种了两棵橘子树在坟上做记号，他谁也没说，事实上万一泄漏消息可是要大祸临头的。

隗顺临死之前对他的儿子交代："我相信以后朝廷一定会为一代忠良昭雪冤屈，我等不到那一天了，到那时候你再说出来，岳元帅腰下佩有一块玉，可请岳家的人辨识。"

高宗之后到了孝宗时代，果然追复岳飞原官，以礼改葬，悬赏找寻岳飞的遗骸（hái），隗顺的儿子这才说出秘密。

岳飞的死，表面上是秦桧下的毒手，秦桧也被骂惨了，其实，最最可恶的不是秦桧，而是信任秦桧、任命秦桧的宋高宗。当岳飞关在监狱中，忍受狱卒像雨点般的捶打，他心中一声声呐喊着："皇帝在哪里？"

对啊！宋高宗在哪儿？就眼睁睁地看着国家的忠臣遭受酷刑，含冤而死？许多人都说，高宗被蒙蔽了，他如果事先知道，绝不忍心岳飞遭此毒手。就算高宗事先不知情，岳飞死了他总该清楚吧，他为什么不处罚杀害岳飞的秦桧？让我们看一看岳飞死后秦桧的结局：

根据《宋史·秦桧传》的记载，绍兴十五年（1145年），高宗赐给秦桧一栋漂亮的房舍，宏伟壮观，里面富丽堂皇，且有一流的教坊乐队。过了两个月，高宗亲自拜访秦桧府第，秦桧的妻子儿孙都受到加恩，高宗还亲笔题了“一德格天”的匾额送给秦桧，用以褒扬秦桧之“德”。

绍兴十六年（1146年），秦桧设立家庙，高宗赐给祭器，所谓祭器是古代祭礼时盛放祭品的礼器，多用铜铸成，在秦桧之前从未有将祭器赐给将相之例。绍兴十七年（1147年）高宗改封秦桧为益国公，十九年（1149年）高宗下令为秦桧画像，他还亲自写赞语。绍兴二十五年（1155年），秦桧因病去世前，高宗特到病床前问候，伤心得眼泪都要掉下来了。

总而言之，秦桧生前死后，高宗对他的宠信不减，秦桧不但没有遭到什么报应，而且还活到六十六岁，这似乎是很不公平，所幸，天地之间尚有正义之气，善良的中国人恨透秦桧，因此有人称油条为“油炸桧”，以泄其愤。

在宋朝人的笔记之中曾记载秦桧东窗事发的故事：

据说秦桧夫妻有一回上灵隐寺烧香，忽然发现墙上有一首诗：“缚虎容易纵虎难，东窗毒计胜连环；哀哉彼妇施长舌，使我伤心肝胆寒。”说的正是秦桧与其妻在东窗下设计陷害岳飞之事。（请参考上篇）

后来，秦桧死了，王氏某日正心神恍恍惚惚，坐卧不安，忽然一阵阴风，吹得她毛发皆竖，抬头一看，却见牛头马面，引着一班鬼卒，赤发獠牙，各执铁棍，秦桧披枷戴锁，走近前来，对王氏说：“我好苦啊！”王氏吓得魂飞魄散，冷汗直流，秦桧只说了一句：“东窗事发了。”

杭州西湖边上，秦桧、王氏长跪于岳王庙前。

以后，“东窗事发”四个字就用来形容阴谋败露。

秦桧生前，也许没有尝到东窗事发的报应，但是在他死后，他与王氏、张俊、万俟卨（mò qí xiè）却被铸成了铁像，日日夜夜跪在“宋岳鄂王墓”之前，墓旁刻有“尽忠报国”四个字，墓门有联“青山有幸埋忠骨，白铁无辜铸佞臣”。

到了明朝，这四个赤身反缚的铁像，早被游人打碎，万历四十年（1612 年）重修，不久，又被村民把铁头打落，雍正年间重新再铸，这一回，竟然以白铁不能被四个恶人所污辱，而改用叛逆盗贼的兵器熔化来铸成。

岳飞冤狱平反之后，孝宗淳熙五年（1188 年），赐给岳飞“武穆”的谥号，武是折冲御侮，穆是布德执义，所以后人尊称他为岳武穆。绍兴三十二年（1162 年），孝宗特准以临安府的显明寺充任岳飞功德寺，以后历朝历代自己绘像和立庙祭祀者不计其数。

现在台湾宜兰县有岳武穆庙，其他如新竹有武圣庙、嘉义新港有精忠庙，都是因为崇敬岳飞而建立的。日月潭的文武庙，祭祀孔

岳飞，杭州西湖岳庙塑像。

子、关羽、岳飞，花莲太鲁阁也有岳王亭。

岳飞三十九岁，英年早逝，他的肉体生命很早就结束了，但是他在中国历史上所扮演的精神生命却没有了结，他为后代树立了一个了不起的精神典范。

岳飞十九岁从军，三十九岁被杀，他没有拯救国家，甚且连自己都救不了，可以说是一个悲剧英雄。中国历史上成功的英雄，多得不可胜计，例如田单、卫青、霍去病、郭子仪，但是，无疑的，他们的普遍度和受尊敬度远不及关公、岳飞，为什么？难道中国人不喜欢成功？

不是的，中国常常不以最后的结果是成功或失败来论定英雄，而是重视他们一生之中那种“富贵不能淫，贫贱不能移，威武不能屈”的奋斗精神与节操。岳飞那种“文臣不爱钱，武臣不惜死”的原则与作风，也正是世世代代值得效法的。

《吴姐姐讲历史故事》花费了庞大的时间心力篇幅，竭尽所能地介绍一代伟人的英勇事迹，写到岳飞含冤，秦桧得逞，我自己数度哽咽，气得写不下去，希望点点滴滴的小故事能鼓励读者以岳飞为榜样，尽忠报国，万死不辞，为人间留一分正气，让我们大家彼此互勉！